夫君笑一個

那些年，不能說的情話

【卷三】

逍遙紅塵 著
柳宮燐 繪

晴空

目錄

逍遙紅塵／著　柳宮燐／繪　晴空部落格 http://sky.ryefield.com.tw

夫君們笑一個
那些年，不能說的情話
【卷三】

第一章

擂臺之下的暗湧

嵐顏身上的妖氣被蘇逸給她的海光石掩蓋，妖霞衣上的豔麗流彩也因此漸漸褪去，不復那妖異的紅，反而變成淡淡的藍白色，淺淺的一抹像是初晨的天色，寧靜平和。

不愧是妖族的聖物，也免了她的擔憂，否則這樣一件衣衫披在身上，著實扎眼。

手指撫摸過身上的衣衫，柔軟的觸感彷彿有一種氣息在與她遙遙呼應著，百年了，也不過是彈指一瞬間。

嵐顏走在封城京師的街頭，此刻的街頭忽然安靜許多，不復喧鬧的擁擠，就連許多攤販都不見了蹤跡。

抬頭看看，正是晌午時刻，本該是最為熱鬧的時辰，怎的如此冷清？

一個小販揹著竹簍匆匆從身邊經過，背簍裡滿滿都是新鮮的果子，她伸手將他攔下，「大爺，您這是去哪裡？」封城京師裡的尋常百姓日子並不好過，所以這新鮮的果子摘了，斷沒有不賣的道理。

「前面，」他急匆匆地抬手指著前方，口中碎念著：「別耽誤我做生意。」

丟下依然不明白的嵐顏，飛也似地跑了。

她莫名地望著前方，隱約聽到陣陣叫喊聲遙遙傳來。

嵐顏記得，前方就是封城京師最大的廣場，通常有什麼歌舞都在那裡舉行，可是再盛大的歌舞似乎也不會讓全城恍若空城吧？

忽然間，她似乎想到了什麼，喃喃自語著：「不會吧？這麼快便幾日過去了嗎？」

她感覺不過在山中吸收那妖丹一夜而已，竟然已是數日了嗎？可是除了這個，她再也想不到其他能吸引全城人關注的理由。

唯有一個可能，那就是比武已經開始，對於崇尚武學的封城人來說這才是大事，當然全城都去圍觀。

嵐顏不由加快腳步，對她來說，這也是非常重要的事，因為……她還沒有報名！

依照封城的規矩，除了各旁系分支拿著名牌來參賽的人，京師中的人也可以報名參加，她如果不想暴露身分參加擂臺比武，就必須趕上報名的時間。

才靠近，就看到黑壓壓的人海，而高臺之上，兩人激鬥正酣。

嵐顏的心一沉，比武已經開始，看來她已經錯過了報名的時間。

仍有些不死心，她擠在人群之後，小聲地參與議論：「打得真精采，我讓我家弟弟也來報名比武。」

隨便的一句話，頓時引來旁人的七嘴八舌，「能報名的時候不去，現在不讓報名了。」

嵐顏的心頭一涼，果然是錯過了。

不過……她的目光抬起，看著兩側搭起的樓臺，或許，她還有機會。

高高的擂臺四周，是搭建起的四面樓臺，將擂臺環繞在中間，而能上樓臺者，也就是封家的貴賓，比如蘇逸、比如段非煙，還有那原家的少城主，主位自然是封家，其他各家貴賓占據一面，至於依泠月……

嵐顏的目光在風吹起紗簾時敏銳地捕捉到正前方樓臺上的那抹冰白，他身邊坐著的正是依泠月。

面對眾人譁然和驚豔的聲音，依泠月輕柔一笑，引來更多讚歎之聲。

嵐顏撇了下嘴，比試還沒開始打呢，依泠月就以女主人自居了，看來的確是沒人看好自己啊。

冷笑在嘴角邊揚起，她真的很想知道，如果她贏了，依泠月會是什麼樣的表情？封千寒又會是什麼樣的表情？不為了贏得封千寒，只為了……好玩。

只這目光一瞬息的停留，封千寒立即像是感應到了什麼，目光飛快地掃了過來，嵐顏一低頭，將纖細的身形隱沒在人群中，封千寒的目光一晃而過，沒有發現什麼，又淡淡地抽了回去。

直到那鋒芒的眼神離開，嵐顏才抬起頭，不敢再盯著看，而是四下觀望著。

正北面的樓臺被封家占據，她將目光偷偷轉向了東面。

素色的紗簾輕輕拂動著，整個樓臺沒有任何裝束，卻隱約有種飄然的氣息透出，她依稀還嗅到了淡淡的檀香味。

以她的猜測，這似乎最符合蘇逸一貫給人的感覺，只是檀香……似乎沒在他身上嗅到過，蘇逸雖然清弱並不愛裝扮，倒還不至於到出家的地步，卻不知道為什麼要點檀香了？

再看西面，紫色的紗簾，綴滿金絲的繡線，祥雲朵朵，陰柔到極致的美感，讓嵐顏一看就頭皮發麻，用腳趾頭都能猜到這簾子後坐的人是段非煙了。

嵐顏很快地別過臉，卻看著最南邊的樓臺，因為方向與角度，這是讓她看得最為清晰也最讓她震驚的。

能坐在那高樓之上，身分與地位自然都是與封千寒不相上下的人，自然在陳設上也會做到符合主人的喜好與偏愛，可是眼前這個簾子……

簾子的存在，就是為了不讓尋常百姓有太多好奇，也是對各城尊貴人物的尊重，不過用這樣的方式尊重，嵐顏還是第一次看到。

以補丁綴補，邊緣還是破破爛爛的毛糙，還有著看不出來的油污，這哪是簾子，分明是地上隨便拿來的一塊大抹布。

原家的少城主，果然非同凡響，她嵐顏深感佩服。

不過這念頭也就一閃而過，嵐顏也就沒有了興趣，畢竟此刻對她來說，想辦法登上樓臺才是最重要的事，唯有貴賓家的人，才能以切磋的形式上擂臺。而嵐顏想要尋求幫忙的對象是蘇逸。

畢竟蘇逸給她的感覺，最沒有攻擊性。

她在等，等著那素色的遮簾打開，看到蘇逸的人，她才能傳聲。可惜，她站了許久，站到擂臺上的比武都打了三場，簾子也沒有半分晃動的跡象。

看來在這裡等是不合適了，不如等到半夜，偷偷潛入蘇逸住的驛站再說。

就在嵐顏即將轉身離開的一瞬間，忽然聽到了身邊女子的尖叫聲：「啊……是段城主呢。」

「天啊，都說他擁有天底下最魅惑的容顏，我等了幾天，就為了看他一眼，我要死了。」旁邊有姑娘發出花癡的聲音。

「太美了，這男人……」有人喃喃著低語，卻沒逃過嵐顏的耳朵，「能和他一夜，付出什麼代價我都願意。」

嵐顏抬頭，那紫色的簾子被掀開半邊，露出一張俊美如妖的容顏，狹長的眼睛挑著自然的風情，薄唇輕抿，似笑非笑。

是的，妖。

只有段非煙才能將這種妖的魅惑展露得如此徹底，就連嵐顏也甘拜下風。

武功太高似乎也不是什麼好事，所有的竊竊私語、垂涎的話語，都被她聽得清清楚楚，再聯想起段非煙一向行事隨便，她除了撇嘴還是撇嘴。

轉身、舉步，忽然聽到一句話飄送到她的耳邊，「上來。」

是段非煙的傳音。

這個傢伙不僅有妖的容顏，還有妖的感知力，好強！

她不蠢，更不打算跟他有什麼牽扯，只當沒聽見這句話，於是繼續抬腿、邁步，想要走出人群。

「臺下那位姑娘，請留步。」忽然這一嗓子飄蕩在人群上方，既溫柔又多情。

果然是不要臉的人，他居然在大庭廣眾之下，直接開口邀請姑娘，誰鳥他啊！

「他喊的是不是我啊？」

「一定是我呢！哎呀我要暈倒了。」

嵐顏望天翻了個白眼，腳下不停就要走，奈何所有的人都停在當場不肯動彈，尤其是姑娘，她想擠都擠不出去。

「麻煩，讓讓。」無奈之下，嵐顏只能開口，希望趕緊遠離是非之地。

「那個藍色外衫戴面紗的姑娘，請妳留步，非煙這就下來迎妳。」這句話說得中氣十足，不僅所有人的目光都看了過來，就連擂臺上比武的兩個人，都停下了手中的動作。

段非煙說來就來，直接從樓臺上一躍而下，猶如鷹隼翱翔，飄落在她的面前，同時低啞性感的聲音飄入她的耳中，「知道我喊的是妳，為何還走？」

嵐顏現在可不是羞，她是怒，非常惱怒。

她不願意引人注意，尤其是封千寒，被段非煙這麼一鬧騰，只怕封千寒已經注意到了吧？

她甚至能感應到，另外三道簾子後投來的好奇目光，所幸段非煙的高大替她遮擋了不少，而她目光微抬，已經看到封千寒所在的樓臺簾子有了掀動的跡象。

「你找死是吧？」她低聲說著，恨不能現在伸手掐死他。

段非煙伸手環繞上她，將她擁在懷中，唇貼上她的耳畔，低聲道：「妳若不想被他發現，就乖乖跟我走。」

這傢伙，太懂得拿捏人的弱點。

被他這一鬧，嵐顏想不順從都不行，她抬起頭，一雙眼眸透過面紗，惡狠狠地瞪著他。

而他，則肆無忌憚地伸出手，迅雷不及掩耳之勢扯下她的面紗，嵐顏愣了下，下意識地想要推開他，但當手抬起的那一刻，她又頓住了。

不擋，她的面容會被揭穿。

擋，她的武功會過早暴露。

猶豫間，她已經能感受到面紗飄墜時從臉頰劃過的輕柔。幾乎也就是同時，段非煙的手抬起，大氅罩上她的頭頂，將她整個人攏在自己的胸膛中。

而此刻的嵐顏，最好的選擇就是將腦袋埋進他的懷中，任由他緊緊擁著自己。

「跟我走好嗎？」他低下頭，彷彿世間最溫柔的春風般耳語，姿勢曖昧而深情。

媽的，她不跟他走能怎麼樣？

於是，那手摟上了她的腰間，展開他的羽翼，將她護衛在他的胸前，猶如最珍貴的寶物不容他人覬覦，一步步走上臺階。

他是故意的，嵐顏在心中咒罵著。

下來的時候連蹦帶跳，上去的時候要一步一個腳印，這分明是占她的便宜，還讓她不能反抗。

嵐顏咬著牙，隨著他的腳步走上樓臺，雖然事情不如她原本設想的那樣，好歹也算上了這樓臺。

當簾子遮擋下來，只有他們兩個人的時候，嵐顏一拳打上他的胸口，段非煙踉蹌著後退了幾步，靠在欄杆邊，笑得肆意而邪氣。

他看著她的臉，輕嘖出聲，「妳真美。」

第二章 兄長嵐修

嵐顏知道他話中的意思，此刻的她用的是嵐顏的名字，心卻已是秋珞伽，那種歲月沉澱下來的冷靜與從容，喜怒皆不在意，才更惹男人欣賞，何況是段非煙這種過盡千帆的男人。

「妳這臉，會迷惑天下人。」他的眼睛微瞇，那邪魅的弧度下，嵐顏看到了占有慾。

她輕嗤了聲，「你是在表揚自己嗎？」

「妳吸引我。」他的手勾上她的下巴，摩挲著她柔嫩的肌膚。

段非煙身上有一種邪性，而她身上有妖氣，氣息總是不自覺地互相吸引，哪怕她很嫌棄對面的人。

嵐顏的手快速彈出，指尖劃過他的脈門，鋒利的指風讓段非煙不得不縮手，嵐顏怒道：「你若是再動手動腳，我會讓你一輩子都只能看女人而無能為力，你要不要試試？」

段非煙露出一個笑容，肆意而張揚，在她身邊的另外一張椅子上坐下，手指拈起一塊糕點，輕齧了下，眼睛卻看著她。彷彿她就是他手中那美味的食物，正在被慢慢舔舐品嘗。

嵐顏抽回目光，隨手拿起一塊糕點咬了起來，對於她來說，糕點顯然比段非煙的吸引力大多了。

雖然她擁有秋珞伽的記憶，但骨子裡的嵐顏，還是那麼懶散和無賴。

她咬著糕點，津津有味地將目光投向擂臺上的比試，而心思實則在對面。

她所在的位置，與三樓平齊，若要觀察什麼，比在樓下方便得多，視野也寬敞得多。

嵐顏最先看向對面，也就是蘇逸所在的位置。

透過紗簾，她看到兩道人影，隱隱約約不甚清晰。

兩個人嗎？

以她之前對蘇逸的感覺，蘇逸做事一向是獨來獨往，雖然對誰都是客氣有禮，卻有一種無形的疏離感，能與他同座共飲的人，只怕也非普通人了。

再看南面那簾子，嵐顏看了一眼、再看一眼、再再看一眼，然後……放棄。

補丁太厚，饒是破破爛爛的門簾，被東一塊西一塊、深一片淺一坨地補在一起，她想要判斷簾子後的人影，實在太難。

不過她也就只是好奇而已，看不到就看不到，很快就挪開了眼。

封千寒那邊，似乎沒有看的必要，因為依泠月總會找各種機會撩開簾子接受眾人的瞻仰和讚美，她就算用眼角都能看飽。

「怎麼，不爽？」段非煙的聲音飄入她的耳內，帶著幾分調侃的笑意。

「是啊，不爽。」她懶懶地靠上椅背，擂臺的比武似乎也沒什麼值得關注的焦點，還不如眼前那盤糕點賞心悅目。

「她怎能和妳比。」段非煙意興闌珊，「自恃臉蛋的俗物。」

對於這個評價，嵐顏抽了抽嘴角，微笑。

不是因為他攻擊依泠月，而是他說的……太對了。

當年她對依泠月的印象就是如此，沒想到段非煙一眼就看穿了她的本質，倒是本事。

「我見過多少女人，她裝得再像也能被我看穿，何況還裝得不像，我倒挺佩服封千寒的，能忍這麼久。」段非煙向她拋了個媚眼，「這種假高貴的貨色，我連勾搭的興趣都沒有。」

嵐顏再度翻了個白眼，這傢伙的言下之意，豈不是自己這種貨色，他倒有勾搭的興趣了？

「就是妳想的那樣。」他胳膊撐著腦袋，朝她瞇起眼微笑。嵐顏搖頭，懶得理他。

「好歹，我也算幫過妳，談談我們的交易如何？」

嵐顏頭也不抬，繼續吃著面前的桂花糕，「不談。」

段非煙噗笑，「這麼絕情？」

「我要的別人也能給，我何必吊死在你這棵樹上？」

「妳說蘇九？」段非煙呵呵一笑，「蘇家好歹算是正派人士，表面的和諧還要維持，我可不一樣，我說翻臉就翻臉，誰能奈我何？」

她知道他說得沒錯，段非煙這亦正亦邪的地位，與蘇家相比，終究是有所不同的，她如果藉蘇家的名義上臺比武，若是她妖王的身分被揭穿勢必連累蘇家，而段非煙則不同。

「妳這次來，不替那人報仇是不會善罷甘休的，蘇家可以讓妳上擂臺，但妳肯定蘇家能讓妳為所欲為？」段非煙端起茶盞，送到她的唇邊，「但是我能！」

他那句話裡，帶著無邊的狂浪，明明只是一句隨口的話，她卻聽到了不屑與傲然。

「我考慮一下。」她遲疑了。

耳邊是段非煙懶懶散散的一聲笑，彷彿篤定了她沒有其他退路。

「我還以為妳不會來呢，為了等妳，我可是看了整整三日無聊的比鬥，屁股都坐疼了。」段非煙的話忽然傳來，嵐顏心頭一驚。

她在山中耗費了這麼多日子？依照規矩，封城的比試三日內就要結束，今日豈不是最後一日了？她一會兒豈不是就要出手了？

停頓只在一瞬間，嵐顏毫不猶豫接過他送來的茶盞，一口氣灌到底，又抓了塊餅塞進嘴巴裡。

既然要打架，怎麼也得先吃飽。

「我現在該叫妳什麼？」段非煙的手輕撫上她的臉頰，卻被她一巴掌拍開。

嵐顏頭也不抬，「隨便。」

「珞伽？」

嵐顏的手頓了下，這個名字被塵封了太久，而且唯有一人這般喊過她，這一瞬間她竟然有些失神。

「看來還是顏顏好些。」段非煙很快就改口了。

嵐顏口中的餅險些噴出來，他還能再噁心一點嗎？

此刻，擂臺上已經分出了勝負，一名大漢站在擂臺上，「還有誰挑戰？」

嵐顏發現站在臺下的幾個人已經露出了猶豫的表情，幾乎已經沒人敢上臺挑戰。

看著臺上的人，嵐顏忽然想起在封家的時候與嵐修在一起練功的日子，那時候兩個無所畏懼的人，豪言壯志地表示有一天要一起站在擂臺上，一直站到最後。

如今，封家已滅門，嵐修為救她而死，她似乎也該為了嵐修的夢想而努力。

她轉頭看向段非煙，「以鬼城的身分，讓我上臺吧。」

段非煙點點頭，伸手撩開簾子，正待開口間，遠方忽然傳來一聲大吼：「我挑戰！」

只見一名大漢從遠處急速奔來，三兩下衝到台前，腳下猛地一跳躍上高臺，「秦仙鎮封家，封嵐修挑戰！」

嵐顏騰地站了起來，手指情不自禁攀上欄杆，身體探了出去。

奔上擂臺的人，手臂糾結有力，一雙眼睛炯炯有神，散發著無邊的力量，雖然身形儼然已是成年男子，那眉目之間，還是能看出昔日的影子。

是的，就是嵐修！他沒死嗎？

嵐顏的心飛快地跳動著，眼眶悄然濕潤了，她這些細微的變化，逃不過一旁段非煙的眼睛。

「妳……還好這口？」段非煙表情十分驚詫，看著擂臺上的嵐修，手中簾子落下。

嵐顏狠狠地瞪了眼段非煙，看著擂臺上的男子，輕聲開口：「他是我哥哥。」

是的，哥哥！

與妖族的身分無關，只因為在封家的那段緣分，嵐修視她如弟弟，為了救她而犧牲性命，如今再見嵐修，怎不讓她激動？

段非煙長長地「喔」了聲，重又靠回椅子上，「哥哥就好。」他這是什麼意思？

而擂臺上的擂主顯然不願意將這到手的最終勝利變得夜長夢多，他眉頭一皺，「秦仙鎮封家？那麼是旁支的人，旁支參賽需要權杖，你有嗎？」

沒錯，嵐修的身分是外支，而秦仙鎮封家早已不存在，自然也就不可能有參賽權杖，縱然嵐修上了擂臺，他也是沒有資格比試的。

嵐修雙手抱拳，衝著東面樓臺一拱手，那簾子裡忽然傳來俊朗的聲音，「嵐修以松竹禪弟子的身分，擂臺切磋，封少城主可答應？」

「呵呵。」段非煙的薄唇挑起，眼中淨是看好戲的光芒，開心道：「松竹禪的弟子嗎？這下有好戲看了。」

真是唯恐天下不亂的人！

而嵐顏心中則是一驚一喜，驚的是那簾子裡與蘇逸並肩而坐的居然是松竹禪的人，喜的是嵐修從此有了巨大的倚仗，這松竹禪是佛門至高的禪宗，不沾染江湖是非，卻有著崇高地位，幾是一呼百應的身分。

她如果沒記錯，絕塵就是松竹禪的人吧？自那日分別後，也不知他如何了？等今日比試結束，她一定要去問問。

此時北邊樓上傳出封千寒的聲音，「比武本就是各家切磋，何況嵐修還是封家人，千寒怎能不答應？」

一句話，就將原本的門派之間比試變成了自家鬥爭，即便嵐修贏了，爭的還是封家的面子而非松竹禪的。

「阿彌陀佛，少城主好氣度。」

一聲佛號、一句讚揚，反而將自己的身分提得更高，這簾子後松竹禪的人決口不提自己，反而更突顯了禪宗的超然。

得到了封千寒的首肯，擂臺上的擂主縱然不願意，卻也不得不點頭，拉開架式防備地看著嵐修。

嵐顏的目光死死地盯在嵐修身上，以她對此刻嵐修武功的感知，嵐修必然會勝。

第三章 挑戰劍蠻

初始的激動過去，嵐顏反倒能定下心來看比試，她對嵐修有著絕對的信心。

擂臺上的兩個人互相通報姓名，不過是尋常禮節。

「秦仙鎮封家，封嵐修。」

「封城，劍武。」

這個名字，讓嵐顏再度皺眉，目光挪到了那人的臉上，久久凝望後，坐回了椅子上。

身邊的段非煙，輕飄飄地說道：「殺氣！」

她承認，她還是暴露了心思。不過她不是個會遷怒於人的人，這場比賽看看就好。

互報過身分之後，兩人很快開打，而嵐顏也第一次看到了嵐修成長之後的武學。

看上去精壯的漢子，出手卻帶著幾分雲淡風輕的縹緲，看上去對方處處殺氣騰騰，卻總能在緊要關頭被嵐修化解殺招。

嵐顏知道，嵐修這是在試探對方的底，而他真正的功夫還沒有使出來呢。

兩人的比鬥引來一陣陣的喝采聲，嵐顏的心也跟著這一陣陣的喝采而激蕩起來。

少時的夢想，兩個互相承諾著要站上擂臺到最後的人，她在見證著當年的誓言，看著他實現兩個人的夢想。

當數十招過去，嵐修的招式忽然變換了，手上招式越來越快，卻依然是不帶煙火氣息的禪意，可劍武卻越來越難以招架，腳下幾度踉蹌。

嵐修卻是等著他，待劍武穩住身形後才再次出手，這一舉手一投足間大家風範已然盡顯。

兩人再過十餘招，那劍武已退到擂臺的邊緣，眼見著就要輸了，嵐顏的嘴角揚起了淡淡的微笑。

笑意才起，就凝結在臉頰上。

嵐修的身體忽然晃了下，原本要出手的一掌也突然停下，穩如泰山的下盤一個哆嗦，別人看不見，嵐顏卻看得清清楚楚。

嵐修身體飄退，目光猛地看向人群，而人群叫嚷著、雀躍著，什麼都看不出來。

此刻劍武的招式已至，嵐修唯有回身招架，而嵐顏的視線，在人群中迅速地鎖定了一個人——劍鑾。

他喬裝混在人群中，顯得那麼平淡無奇，但對於嵐顏來說，這個人是銘心刻骨的恨，再是變裝又怎麼能逃過她的眼睛？

劍鑾擠在擂臺前，以他的距離，若要對嵐修動手，他人實在太難察覺，又何況擂臺上全神貫注的嵐修。

嵐顏的臉陰沉了，耳邊段非煙的聲音還是那麼懶懶的，「呵，封千寒也不怕丟臉？這麼多高手看著呢，若是被松竹禪看出來，封城豈不是成為四城的笑柄？」

嵐顏知道，以封千寒的性格只怕不會如此，但是劍鑾是封南易的護衛，他只怕也有自己的私心，才會不顧一切地出手幫劍武。

嵐修繼續與劍武周旋著，他並沒有著急，而是轉動著方向，讓自己離開剛才站的地方，到了擂臺的另一側。看來他也明白剛才那一下出手的方向，努力讓自己避開。

嵐顏站起身，目光死死地盯著擂臺旁劍鑾的動作。

而嵐修已經重新穩定了身形，重新占據了場上的主控權，又一次將劍武壓制下。

場下的歡呼一聲接著一聲，聲浪震得人耳朵發疼，所有人都感覺到了，這一次嵐修使盡渾身解術，三兩招之間就要分出勝負了。

就在這個時候，嵐修忽然又朝著劍鑾的方向移動，這讓嵐顏的心頭漸緊。果然，就在嵐修即將一拳打上劍武胸前的時候，劍鑾的手動了。

一指點出，方向正是嵐修的腿彎。

這個地方一旦被點中，嵐修勢必拿捏不住身形，只要劍武補上一掌，嵐修必然掉下擂臺，這場比試的勝負立分。

劍鑾的指風彈出，在雀躍的人群中，沒有人注意到。

可就是這樣的一指剛出，高臺上激射出兩道指風及一道人影。

一道指風攔截下劍鑾的偷襲，伴隨著深沉的一聲佛號，「阿彌陀佛！」

另外一道指風，直接點上劍鑾的肩頭，爆發出一朵血花，而嵐顏的人影，直接跳到劍鑾的身前，伸手抓向劍鑾。

直接而粗暴的動作，讓劍鑾一愣，想要挪開步伐卻忽然發現四周都是人，根本無法動彈。

幾乎是在同時，嵐修的掌風一拍，劍武再也無法抵擋，摔落擂臺。

不過，沒有人來得及歡呼，因為劍鑾無處可躲之下，忽然縱身而起，跳上了擂臺。而不肯放過他的嵐顏，也隨之躍上擂臺。

「怎麼，城主大人的護衛也要打擂臺嗎？」嵐顏站在劍蠻的對面，半是嘲諷半是揶揄，唯有眼神中的殺氣，是真真切切的。

而北面高臺上的簾子忽地一下飛了起來，封千寒的身形展露，在眾人的歡呼中飄落在地，周身氣息冰冽，讓劍蠻不自覺地後退了兩步。

「劍蠻私下干擾擂臺比武，傷害其他參賽者，縱然身為城主護衛，亦不能輕饒。」封千寒冷冷地開口，一雙眼睛冰冷如霜，盯著劍蠻的臉。

在這樣的一雙目光下，劍蠻居然不敢動彈，僵硬著身體，站在擂臺上。

封千寒的眼眸抬起，看著東方樓臺，「還請松竹禪門人為千寒做個見證，千寒絕不能容忍敗壞我封城名聲人的存在。」

嵐顏心頭一聲嗤笑，這話說得冠冕堂皇，以松竹禪一向寬容慈悲的態度，只怕就立時開口饒了劍蠻吧？封千寒倒是心機深沉得很。

樓臺上又是一聲佛號響起，「方才少城主曾言這是封城內事，松竹禪不便過問，少城主拿捏便是。」

嵐顏差點笑出聲，看來這位門人完全沒有佛家的慈悲心啊，倒是一句話噎回了封千寒。

封千寒點頭，手腕抬了起來，「劍蠻，為我封城名聲，今日封千寒清理門戶。」

喲，玩真的啊？

嵐顏有些驚訝，她沒想到封千寒居然半點面子也沒給封南易，真的拔劍相向，在這麼多人的見證下，只怕是真的要殺劍蠻了。

封千寒一劍點出，劍鋒閃耀著光芒，凝結著霜寒殺氣。

「叮。」一道指風點上封千寒的劍脊，那劍略微偏出去了三分。

全場譁然。

在封城，在所有封城百姓的面前，居然有人敢挑戰封千寒的權威，而且如此明目張膽，的確讓人很是驚訝。

而那狗膽包天的某人，撩了撩面前的面紗，表揚自己還算聰明地提前戴好了面紗，不然這一下就不好玩了。

「少城主。」嵐顏一聲輕笑，聲音又軟又媚，就是沒幾分正經，「好歹我是第一個出手的人，少城主難道不該尊重一下我嗎？」

封千寒的眼光劃過劍脊被嵐顏彈過的地方，又回到嵐顏的面紗上，似乎在評估她的身分。

冷不防樓上忽然傳來段非煙的笑聲，叮嚀道：「少城主，這可是我心尖上的人，少城主可別嚇壞她了。」

封千寒收回目光，冷然開口：「這是封城家務事。」

「可他傷的是與我有重要關係的人。」嵐顏絲毫不退讓，雖然是笑嘻嘻的口吻，語氣卻不容拒絕。

封千寒眉頭挑了下，看了眼一旁的嵐修，而此刻的嵐修也是一臉莫名，丈二金剛摸不著頭腦的表情。

「少城主放心將人交給我如何？一會兒我自會給少城主一個交代。」嵐顏慢條斯理地開口，此刻的她站上擂臺，就沒有打算下去了。

至於封千寒，這闊別已久的人，只怕已不記得自己。

封千寒沉吟了下，點了點頭。

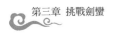

白衣一閃，人已經從嵐顏面前消失，擂臺上只剩下嵐顏、劍鑾和嵐修。

嵐顏看向嵐修，慢慢走向他，在他面前站定許久，才讓自己的聲音出口時保持著平靜，「我不是來爭擂臺勝者的，現在是私人恩怨，你不妨去休息，一會兒繼續你的挑戰賽。」

嵐修看著她，表情有些怪異，扭曲幾下後，終於還是點了點頭，「妳小心。」

就這三個字，已是無盡的溫暖。

面紗後的嵐顏，淚水凝結在眼眶，目送著嵐修走下臺，她轉身面對劍鑾，衝著段非煙的方向抬起了手腕，「段城主，借劍一用。」

「樂意之至。」段非煙笑著拋下一柄劍。

嵐顏接住劍，毫不猶豫地抽出，閃耀的光芒劃過她的眼底，殺氣從她身上一點點瀰漫開，剎那籠罩劍鑾全身。

「既然少城主相讓，我就做主了，只要你能從這擂臺上逃走，就饒你一命。」

劍鑾的臉上滿是狠厲，他或許不敢反抗封千寒也打不過封千寒，但是對於這個狂傲的女人，他可沒有放過的意思，何況這女人還說了，只要自己能逃跑，就饒一命。那時候，就連封千寒也無能為力了。

劍鑾臉上的傷疤跳動著，讓那張本就醜陋的臉變得更加猙獰，他抽出劍，「那就一戰吧。」

嵐顏捏著手中的劍，心中卻只有一個聲音：鳳逍，記得我說過的話嗎？拿他的命，來祭你的魂魄。

第四章 為夫復仇

劍蠻為了命，自然是拚盡全力。只是他低估了眼前這個忽然冒出來的女人，更低估了她要殺他的決心。

他一劍刺出，寒星點點，直撲嵐顏。

而此刻的嵐顏，沒有動，一直站在原地，看著劍蠻手中的劍越來越近、越來越近！

所有人驚呼出聲。

劍蠻以為自己得手了，可是他的眼前忽然人影空空。

嵐顏不知何時已經站在他的身後，手中的劍輕輕揮過。

只是輕輕一揮，在劍蠻的背心便劃下一道長長的傷口，從後背直到腰際。

深，也不深，皮肉翻捲卻不致傷及性命。

嵐顏低低的聲音，只有劍蠻能聽見，「你當初傷他的第一劍，就是這裡。」

劍蠻表情一驚，整個人竄出去，但是那雲淡風輕的劍，卻讓他避無所避，他甚至能聽到那劍劃開自己衣衫、切開皮肉的聲音。

就在他心頭還在慶幸這一劍並不深的時候，耳邊忽然想起鬼魅幽魂般的聲音，「繼續。」那聲音，彷彿就貼在他的耳邊。

劍蠻魂飛魄散，匆忙間回頭就是一劍。

他本意只是防守，怕這詭異的女子會在他背後突襲，卻在劍揮起時聽到一聲冷哼，「放心，我不會偷襲你的。」

這聲音不大不小，剛好夠所有人聽見，頓時引起一片哄笑聲。

唯一笑不出來的是劍蠻，因為他聽到的比旁人多一句，那是傳音進他耳朵裡的：「我不會讓你這麼輕易死的，你當時如何對他，我便如何對你。」

劍蠻知道今日不會善了了，只是死在他手上的人太多，他甚至不知道自己與這女子的結怨是因誰而起。

當他轉過身，嵐顏才慢悠悠地抬起手，揮出一劍，人在數丈之外，招式已起。

劍蠻以為自己可以輕易躲避，可惜他又錯了，就在那劍招落下的瞬間，女子的身影猶如鬼魅一樣出現在他的面前，他甚至沒能看清楚對方是如何靠近自己的。

他抵擋了，但是那輕飄飄的一劍，就這麼從他的防禦中穿過，又一次劃開他的前襟，劃破他的胸膛，直到小腹。

傷口不深，但是疼。

比疼更可怕的是恐懼。現在他終於明白了對方的那句「只要你能從這擂臺上逃走就饒你一命」的真正含義。

那一劍對方若要取他性命，當真是隨隨便便，可是這女人沒有，他清楚地知道對方要折磨他，就如同他曾經折磨過的每一個手下敗將一樣。

劍鑾的手中從無活口，折磨人也只在無人的時候，每一個這樣的人都已經死了，他不知道這女子是如何知道他的動作，甚至連他最喜歡從哪裡下手都清清楚楚，恍若親見。

他的倚仗是封南易，但是此刻城主還沒回來，封千寒與他一向不對盤，剛才他為了兄弟出手的事被封千寒發現，原本以為封千寒會看在城主的面子上放他一馬，不料封千寒卻對他起了殺心。指望封千寒救自己那是不可能的，而眼前這女子雖說笑語盈盈的，但傳音給自己的話語裡，滿滿的都是殺氣。

無論如何，他要逃！

先保下命，待城主回來後，封千寒不敢拿自己如何，這女子不過是段非煙的人，更不敢拿自己如何。

當嵐顏又一次舉起劍的時候，劍鑾想也不想，掠起身體朝著臺下飛去。

逃！這一個字，深深地印在他的腦海中。

就在他的腳尖剛剛點上擂臺邊緣的時候，只要一步，再一步，他就能下這擂臺。他打不過這個女人，但是以他封南易貼身劍士的武功，他不信連跑都跑不掉。

眼前，忽然出現一道淡藍色的身影，人猶如一道妖影般停在空中，而她手中的劍橫在空中，劍尖直指著他，他這一步出去，雖脫離了擂臺，但這把劍也能把他穿個透明窟窿。

一步之遙，他只能無奈退回，站在擂臺上，不甘心地看著她。

他依稀能感覺到，對方面紗後的眸光，帶著嗜血的冷然，死死地盯著他。

劍鑾一揚手中劍，「妳不放我走，那就決一死戰好了。」

嵐顏咯咯笑了，笑聲飄在空中，清脆如鈴鐺，煞是好聽，更有幾分嬌媚、幾分妖嬈，讓人不禁神往。

她抬起手腕，「我不喜歡用武器，但是為了你，我可是特別破例了的。」

一個讓她恨不能千刀萬剮的人！

劍蠻飛撲向嵐顏，手中的武器晃出耀眼的光芒，似乎是要誓死一搏。

這狂猛的打法，臺下人情不自禁發出一聲驚呼，有人更是身不由己地後退一步，似乎是想要躲避。

任何人面對對方殊死一戰的撲殺時，這都是必然的反應，唯有將距離拉開，才能消弭對方的戰意，也更能尋找到對方的破綻。

這就是劍蠻要的，他才不會傻到去對戰，明知道對方是自己打不過的人，剛才那幾劍已經讓他從心底深深恐懼眼前的女人，這全力一擊他算計的就是對方的後退，只要她退開，他就拚盡全力下擂臺，她不是說他逃不了嗎？他就逃給她看！

女人讓開了，劍蠻心中閃過喜悅，可是這喜悅還沒來得及釋放，他就看到那側身的女人做出了一個詭異的動作，她伸出了手。

一隻雪白如玉，柔軟無骨的手，在陽光下泛著珍珠的光澤。

那指尖如蔥段般，懶懶地探出，彷彿是信手拈取一粒梅子般。

「嘶！」胸口衣衫盡碎，五道深深的指痕劃過他的肩頭。劍蠻腳下一晃，踉蹌著後退，手捂著肩頭。血不斷地從指縫中沁出，轉眼間濕透了衣衫。

她看著自己的手指，一滴滴的血落在她身側的地面上，滴答……滴答……

劍蠻感覺到了一股無形的陰森，那是他的血，剛才這女人一爪，已是深入骨中，好狠毒的女人！

「你也是這麼對他的。」耳邊，還是那嬌嬌俏俏的嗓音。

嵐顏又一次揚起了劍，「我說過，你如果逃得了這擂臺，就饒你一命，可我沒有饒你一命的意思。」

她主動出擊，劍光閃爍。

胸口，小腹，手臂，一道道一處處，全是她劃下的劍痕，劍鑾早已是心魂欲裂，再也沒有與她對戰的勇氣。

而嵐顏的心中，則是那日鳳逍在她的眼前，那血花四濺帶笑望她的容顏。

嵐顏的嘴角揚起了淡淡的笑容，而眼角邊，卻依稀有什麼滑下，一句句話語在心中，與那個已然逝去的人訴說著。

——鳳逍，你看到了嗎？我在為你報仇。

——鳳逍，你可在我的身邊？

——鳳逍，他對你的傷害，我讓他十倍百倍地還給你！

每一劍落下，每一道傷口，都彷彿是再現昔日劍鑾對鳳逍的傷害，唯一不同的是鳳逍的坦然，與劍鑾的恐懼。

劍鑾的不斷躲閃中，忽然遠處一列車馬緩緩而來，這一瞬間她看到了封千寒忽然起立的身形，也看到了劍鑾眼中乍亮的光芒。

封南易？嵐顏心頭一聲冷哼，手忽然抬起，重重的一劍撩過劍鑾的手腕，筋脈頓時寸斷。

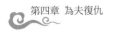

劍鑾發出一聲慘叫，嵐顏的話音也落：「這一劍，為你剛才偷襲的舉動，你不該傷嵐修。」

劍鑾趴在地上，掙扎著，更是不甘心，「他是妳什麼人？」

人影擦身而過，劍鑾的耳邊飄過兩個字：「哥哥。」

劍鑾的眼睛看著她，閃著不敢置信的光芒，嵐顏呵呵一笑，「現在你知道我是誰了吧，可否還要問，我是替誰報仇？」

劍鑾忽然轉身，衝著馬車大聲叫喊著：「主上，救我！」

嵐顏心頭一震，不好。

她絕不能讓封南易有開口的機會，劍鑾的命她勢在必得。

那劍，高舉。

車內傳出威嚴的聲音，「姑娘，手下留情。」

話說了，若繼續就是不給封南易面子了。

她，會給嗎？嵐顏想也不想，一劍直入劍鑾胸口，在眾人的譁然中，震斷對方的心脈。

劍鑾眼中的光芒漸漸熄滅，喉嚨中咯咯作響，嵐顏貼著他的耳邊，「鳳逍，我夫。那日我眼睜睜地看你如何凌虐他，我怎會容你活著？」

劍鑾的身體，帶著他的不甘心，轟然倒下。

而那馬車，已到了擂臺前。

車中的聲音已有了威壓，「小丫頭好狠毒的手段，可是我封城中人？」

她知道，這句話的意思就是，如果她說是，他就用城主來懲罰她，如果她說不是，她就沒有資格上擂臺，更應該被懲罰。

「是，也不是。」

「她是我的人！」

兩道聲音同時響起，嵐顏不禁抬頭，卻看到了段非煙那似笑非笑的臉。在這個時候還為她挺身而出，倒是讓她忍不住要稱讚一聲。

車停在擂臺前，車中人威嚴行出，一雙目光中精芒四射，盯著嵐顏又看看段非煙，「鬼城是我貴賓，卻不能在封城隨意殺人，段城主管束無方呢。」

「城主大人。」清寒的身影飄下，落在嵐顏身前，卻是封千寒的身影，恭敬有禮的姿態下，語氣卻半點不見父子之情，「劍蠻暗箭傷人在先，這位姑娘只是鳴不平，為我封城名聲，千寒不敢包庇。」

封千寒為她開脫，更是千古難得一見了。

面紗後的嵐顏笑笑，依舊沒有說一句話。

而一聲適時的佛號聲，彷彿也有意無意地讓自己一腳蹚進了渾水中，「松竹禪謝少城主秉公處理。」

何止是讚揚封千寒，還暗損了一句封南易。

封南易眼中精芒一閃，東樓中的人倒像是什麼都沒做過一般，「松竹禪雲松門下曲悠然，見過城主大人。」

咦？這是俗家名字啊，居然不是法號？莫不是代表這松竹禪出來的竟然是個俗家弟子？

嵐顏頗有些驚訝了。

「既然劍蠻不懂禮儀，秉公辦理也是對的。」封南易看也不看地上的人，踏上擂臺邊，走向北樓。

封千寒在他身後，也是同樣的面無表情。

「不過。」封南易停在嵐顏面前，「姑娘非封城中人，擂臺上較量玩玩也罷了，殺人之事似乎應該由封家來處理。」

「我上這擂臺可不是玩玩而已。」嵐顏滿不在乎，朗聲回答：「我方才就說了，他傷了於我來說非常重要的人。」

「喔？」封南易看似溫和的口吻之下，威壓在一點點地增強，而這對於嵐顏來說，或者對於老妖精秋珞伽來說，實在不足看。

嵐顏的視線轉向嵐修，「雖然有松竹禪，但我又怎能眼睜睜地看著自己兄長受人暗算，替兄長出手不算外人吧？」

嵐修猛地站起身，一雙莫名的眼睛盯著嵐顏，嵐顏的手拈上面紗，輕輕揭開。

面紗落地，嵐修瞪大了眼睛，嘴巴張得幾乎要脫臼了，「你、妳、你、妳……」

嵐顏無奈，昔日的弟弟沒死又回來了，還一轉眼變成妹妹，嵐修當然一時間接受不了。

她轉頭看著封南易，「城主大人，我雖然沒有報名參賽，但我有您三年前親口許下的承諾，我、封嵐顏，回來打擂臺了。」

第五章
三年賭約，故人重逢

所有的聲音都彷彿在這一刻靜止了，嵐顏感覺到一雙雙停留在她臉上的眸光。

多久了，她不曾再受到過這樣的關注。

有驚歎的、有讚美的、有驚豔的。

「妳、妳真的是嵐顏？」嵐修結結巴巴，指著嵐顏的臉，猶如看到鬼魅。

嵐顏望天翻了個白眼，「真的是我。」

「妳、妳、妳怎麼……」嵐修的臉脹得通紅，明顯是努力想要鎮定，卻怎麼也按捺不了驚嚇的心情，「怎麼變成女人了？」

「我一直都是女人。」嵐顏很是無奈，決定隱藏住自己的身分，索性順水推舟，「所以當年母親隱藏著一切，就是因為我的性別。」

嵐修點了點頭，驚喜地一把抱住她，「妳沒死就好、沒死就好，我一直記掛著妳，就怕妳也遭了難，弟弟也罷妹妹也罷，妳活著就是最好的事。」

被這雙鐵臂抱著，嵐顏感受到的是濃濃的親情，沒有其他含義，只為了那單純的重逢後的喜悅。

嵐顏靠在他的懷裡，輕輕說了聲：「哥哥。」

無論她是嵐顏還是秋珞伽，無論她是妖還是人，嵐修都當得起她喊出的這兩個字。

沒有任何情色色彩，純粹的兄妹之情，告訴嵐顏在這個世界上她並不孤單，也沒有完全失去，至少她還有嵐修。

「妹妹，我的好妹妹。」嵐修呢喃著，手掌摸上她的髮頂，親呢地揉了揉。

那手繼而重重地在嵐顏肩頭上拍了拍，稱讚道：「妹妹，妳真漂亮。若不是我親妹妹，我一定娶妳為妻。」

東樓上忽然傳出一聲佛號，「阿彌陀佛。佛門弟子當不被俗世情感所擾，否則如何平心靜氣修習？」

嵐修頓時僵了下，放開了抱著嵐顏的手，衝著東樓雙手合十，「弟子謝大師兄賜教。」

嵐顏看著嵐修正經八百的樣子，頗有些好笑，只是現在不是敘舊的時候，她只能按捺下心情，看著面前的封南易。

嵐顏抿唇微笑，「城主大人，經年不見，還是一如當初的健朗。」

明眸皓齒之下，那笑容也格外燦爛，更顯清純，一雙眼眸忽閃閃的，彷彿她還是封南易的九宮主，彷彿她還是封千寒最喜愛的小弟。

封南易的眼睛停在她的臉上，深深地看著。

而嵐顏則仰起漂亮的臉蛋，迎接著他的注視。

老狐狸，想要看穿她這真正的狐狸精，只怕沒這麼簡單吧？她的臉轉上北樓，殷紅的唇瓣呢喃出一個名字，「千寒哥哥……」

一如往年那般癡纏，一如兒時那樣撒嬌，一如曾經那樣單純，傻傻地望著封千寒笑。

只是這個時候，沒有人笑她癩蛤蟆想吃天鵝肉了，也沒有人笑她是個一無是處的九宮主，更沒有人談笑那個被掃地出門再也不敢回來的封城九宮主。

她站在擂臺上，風華無雙。

她看到，那一瞬間封千寒的眸子中，始終凝結冰寒的東西起了變化，從冰封到溫柔如水，也不過是剎那，只為她那一句千寒哥哥。

可惜，她已不是當年的她。

她是回來打擂臺，卻不是為了他。那些表面的溫柔，那些帶著野心的目的，與曾經的體貼溫柔交融在一起，成了心中最大的笑話。

她是妖族人的事，她賭封千寒不會說，這三年的事情沒有人知道，封千寒又怎麼願意捨棄對自己死心塌地的她呢？

「她真的是九宮主？」此刻緩過神來的人開始小聲議論起來，「九宮主不是男人嗎？」

「不知道啊，記憶裡九宮主不是不學無術的嗎？還醜得要死。」嘀咕聲大得簡直讓她想忘記都難。

「就是啊，所以才被城主趕出封城的。」

「可是看少城主的眼神，何曾這般看過別人，傳言中少城主只在乎九宮主一個人，這般想來，她不是九宮主又是誰？」

「這麼漂亮，她真的是九宮主嗎？比依泠月還要美。」

世俗的眼光就是這麼簡單，也這麼傷人。

曾經傷的是她，如今傷的是依泠月。

說著。

「如果這才是九宮主的真面目，我大概能明白少城主為什麼這麼喜歡她了。」有人讚歎著

嵐顏一句句聽著，衝著擂臺下的人揚起甜美的笑容，那雙眼一瞇，單純中卻又透出幾分風情，讓人挪不開眼睛。

她要的就是這般效果，人太浮於表面，輕易地以容貌斷喜好，她不喜歡卻不介意利用人性。那雙眸子在望著封千寒的時候，是癡癡中帶著幾分可憐。她看著封千寒身邊的依泠月從震驚到不信，再到暗中起較量的心，嵐顏眸光一閃，從依泠月臉上劃過，再轉向封南易。

「城主大人，三年前我曾在您的見證下立誓，為千寒哥哥與依泠月姑娘一戰，如今我站在擂臺上，是否算我兌現自己的誓言了？」

嵐顏不疾不徐地說著，聲音輕輕柔柔的，卻足以讓每一個人都聽見，「為了公平起見，我還特地離開封城去封家修習，能再見依泠月姑娘，是嵐顏之福呢。」

這話，明褒暗貶，比試還沒開始呢，依泠月就篤定以勝利者自居蹭到了封千寒身邊，她嵐顏不出現自然是順理成章，可她出現了，依泠月的行為自然就成了笑話。

封南易的眼眸更加深沉了，「秦仙鎮封家已經不在，妳失蹤三年，所以……」

「所以城主要打自己的嘴巴嗎？」嵐顏巧笑嫣然，口氣尊敬，但話中的含義則是完全不將封南易放在眼中。

「因為得來的消息以為妳死了，所以賭約也就不存在了。」封南易忽然開口。

嵐顏眨巴著眼睛，「當年不是城主說嵐顏三年不得與封城聯繫，不能得到封城的襄助，否則就算嵐顏輸嗎？」無邪的表情、無辜的話語，找不到半點錯漏之處。

「可是，封家與依家，已有了約定。」封南易忽然沉著臉，「妳是封家的人，也就該遵從封

家的決定。」

他這是打算賴皮了？

嵐顏實在太佩服封南易的臉皮了，果然地位高說什麼都冠冕堂皇，耍賴也能耍得這麼義正辭嚴。

他不就是怕自己真的在擂臺上打贏了依泠月，破壞了封城和依城的聯姻嗎？畢竟一個小小的封家旁支女孩，怎麼能和依城的公主相比？

就是硬賴皮了，她又能奈他何？

他是城主，她是個流浪者，上了擂臺又如何？

嵐顏一笑，他以為這樣就能壓制她了？現在的她可不是當年的她，封南易不答應，還有個依泠月呢。

她忽然看著依泠月，「泠月姑娘當年人稱封城三絕之一，更是依城的公主，論地位論身分都在我這賤民之上，莫不是泠月姑娘也要毀約，不敢與我這賤民一戰？」

依泠月本就緊繃著臉，表情更加難看了。

答應？剛才嵐顏展現的實力已經讓人咋舌，她沒有膽量去嘗試。

不答應？她的自尊不允許她這麼做，尤其是剛才封千寒的眼神，似乎已經說明了一切。

就在依泠月掙扎為難的時候，封南易突然開口：「封城比武已經結束，不知道誰是魁首？」

這是顧左右而言他，替依泠月解圍，這種偏頗已經到了不講道理的地步。

「嵐修。」封千寒忽然開口。

「不是，」回答的是嵐修，「剛才嵐顏已站在擂臺上，我自動認輸，現在魁首是嵐顏。」

嵐顏明白，嵐修這是將機會給自己，因為唯有坐上魁首位置的人，才可以挑選是否繼續挑戰封城中高位的人。

嵐顏的臉上，浮現了笑意。

就在她即將開口的時候，她的頭頂上方忽然出現了一道聲音：「妳可是我的人，開始我還在想妳若是打贏了，我豈不是還要挑戰封千寒了？承諾這東西啊真是害死人，唉！不如不打啊不如不打。」

嵐顏抬起頭，看到段非煙眼中噙滿笑意。

這話看似是在調和，實則嘲諷滿滿，取笑著封南易不守承諾，再深一層的意味則是在告訴封南易，她嵐顏是段非煙的人，若是因地位而要阻止她的挑戰，就是大錯特錯了。

「她什麼時候是段城主的人了？」東樓的簾子忽然挑起一角，卻是蘇逸溫柔帶笑的臉，「數日前我還與嵐顏姑娘有約，這比試之後就前往我蘇家呢，段城主話別說得太滿喲！」

嵐顏有些驚訝，段非煙幫她她已心中有數。蘇逸之前的襄助已經讓她覺得對方的善意過度了，沒想到在面對封南易的時候，蘇逸還會開口。

城門前的戰爭，又要因為她而再度燃起嗎？

可她與他們，真心沒有那麼多交集啊，這都什麼和什麼呢！

「嵐顏姑娘唯一至親是嵐修，松竹禪自當對嵐顏姑娘多加護衛，若比試結束，嵐顏姑娘不妨與兄長一敘分散多年之情，松竹禪下別院，姑娘可隨意小住。」蘇逸的身後忽然傳出的聲音，讓嵐顏更加驚奇了。

她是嵐修的妹妹沒錯，可嵐修也只是松竹禪門下的一個弟子，這松竹禪為了一個弟子的妹妹，需要如此明白地表現出護衛之意，甚至不惜拂了封南易和依城的面子嗎？

她不懂，而且明顯就連那位大師兄身邊的蘇逸也不懂，溫柔眼神中一晃而過的驚詫，瞞不過嵐顏的眼睛。

一隻手，撩上低垂的半抹簾子，雪白修長的指尖上，拈著一串佛珠，慢慢地在嵐顏面前展開。

素衣袈裟，容顏如玉，卻是銀髮披肩。說禪非禪，說俗非俗，卻有著一股別樣的超然之氣。

嵐顏看著他，忽然笑了，笑眸中帶著幾分薄霧，「小和尚，原來是你！」

三年不見，他更加清俊了，不再是那個有點呆、有點傻氣的小和尚了，也大器沉穩了，隱隱流轉著一種寶相的端莊，超然物外的飄然，可在那視線相對的剎那，嵐顏在他眼中看到了跳動的火焰。

也許，他不如表面上看起來那麼的禪境至高呢。

蘇逸爽朗一笑，「段城主跟我搶人我明白，卻不明白你居然也跟我搶人！」

那雙清若水晶通透的眸子停留在嵐顏臉上，「一命之恩，一生相互，此生不能絕塵，唯有曲悠然。」

嵐顏忽然明白了，他一身袈裟，卻沒有剃度，因為他自認已無法入佛門無垢境界，唯有身在紅塵，只為她。

有時候，再多深情的承諾，都不及一句普通話語，因為有人深情在嘴上，有人承諾在生命中。

她在今日，尋回了嵐修，再見了絕塵，那些曾經讓她心心念念的人，終於又重新走進了她的生命。

「呵呵。」那從未出過聲的南面樓宇上，突然飄出兩個輕得不能再輕的笑聲，嵐顏卻猶如被雷劈了般，猛地抬頭。

可她看到的，還是那破破爛爛的門簾，看不穿、望不透。

「原家只看熱鬧，不參與是非，卻也不容人恃強凌弱。」那聲音懶得彷彿睡著了，有氣無力的，「不過妳挑戰就好，什麼承諾誓言就丟了吧。」

那浮現在嵐顏眼眶中的淚水，終於無聲地淌下，她想笑，卻在抽動嘴角的時候，嘗到了鹹鹹的味道。

秋珞伽的冷靜也抵擋不了嵐顏本性裡的柔軟，這熟悉的聲音、這哼哼唧唧的語調，在夢中曾出現過多少次，她自己也數不清了。

「妳的及笄禮是我為妳舉行的，妳的髮是我為妳挽的，我來這裡可不是看妳為別的男人兌現什麼狗屁諾言的，我下了妳一萬兩贏、五十倍注呢，贏了請妳吃叫花雞。」

這一刻，嵐顏終於是笑出了聲，「五十倍就是五十萬兩，才一隻雞？」

「妳還欠我幾百兩銀子呢，三年來利滾利，早不知道多少了，還不給我好好打！」那聲音冷哼著，嵐顏彷彿見到了一個不修邊幅的大漢，正扠著腰扭成蛇形，勾著蘭花指瞪她。

「你還不出來？」她有些不滿，「不敢見人？」

「妳贏了，我自然就出來了。」那聲音輕柔地哼了聲。

「好！」她重重點頭。

抬起眸光，昂然面對北樓上的依泠月，「嵐顏履行三年前的賭約，挑戰依泠月姑娘！」

第六章 文鬥依泠月

三年前，嵐顏猶如過街老鼠般，鼓足了全部的勇氣，立下了誓約，想為封千寒而戰。

三年後，嵐顏帶著光華萬千，從容面對她的對手，輕描淡寫說出她的約戰，只為了自己。

她只是要證明，證明給封城人、證明給封南易看，她不再是可以任人欺凌的無用之人。

為了自己，也為了鳳逍。

依城的公主，高高在上的美麗女子，昔日連眼角都不掃她一眼的人，卻在她面前露出了膽怯的神情。

一個是坐擁天下最多精華靈氣的女人，一個是市井中摸爬滾打掙扎求生的乞丐，本是一場沒有懸念的比拚，卻是前者不敢上前。

依泠月看著封千寒，露出可憐的眼神，嬌怯得讓人心憐。

而封千寒卻在眾目睽睽下看著嵐顏，輕輕勾起了唇角。

嵐顏垂下了眼眸，這曾經讓她無比心動的表情，只因她而起的表情，現在卻再難令她心動。

她討厭背叛，憎惡欺騙，而他背叛的是她的信任，欺騙的是她的情感。

十年，整整十年，她被他獨有的溫柔蒙在鼓裡。
「城主，嵐顏夠不夠資格一戰？」缺德的她，居然還有空再將封南易一軍。
她恨封南易，不是因為他的強勢，更不是因為他的霸道，她只為鳳逍，為他曾經受過的苦難。
劍蠻出手殺鳳逍，是誰下的命令不言而喻。
封南易緊皺著眉頭，他似乎正在判斷著，為何她的背後會有這麼強大的力量？
原城、鬼城、蘇家，再加上松竹禪，一句句一聲聲，都是在為嵐顏撐腰，這是讓他萬萬想不到的，甚至就連封千寒都用行動表明了他的立場。
「泠月姑娘，當年賭約是妳與顏兒立下，千寒無權過問。」短短一句話，依泠月明白了封千寒的心。若她還不明白，那下一句話則是將她徹底丟入冰窟。
封千寒站在嵐顏面前，微笑中道出幾個字：「我一直在等妳，小心。」
所有人都明白了。
「少城主果然最疼的還是九宮主，如今九宮主為他而戰，少城主心疼了呢。」
「分別三年，少城主與九宮主真是可憐，若九宮主不能贏，豈不是有情人不能相聚了？」
不愧是封城最有名望的人，封千寒只用一個眼神、一句話，就讓無數人看到了他對她的深情。
嵐顏轉開眼，「我會的。」
臺下，不知道誰忽然喊出一句：「九宮主，必勝。」
雖然她嵐顏離開了封城，可她還是封城的九宮主，或許在許多人心中的想法，她才是自己人。

依泠月的表情非常難看，即便她強自鎮定，也隱藏不了心中的怒火。

腳尖微點，衣衫飛舞中，猶如翩躚蝴蝶飄落在嵐顏的面前，美麗得如舞蹈般。

女人之間，本就難以有真正的朋友，如果是兩個一樣絕色於世間的女人，那將是註定的敵人、天生的對手。

依泠月自恃美貌，從未有過對手，她不屑任何女子。漂亮的女子沒有她高貴，更遑論她強大的背景，何曾將其他女子放在眼中過。

而此刻她眼前的這名女子，噙著淡淡的微笑，靈秀又妖嬈，一雙眼眸彷彿看盡世間百態後的淡定，散發著一副無所謂的氣息，瀟灑又飄逸。

容貌，有時候難以斷出高下，但是氣質，卻是最佳的見證。

依泠月緊繃之下，難免有些小家子氣了。而讓她最討厭的，就是嵐顏的那雙眼睛，輕佻、張揚，偏又冷靜從容。那隨興地一掃，就彷彿將她心底所有的想法看穿。

更可怕的是，她身上的殺氣，一舉手一投足，都給依泠月強大的壓力。

此刻的嵐顏，輕輕抬起了手腕，指尖猶如拈花停在依泠月的面前，手指上有著殘留的紅褐色。

那是劍鑾的血！

不久前，這個女人就在談笑間，一劍劍虐殺了劍鑾，這讓依泠月心頭一抖。

她學武，她的武學也高，但是她從未殺過人，這是她與嵐顏之間最大的差別。

「泠月姑娘想比什麼？」那手指輕點著依泠月，指尖的紅褐色在依泠月的眼中無限放大。

依泠月深深吸了口氣，不敢再看對面女子那深潭秋水般的眸子，努力鎮定著擺出依城公主的身分，「三年前，妳我只約定比試，卻沒約定比試什麼，不如由城主決斷如何？」

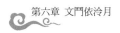

她知道，此刻能幫自己的，唯有封南易。

嵐顏抽了抽嘴角，似笑非笑，依泠月的小心思，她又怎麼可能猜不到？

依泠月走到封南易的面前，矜持地行了個禮，「當年立下賭約，是為了成為千寒公子的妻子，也是為了能夠為公子修習助益。泠月認為女子之間鬥武未免難看，不如比拚其他。」

封南易立即點頭，「泠月妳說，妳想比什麼？」

「泠月在家中受到的教養都是德行修養，練的是琴棋書畫，女子以優雅為主，不妨就比拚這個如何？」

嵐顏在一旁聽著，心頭又是一聲冷笑。

當年封城全城皆知，九宮主不學無術，琴棋書畫一竅不通，而依泠月住在封城的時候被譽為封城三絕之一，這些比拚看似是女子之間矜持之鬥，實則滿滿都是依泠月的算計，她就篤定了她會贏嗎？

「噗。」果不其然，南面樓上傳來了輕笑，分明是在嘲諷嵐顏。

而曲悠然的眉頭一跳，不自覺地皺了下。

他們就這麼看不起她？

封南易點頭，「不錯，女子之間，的確不該舉止粗魯，嵐顏妳覺得如何？」

她能覺得如何？她說打架就是粗魯了，那就唯有點頭了。

「好啊。」她隨口應了下來。

封南易看向依泠月，點頭。

依泠月優雅地衝著嵐顏行禮，「方才嵐顏姑娘一場戰鬥想必也累了，不如這一局讓泠月先來，姑娘也能暫緩休息片刻。」

什麼狗屁休息，不過是先者無壓力，心理上壓制後比試的人而已。

嵐顏依然隨興地彎著笑眼，點頭，走到了擂臺一角，而此刻的依泠月，衝著身邊人一招手，幾人立即魚貫上擂臺。

琴架，香爐，裊裊的香氣裡，古琴被依泠月的指尖勾動。

低沉的琴音，敲打在人心上，本就無聲的擂臺下，幾乎聽不到呼吸聲。

誰都知道，依泠月封城三絕的名頭，就是由她的琴藝而博來的，就連她與封千寒的謠言，也是由於她在樓上一曲，讓封千寒駐足，才有了那一朵鈴蘭花，千寒入幕的佳句。

琴音低沉，在嫻熟的指尖撥弄下，繁雜的技藝流瀉出絕美的音律，場中一片靜謐，只見她的手指飛快地撥弄，深厚高遠的琴律流淌在眾人的耳邊，就如同那香爐裡騰起的香霧，柔軟隨風散開。

一曲畢，滿場無聲。

名門高士皆難求一曲的依泠月，第一次在眾人面前展露她的琴藝，對於百姓而言，已是最大的幸運。

封南易緊繃的臉上，露出了舒緩的神情，「好！」

他的字落地，頓時滿場喝采叫好，依泠月的臉色卻忽然變得十分難堪。

高雅之曲，一個人叫好，那是知音。滿場叫好，卻猶如戲子了，對於她而言，這叫好聲可不是恭維，而是侮辱。

嵐顏將這一切都看得明明白白，心中不禁好笑。

封南易的目光轉向嵐顏，「妳可要準備？」

是啊，她嵐顏除了手中一柄劍，可沒有其他的樂器，難道彈劍而歌？

蘇逸望著她，還是那溫柔之態，「妳需要什麼樂器？我與妳備下。」

嵐顏的目光環顧四周，除了樓臺之上尊貴的人，還有無數個黑壓壓的人影站在擂臺之下，巴望著她展示技藝呢。

嵐顏呵呵笑著，似乎是尷尬，似乎又是呆傻，直到依泠月高貴地走下臺，嵐顏還是空著雙手待在角落裡，甚至沒有走到臺中的意思。

所有的人都在等著，但嵐顏就是沒有動作。

小聲的議論漸漸蔓延，嵐顏曾經的一切太讓人記憶深刻，即便如今她變漂亮了，有武功了，但音律文采的修習可不是一日兩日就能精進的。

嘈雜的猜測中，封南易有些不耐，「嵐顏，妳可準備好了？」

「準備好了。」嵐顏反轉手腕，掌心中躺著一片綠色的樹葉。

是的，普普通通的樹葉，剛剛從樹梢上飄落的，還有一個被蟲子啃過的印記。

就這麼一片破爛的葉子，就是她嵐顏準備好的樂器。

將葉子貼上唇邊，清脆的曲調飄蕩開，散開在擂臺的上空。

以嵐顏此刻的內功，凝結氣息，將聲音穩穩地傳開在每一個角落。

輕快而簡單的曲調，跳動著無憂無慮的心情，此刻的嵐顏想到的是當年的妖族，自由自在修習的妖族們，沒有人類覬覦的目光，還有白羽師傅對她說過的故事，那些愜意。

簡單的旋律很快讓人們騷動起來，有人甚至隨著她的樂曲雀躍起來。平民百姓沒有受過高深的教育，但是最簡單的曲調卻最能深入他們的心中，他們能感受到嵐顏帶來的歡快與喜悅。

擂臺之下，人群被帶動著，臉上都是快樂的表情。

就在此刻，樂曲忽然一變，金戈鐵馬殺伐之聲立現，緊緊壓迫著人的呼吸，嵐顏的眼前，浮現的是當年，妖族與人族之間的戰鬥，是那些無法填平的巨壑，是那些無辜犧牲的性命。

「咚！」一聲鼓點，傳自西面的樓臺上，配合著嵐顏的曲調，沉重地一下下擊在人的心上。

嵐顏抬眸，段非煙正手中拿著鼓凳，掌心拍擊著凳子，每一下都與她配合無間。

兩人目光對望，段非煙邪魅一笑。

與他人相比，沒有人比他更能體會殺伐，鬼城是一個每天有無數戰鬥的地方，無理由的殺人與被殺，誰能比段非煙理解得更深？

人群的歡快停止了，所有的人臉上掛上了沉重。

曲調再一次低緩，是離別的感傷，是相思的牽掛，是對快樂的追憶，她情不自禁地融進了當初竹樓前鳳逍的曲子，那些綿綿的恨意，又是曾經在管輕言那裡聽來的，或許曾經的她不能理解，在找回了秋珞伽的記憶後，她理解了太多無奈，感傷了太多離別。

低沉的曲調，從南面樓上緩緩飄出，她記得月下的管輕言，看似隨興的笑容背後，遮擋了太多內心。

一抑一揚，卻是如此強烈的反差，猶如人心深處的掙扎，求之而不得的渴望。南面的樓上，那層簾子在風中翻飛，卻不見簾子後的人。

嵐顏垂下眸子，專注於她的曲調中。

此刻，她忽然想到了白羽。那個即便被人類背叛，也不肯放棄守護的人，那孤傲聖潔的鳳凰，或許作為神，這就是他的使命，被傷著卻堅守著。

曲調越來越低緩，卻厚重。

一聲佛號，緩緩誦念的經文，是普度世人、是喚醒那些沉淪的慾望、是深入地獄的無怨無悔。

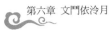

嵐顏知道，能體會到她這種心情的，唯有一人。
能將佛理如此融在心胸中的，也唯有一人。
當最後一句經文誦盡，她的曲也停下。
她看著北樓上的少年，超然的面容寶相莊嚴，再度雙手合十，一聲佛號，震醒了所有人。
嵐顏拋下手中的葉子，「我結束了。」
這一次，人們的臉上是震驚，是不知如何回應的呆滯，在短暫的停頓後，爆發出強烈的歡呼聲。
是歡呼，打心眼裡的喜歡，與對依泠月的叫好是完全不同。
嵐顏看向封南易，「城主，我想知道的是，這勝負如何分？」
其實從一開始，嵐顏就知道，樂曲比拚本就沒有勝負，誰更好只看個人喜歡與否，她根本不在乎輸贏，她只是要表達心中的想法，釋放壓抑在心中的情感。
封南易臉上的表情十分難看，「樂曲，本就是要高雅端莊，妳一片樹葉怎及依姑娘對樂曲的重視？」
嵐顏嗤笑一聲，「城主的意思是，普通百姓不配聽曲了？山歌小調也不能唱了，因為對樂曲不重視。」
封南易高高在上，雙目威嚴地看著嵐顏，「妳有他人襄助。」
「我可不是幫忙，我又不知道要比什麼樂曲，一時被帶入情不自禁而已。」段非煙絲毫不給面子。
更不給面子的來自南面樓上，「剛才不小心睡著了，都不知道之前發生什麼，覺得曲調甚得我心，勾起我的心思，和一段而已，也算襄助？」

最後一句話來自東面樓上，「心懷天下，普度眾生，比凡塵俗世的靡靡之音強之千倍萬倍，我汗顏。」

曲何曾有勝負，有的只是心。

嵐顏的心，在他們看來，遠勝依泠月無數。

封千寒看著嵐顏，「能懂百姓之心的人，才配一城之主的夫人。城主要的不是聽曲賞樂的妻子，而是執手並肩為天下的伴侶。」

他的話，無非給這場比試下了最後的決斷。

而這個答案，顯然不是封南易能接受的。

嵐顏心中更是明白，「城主啊，要不你找個能決出勝負的比試吧，這種東西，本就你說好他說爛，技藝與心境，怎麼比？」

她的話頓時讓封南易找到了臺階，點頭道：「那就比棋藝，圍棋論道也是千軍萬馬縱橫，一局定勝負如何？」

「好。」嵐顏一口答應。

「妳啊……」耳邊傳來段非煙的傳音，「真是惹事不怕大。」

聽上去是責難，卻有幾分寵溺，還有著她分明聽出來的看熱鬧的心，只怕惹事不怕大的不僅僅是她，還有他吧？

「坐著比棋太無聊，不如玩得更熱鬧點如何？」東面樓上的紗簾忽然飛起，懸垂落下，兩角正繫在東面樓臺之上，高高懸掛在眾人眼前，而嵐顏發現那原本就薄薄的紗簾上，不知道什麼時候已經被利刃劃出無數的格子。

這力道用得剛剛好，沒讓紗簾被劃爛，卻已是千瘡百孔，隨便一個手指的力量，只怕就要戳破了。

「我棋盤已經做好了，依姑娘和嵐顏姑娘都是武功高手，我想凝水為子，落在這棋盤上，應該沒問題吧？」蘇逸笑盈盈地看著樓下的人。

又一個看熱鬧不怕事多的人，嵐顏翻了個白眼，而蘇逸給她的是猶如陽光般溫暖的笑容。

凝水為子不算什麼，問題是凝水為子下棋，那就麻煩大了。

以內力凝結水一時可以，但是一盤棋的時間，少則一個時辰，多則兩三個時辰，下的棋子越多，內力分散的控制更強，尤其還是持續性的控制，力量大了，則穿破薄紗，棋盤被毀。力量小了，則凝不住棋子，成為水滴。

這裡比的何止是棋藝？更多的是武功，還有大局的掌控能力。

「這個熱鬧，我喜歡。」南面樓臺之上，聲音懶中帶笑，頗有些媚氣。

嵐顏看著依泠月，慢慢牽起笑容，「依姑娘可答應？」

依泠月表情凝重，終究一點頭，「好！」

兩人走向東面樓臺下，當嵐顏與封千寒擦身而過的時候，封千寒的手忽然抓上她的胳膊。

嵐顏的腳步停下，慢慢抬起頭。

這俊美的容顏，比三年前更加成熟也更加冷傲，唯在看她的時候，眼眸中不見冰寒。

「我會贏。」她說。

「我知道。」他簡短地回答，「妳是他的弟子。」

這一刻，嵐顏的眼眸跳動了下，他們都知道他口中的那個「他」指的是誰。

「妳剛才的曲子裡，有他的影子。」封千寒低沉開口。

她倒忘記了，封千寒之前與鳳逍甚是親密，親密到讓她妒忌，封千寒又怎麼會不瞭解鳳逍的喜好？

嵐顏望著封千寒的臉，這個曾經讓她癡纏了十年的少年，最為依賴的哥哥，最想要親近的人，如此近在眼前。

「我不是他的弟子。」嵐顏用只有他們兩人才能聽見的聲音，低低回答封千寒，「我是他的……妻子。」

第七章

挑戰封千寒

嵐顏沒有再看封千寒，也不必再看。

她要說的都已經說了，即便不說，以封千寒對她的瞭解，也不可能猜測不出什麼。

看著那棋盤，依泠月忽然開口：「剛才是我先，現在理應讓妳先行，嵐顏姑娘，請。」

嵐顏眉頭一挑，她可不相信依泠月什麼時候變得這麼好心，居然把執黑子先行的資格讓給她，不過當她看到面前的一桶水後，似乎明白了什麼。

水是無色透明的，凝水為棋子也只能當白子，這依泠月只怕是想不到辦法弄出黑子，才故作大方地讓她先行。

嵐顏看看，手指輕輕擦過劍鋒，再將手指放入水中沾了沾，一枚圓形的水棋落在棋盤角上，水珠中凝結著紅色的血，游動流淌裡像是紅色的水晶。

「這樣做黑子如何？」嵐顏微笑著，看著依泠月。

以血為子，凝水為棋，這樣的功力控制，一瞬間讓人倒吸一口涼氣。

那枚血色棋子，漂浮在紗簾上，隨著紗簾起起伏伏，也恍惚飄動著，就如同黏在上面一般。

依泠月看著那紗簾，手指沾了滴水，卻久久不肯落下。

嵐顏內心嘆息，依泠月的小心思她不是不知道，這些棋子都是以氣息控制的，依泠月想損耗她的真氣而已，可是才第一枚棋子，現在耗著又有什麼用？

忽然間依泠月落下了一枚棋子，也和嵐顏的動作一樣，漂浮在棋盤上。

嵐顏笑了，依泠月的內功如何，她幾眼就能看得通透，雖然天賦靈氣不錯，若要和她比則差得太遠了。

從落下這枚棋子開始，兩人之間無聲的戰爭就開始了。

棋盤，是無聲的戰場，隨著棋子越來越多，要分散的氣息也越來越多，而天色近黃昏，風也漸起，紗簾不斷地捲起飛落，那棋子也隨著紗簾飛起，舒捲著。

嵐顏的每一枚棋子，都是圓潤通透，而從中段開始，依泠月落下的棋子有的已經不再圓潤，有的在落下時偏離位置，勉強挪回。嵐顏清楚看到，依泠月的額頭上開始沁出汗水。

這是真氣不繼的表現了。

嵐顏莞爾，輕巧落下又一枚棋子，張唇含住自己的手指，巧笑倩兮看著依泠月。

依泠月現在已經顧不了自己的端莊矜持，她緊繃著臉，擦著額頭的汗水，就連這樣輕巧的動作，在她做來也是無比僵硬和艱難。

紗簾的棋盤上，密密麻麻全是棋子，看不出勝負，而依泠月的動作忽然加快了起來，她顯然也發現了用拖的方法並無法耗盡嵐顏的真氣，那麼她唯有一個辦法，就是在這場棋盤的鬥爭中，戰勝嵐顏。

她快，嵐顏卻開始慢了。以其人之道還治其人之身，她從來都不是良善之輩。

嵐顏拈著手中血珠凝結的棋子，沉吟半晌，「泠月姑娘果然棋藝高超，我該下在哪裡呢？」

她越是笑得燦爛，泠月的表情越是難看。

忽然間，嵐顏感覺到了一縷詭異的風，朝著她的方向彈來。那氣息很慢，慢得不帶半點銳利感，讓人幾乎捕捉不到，若不是體內妖丹的警戒，只怕她就忽略了。

她眼前人影一花，卻是封千寒。

封千寒衣袖微拂，沒有人看到他這個動作，但嵐顏卻清楚明白，封千寒替她擋下了這一道暗中的偷襲。

「千寒。」封南易忽然開口：「莫要讓人分神，她兩人的比賽，要專心致志。」

只怕是莫要阻擋他對自己出手吧？

嵐顏笑得很是無辜，點著頭，說道：「是啊，千寒哥哥你讓開吧，我若是分神輸了比賽，可就不好了。」

這個時候，任誰都能看得出來，依泠月已到了不支的地步，那一顆顆棋子已經是大大小小不齊全，有的已經開始變淡，紗簾上沁出圓圓的水暈。

封千寒蹙著眉頭，不贊同地看著嵐顏。

嵐顏咧著笑，滿不在乎。

封千寒退開兩步，不願意再走遠，嵐顏卻推上他的身體，示意他走得更遠些。

不過幾個動作，依泠月的臉色慘白如紙，看樣子已無法支撐太久。

嵐顏隨手一點，看也沒看，那紅色的棋子落在空位上，「泠月姑娘，請繼續吧。」

依泠月猶如被凍住了一樣，手指艱難地抬起，那枚棋子卻怎麼也落不下下去。

嵐顏笑著，「泠月姑娘小心喲，若是下錯了棋，被我斷了大龍妳可就輸了。」

依泠月此刻已經開不了口了，她別說思考棋局，就連維持現狀也已經是強弩之末。

嵐顏不介意，現在的依泠月髮絲散亂，被汗水濕透貼在額頭上，一向矜持嬌貴的她，何曾有過這樣的狼狽。

要不了多久，不需要嵐顏做任何事，依泠月也必將輸。

第二道風，更加隱祕地朝著她而來，直到那縷風已經纏繞上她的身體，她才猛然察覺。

那勁氣，強勢地想要進入她的筋脈中。

她知道，一旦被這勁氣進入筋脈中，勢必將打亂她對自己棋子控制，棋子沒有了，這局比試也就有了結果。

明明剛才封千寒的舉動已經讓她警醒，可封南易還是一意孤行地要幫依泠月，自己究竟是有多討人厭？

嵐顏氣息灌入腳尖，將那道勁氣硬生生地逼開，然後缺德地引向了依泠月。

依泠月發出一聲慘叫，整個人朝前飛撲，趴在地上摔了個狗吃屎，裙子高高撩起在腰際，露出了下面白色的褻褲。

「嘩啦！」那一片透明的白子瞬間全部散開，無數的小水泡四下炸裂，轉眼間濕濡了整張紗簾，順著紗簾滑落，落了依泠月一身。只剩下一粒粒紅色的棋子，依然掛在紗簾上，晶瑩剔透。

結局似乎已經有了定論，嵐顏看著地上的依泠月，「泠月姑娘，這算是投子認輸了嗎？」

她沒有好心地上前去攙扶，依泠月是她的對手，她懶得去做那些假惺惺的動作。

「哈！」台下笑聲一片。

絕世美女出糗，對於看熱鬧的人來說，永遠不會覺得煞風景，而對於依泠月來說，何曾受過如此奇恥大辱。

身邊的侍女趕忙奔上前，將她攙扶了起來，依泠月抬起濕漉漉的臉，也不知道是被水淋的，還是哭的，她惡狠狠地瞪著嵐顏，「妳對我下暗手？」

嵐顏不屑地笑了聲，「我有必要嗎？我只要和妳耗下去，妳遲早會輸，我太懶，對於不需要做的事不會花半分力氣。」

她的確沒下暗手啊，她只是把別人的力量導過去了而已。再偷眼看封南易，對方的臉色已是鐵青。

或許連封南易都沒想到，嵐顏的武功已經到了如斯境界。

「城主，勝負已分。」嵐顏還是那滿不在乎的傻笑，衝著封南易笑，彷彿剛才那些暗算，真的只是封南易打錯了對象，她是完全不知情的人。

事已如此，就是封南易也沒有了辦法，他的手捏著身邊的座椅扶手，「三年前為了千寒伴侶人選賭，如今勝負已分，妳的確可以……」

「妳敢嫁試試看，我打斷妳的腿。」懶散裡帶著媚氣的聲音，怒意卻是掩飾不住的，甚至不等封南易未說完，直接打斷他的話。

「原少城主。」封南易臉板了起來，「三年前，是嵐顏親口立下的賭約，要做千寒的伴侶，無論你有何想法，也不能逼迫他人改變三年前的約定吧？」

嵐顏忽然有些明白，封南易不是改變主意，而是這一場比鬥，他剛才根本就不想依泠月贏，尤其在四個極有地位的人對她表現出了特別的興趣和關係後。

封南易的身分，又怎麼可能會在大庭廣眾之下偷襲她，還偷襲得那麼沒有技術，他根本就是……讓她故意將那股氣息引向依泠月。這樣依泠月輸了，他卻沒有得罪依城，又讓封千寒得到了自己。

封南易這老狐狸！誰有作用就選擇誰，她早該想到的。

她嵐顏表現出來的實力，封南易如何捨得放過？他更不會願意自己被他人所得，尤其是原城和鬼城。

如今，在這擂臺上她被無數人見證打贏了依泠月，三年前的舊事也擺上了檯面，她想要不認都不行了。

算計她？嵐顏心頭閃過一抹冷笑。

「我費盡心思回到封城，站在這擂臺上，自然是不會不認三年前的賭約。」嵐顏笑得妖嬈，「不過身為一個挑戰者，我還沒有挑戰完畢呢，待我挑戰結束，自然當履行賭約。」

封南易一愣，他也沒有想到嵐顏還要繼續挑戰。能夠作為封千寒的妻子，已是封城不可能再超越的地位了，但是依照封城的規矩，的確是擂臺魁首可以選擇一直挑戰，以證明自己的實力。

這一次，嵐顏將目光投射向了面前不遠處的人，她抬起驕傲的臉，「我嵐顏此刻挑戰少城主——封千寒！」

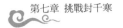

第八章

往日情，今日恨

封南易的手撐著扶手，嵐顏看得出，若不是他夠老奸巨猾，只怕這一下扶手就要粉碎了。無邪的笑容下，是怡然不懼的挑戰，她看的人從頭到尾就不是封千寒，而是封南易。她的心頭，甚至有一股火焰在跳動，如果不是身分不容暴露，只怕她還敢挑戰封南易了。

為了鳳逍，為了她受盡了苦難的妖族。

在她沉睡的百年中，她的妖族被封家折磨蹂躪，甚至壓榨壓迫，是她的無能，而所有的一切，都是源自封城！

她摯愛的人，來自封城，毀在封城。

她心裡依然牢記著當年毀城時候的仇恨，可她……在封城活了十年，她發現自己無法再像當年的秋珞伽那樣恨這裡的百姓，可是她恨封南易。

劍鑾是他的護衛，劍鑾能離開封城追殺鳳逍，命令必然來自封南易。

如果說她的話語是大不敬，讓人覺得她不識好歹，封千寒的反應卻是與眾不同。

他深深地凝望著她，「身為九宮主，就應該有挑戰少城主的勇氣與能力，妳不愧是我親手挑選的人，很好。」

封千寒都親口稱讚了，輕而易舉地將他人對她的反感扳回。

「若我贏了呢？」她忽然開口。

封千寒笑了，猶如冰封解凍，和煦暖意，「少城主之位讓與妳。」

這不是玩笑，是封千寒的自信，被稱為驚才絕豔的天才少年的自信。

「若我輸呢？」她又一次開口。

「留在封城，一世不得離開。」封千寒的回答也沒有半點遲疑。

別人不明白，她懂。

與鳳逍一樣，永遠留在封城，給她名聲、給她地位，就是不給她自由，不給她最想要的。

作為妖王，這是她最不願意面對的，她甚至還沒來得及去一趟妖族，沒有來得及尋找鳳逍的魂魄。

好狠的封千寒，對她狠，對自己也狠。

她與封千寒對望著，多麼熟悉的容顏、多麼熟悉的表情，卻又那麼陌生。

「還要挑戰我嗎？」封千寒輕聲開口詢問著。

還要挑戰嗎？這個賭約，不像她與依泠月的，她輸得起。而這個她輸不起！

多麼瞭解嵐顏的封千寒，可惜他……不瞭解秋珞伽。

笑容始終不減，她咬著手指頭，一雙眼眸彎成了月牙兒，只有眼尾飛揚著，「挑戰！」

而此刻的封南易也不再有嚴肅的表情，而是對著封千寒投去讚許的一眼。

永遠留在封城，她再有能力也不會為他人所用，封千寒用一句話，就讓封南易沒有了後顧之憂。

「丫頭，輸了可就不能討飯了。」那南樓破爛的簾子終於挑了起來，露出一張容顏。絲綢長衫包裹著修竹般的身形，長髮高高束起，以一枝黑色的簪子別著，嵐顏記得，那簪子還是她買的。

滿臉的鬍渣也不見了，只有一張絕美容顏。

沒錯，絕美。美得有些雌雄難辨，美得太有侵略性，這種容貌無論放在男人身上還是女人身上都會引人垂涎，那雙眸子，閃亮如星。

也只有這雙眸子，一瞬間把嵐顏勾回到了曾經的風餐露宿歲月中。

「我草！」見到他，所有的草莽氣息都回歸了，那個市井中的乞丐立即附體，嵐顏一撇嘴，「把你的鬍子留起來。」

美成這個樣子，讓別人怎麼活？

「哼。」一個轉了十個彎的音，幾乎把人的魂魄都勾走了，那水蛇腰有意無意地扭了下，身體靠上欄杆，「丫頭，想清楚。」

該死的娘娘腔，他不知道這身打扮，會讓人想掐死他嗎？他、他還是破破爛爛的讓人看著舒服。

她驚喜於再見到他，當他話出口之時，嵐顏有過猶豫，但是這猶豫只有一刻，就被苦笑代替了。

「對不起，我還是想挑戰。」

那雙眸微闔，短暫地沉吟後，揚給她一個笑容，「那就打贏。」

嵐顏深深地看了眼他，重重地點了點頭。

能夠再見到他、絕塵、嵐修，她在這個人世間已經再沒有了任何牽掛，她剩下的只有復仇。

手中的劍，抬起。

笑容已消失，只剩凝重。

從這一刻開始，收起所有玩笑的心，她的目標只有一個：擊敗封千寒。

心思沉靜，再也看不到任何人、聽不到任何聲音，她的眼中只有那道人影，絕世傲然的封千寒。

「妳有許多話想要問我，不妨一起問了吧。」封千寒的聲音輕輕傳入她的耳中，這是傳音，只有他們兩人能聽到的聲音。

是啊，她有許多話想問。

「當年尋到我的時候，就是因為想讓我做爐鼎吧？」

原本以為這句話會很難出口，她甚至以為她不敢問出這句話，因為她不敢面對答案，可是出口的時候才知道，說一句話真的不難。

封千寒點頭，「是。」

簡單明瞭，不解釋不逃避。是直接，又何嘗不是心理的強大？

「那些年對我的好，只為了將來我能奉獻得無怨無悔？」

「是。」

十年自以為是的真情，兩個字就解釋了全部。

當真如笑話一樣，嵐顏忽然很想笑，又笑不出來。

「你知道我的身分嗎？」

封千寒遲疑了下，再度點頭，「猜到了，卻不肯定。」

「因為八脈絕陰天下間只有一個，這樣的血脈是妖王的繼承人，可妖王已經在封城了。」嵐顏呵呵一笑，「你讓鳳逍教授我，就是想要從中猜測我與鳳逍的關係，去判斷我與他究竟誰才是妖王？」

嵐顏慢慢走上前，兩人的距離只有半步，她抬起臉，「我告訴你答案：是我！」

封千寒目光跳動，相顧無言中，彷彿是昔年的感情在纏繞，又彷彿是火焰在燃燒。

嵐顏腳下後退，退到擂臺中。

他們之間的感情，就像這腳步，從最親近到最遙遠，然後拔劍相向。

「我還有一句話問妳。」封千寒忽然開口。

「什麼？」既然對方都知無不言了，她也沒道理隱藏。

「妳說自己是鳳逍的妻子，真的嗎？」

嵐顏沒想到會是這樣的問題，於封千寒而言，自己不過是顆棋子，是個被浪費的爐鼎，又何必關心自己的感情？

她點了點頭，「真的，拜過天地入過洞房的夫妻。」

封千寒笑了，那笑容中有些苦澀，旁人看不出，她嵐顏卻讀得懂，十年的感情，她對他的一舉一動，也是明瞭的。

封千寒的劍一寸寸出鞘，剎那間人劍合一，而那眼神也立即變得虛無而空曠，彷彿靈魂已進入了劍身中。

戰意，洶湧。

嵐顏閉上眼睛，靈識張開到了極致，此刻哪怕是對方一根頭髮絲的掠動，都逃不過她的感知。

誰也沒有動，只是停在擂臺上，而那氣息瀰漫開來，讓擂臺下的人群逐漸往後退，因為擂臺之下，幾乎已難以呼吸了。

「叮！」

一聲清脆的敲擊聲。擂臺上的兩個人還站著，似乎是誰也沒動過。

太快，快得讓人根本沒有看清楚。

太快，快得讓人根本沒有聽清楚。

就在須臾間，兩人已經出手，只是沒人看清他們的動作，而那十數劍太快，聽起來也只像是一聲。

「嘶！」嵐顏的袖口，飄落一縷布片，從胳膊到手背，劍痕慢慢地浮現，沁出血色。

她，還是被封千寒的劍氣傷了。

雖然有秋珞伽的內丹，也吸收了所有的靈氣，但封千寒是誰，是被稱為百年難得一見的武學奇才。短短三年不見，他的武功又飛躍了，若不是她有百年的修為與妖丹相護，這一劍之下恐怕就要吃大虧。

而她，只是掃了眼，又垂斂下眼皮。

心思，又一次入定了。

封千寒也是同樣沒有看她，那雙眼微闔，沉浸到劍的世界中。

兩個人，幾乎是一模一樣的動作、一模一樣的姿勢。

在別人眼中，嵐顏是封千寒最喜歡的人，又出身封城，會封千寒的武功一點也不稀奇，這一場比拚無論勝負，得到好處的都是封城，因為嵐顏是封城的人。

「叮！」第二次劍鋒交擊，餘音嫋嫋半晌不退。

而這一次，封千寒的肩頭，沁出了一個小小的圓點，不過手指頭粗細。若不是衣衫太淺，幾乎沒人看到這個小點，紅色的點。

而嵐顏的衣袖，飄飄忽忽又落下了一塊，但是這一次，她沒有傷。

很快的，第三次「叮」聲又傳來。

他人無法發現，擂臺周邊四座看臺上的人卻清楚無比，前兩次是嵐顏的進攻，而第三次是封千寒的。

這代表著一個意思，第一次相讓，傷她。

第二次還是相讓，卻被傷。

第三次主動出擊，因為對手已不需要相讓。

第九章 情債初現

現在的他們，不再是當年那相親相愛的兄弟，而是彼此刀兵相見，不容半點感情的對手。

感情，一個追求極致武道的人，怎麼會有多餘的感情？

她曾經想不通，或許想通了也認為自己是那個獨一無二的存在。最傷人的感情，就是從未有過危機卻突然爆發的背叛，對於現在的嵐顏來說，眼前的封千寒，只是她要戰勝的人。

無愛、無恨。

鳳逍果然是瞭解她的人，知道她終有一日要站在這擂臺上，知道她的野心不會容忍自己只打敗依泠，知道她會去挑戰封千寒。

那鬼城的擂臺，是她最好的鍛煉之所，當日與鳳逍一戰的場景，和今日多麼相似。

「她傷了少城主。」有人驚呼，應該是看到了封千寒肩頭上的那一點紅。

淡色的衣衫上，那深深的一點，實在太搶眼了，想讓人無視都難。

這驚呼，不是仇恨，就是驚。

嚇到恨不能把眼睛挖出來洗一洗再塞回去，以確定自己是不是看錯了。

封千寒會被人所傷？

在封城人的心中，封千寒是神一般的存在，別說被傷，就是敢挑戰他的人、敢與他正面交鋒的人都會被冠上勇士的稱號。

而這個女人，這個曾經被嘲諷為封城之恥的人，卻在他們眼皮底下，傷了封千寒。

人，總是崇尚強者的。現在的嵐顏，已經用行動證明了自己的強大，那一雙雙投向看臺的眼睛，全是崇拜的目光。

兩個人，在這短暫的交鋒過後，又恢復了平靜面對的場景，就像是兩尊石像，一動也不動。

若是在其他地方，若是其他比武的人，這個時候怕不是爛菜葉、西瓜皮都砸上擂臺了，這樣發呆還讓不讓人好好地看熱鬧了？

但封千寒與嵐顏的對峙，不但沒有人敢說話，甚至人群還在不由自主地往外退，最後擂臺之下方圓十尺之內，沒有人站得住。那森冷的逼人之氣，扼得人喉嚨發乾，幾乎無法呼吸。

嵐顏與封千寒都將靈識張開到了極致，對方的呼吸、心跳，都瞞不過彼此。

封千寒的唇動了動，「其實殺鳳逍，我也算是凶手之一。」

嵐顏的心猛跳了下，亂了節奏。

「若不是我這麼多年以來一直讓他戴著火碎珠，只怕他也不會靈氣消散得那麼快；若不是我告訴他妳失蹤的消息，他也不會拚盡力量抗衡火碎珠，逃離封城。」

嵐顏的心一下下緊抽著，她知道自己血液加速，她也知道自己心律失衡，她更知道恨意會讓她失去判斷力。

但是愛與恨，本就是無法掙脫的七情六慾，她想平靜，卻難以平靜。

封千寒不是簡單的人，從開始她就知道，可她還是著了道，當封千寒問她那句是否真的是鳳道的妻子的時候，他就為她設好了局。

她的軟肋、她的弱點，她所在意的一切，她為之奮鬥的一切，都因為那個叫鳳逍的男人。仇恨與怒火，蒙蔽的何止是眼睛，還有心靈。她開始漸漸失去了對靈識的掌控，她慢慢地感應不到他的心跳和呼吸，也就無法知道他何時出手。

嵐顏的手，捏了捏劍柄，她按捺不住了。

就在這個時候，封千寒的衣衫飄動而起，所有人只是覺得風吹過臉龐，恍若什麼都未曾改變般。

「叮、叮、叮、叮！」

一連串爆豆子般的聲響，轉眼間封千寒已經換了位置。

嵐顏髮絲飛揚，人在空中，猶如凌空飛落的仙子，淡藍色的衣衫在身後張開，似鳳凰的尾羽耀眼。

人落地，無聲。

嘴角邊的笑意，慢慢地，扯開。

「你輸了。」嵐顏的三個字，猶如悶雷炸開在人群中，所有的人不敢相信自己的耳朵，一雙雙狐疑的目光在兩人之間來回地游移著。

他們看不清身影、看不清交手，更看不清她是怎麼贏的。封千寒周身上下，看不到新的傷痕。

封千寒低下頭，淡色的衣衫上，有一個極小的紅點，猶如針尖般大小。

那是內勁逼出劍尖，刺上肌膚的小小傷口，那勁氣一觸即收，甚至算不上是傷了他。能發能收，能傷也能不傷。

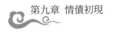

「你不該拿他來刺激我的。」嵐顏搖頭，「你從不會無把握，卻拿話來激我，你是否也對贏我沒有把握？」

她若是封嵐顏，只怕已經在他手上輸了幾十次了。他的每一句話，都足以讓她輸得一敗塗地，但她還是秋珞伽，好歹也是幾百年的老妖怪，人世百態、人心慾望，都見得太多太多了。

「其實，我也未必是你的對手，只是我也會裝。」

封千寒沒有輸給她的武功，只是輸給了她的裝。

他以為她按捺不住，他以為她被仇恨蒙蔽了靈識，一切都是他以為。

「騙你，只為了還你對我的十年欺騙。」嵐顏微笑著，滿不在乎。

這一刻，封千寒眼眸中的情感，複雜得連嵐顏都讀不出來，或許在她認識他的那十年中，他從未出現過這樣的眼神。

封千寒的手慢慢垂下，「是的，我輸了。」

驚才絕豔的人，親口承認輸是什麼感覺？從神壇跌落是什麼樣的痛苦？嵐顏的心頭，忽然狠狠地抽了下。那是十年的感情回憶，在告訴她塵封的過去。

最想維護的人、最為景仰的人，卻成了被她親手推下深淵的人，這是何等的可笑，縱然無傷，勝過千瘡百孔的傷痕。

她與他之間，終究還是她欠了他。

雖然封千寒有算計，十年的護衛是真；雖然封千寒欺騙，她的癡迷是自願；沒有封千寒，也不會有今日的嵐顏。

「嵐顏。」此刻的封南易臉上寫滿了溫和，就像曾經喊他兒子的時候一樣，衝她招著手。

嵐顏走到封南易面前，她知道這一次的溫和笑容，是發自內心的。

對於一個城主來說，自己兒子的名譽並不重要，重要的是這樣的高手能夠收歸麾下，嵐顏的作用在此刻相比起依泠月背後的依城來說，顯然更重要些。

「城主。」嵐顏回應著。

「妳應該如當年一般，喊我爹爹了。」封南易笑呵呵地站起身，「九宮主嵐顏三年前在我面前立下誓言，願意以伴侶的身分上擂臺挑戰，唯有挑戰勝利，才夠資格成為少城主的伴侶，今日她已通過挑戰，成為我們封城的少城主夫人。」

「等等！」

幾個聲音同時響起，最響亮的卻是封南易面前的嵐顏。

聽到她的聲音，封南易一愣，「妳還有什麼話要說？」

嵐顏老神在在地搖頭，「我只說了我挑戰依泠月姑娘、挑戰少城主，只為了證明我不是當年那個封城恥辱，可沒說我要嫁他。」

封南易的臉色一瞬間變得十分難堪，而有人居然還火上澆油地潑著。

段非煙從樓上探出腦袋，「封城主，嵐顏姑娘可是以我鬼城身分出戰的，你怎麼能說搶人就搶人呢。」

應和他話的，是一聲笑，管輕言的笑。這笑聲，比什麼挑釁都有力，彷彿在嘲笑封南易的無知和自負。

封南易臉拉了下來，極力控制著自己的怒意，「嵐顏，妳與千寒昔年的情意，封城盡人皆知，十年的感情，不是他人能替代的。」

「千寒哥哥十年的付出，嵐顏似乎真的不應該辜負。」嵐顏很無奈地攤手，「可惜，我對嫁給他沒有興趣，這一生也不會有興趣。」

封南易的臉再也掛不住，他一拍椅背，那張金絲楠木的椅子頓時碎裂成片片，散落一地，轟然的巨響中，封南易拂袖而去。

駁了封南易的自負，丟了封千寒的臉，為自己出了氣，她卻發現自己並沒有想像中的高興。為什麼？嵐顏抬頭看著眼前的封千寒。

「知道為什麼我能騙到你嗎？」兩人之間的交談，其他人都聽不到，只能看到彼此間嘴唇的小小嚅動，「因為我一直都知道，你與鳳逍的友情，是真的。」

火碎珠是封家給妖族質子的，不是封千寒私怨給鳳逍的，這十年來封千寒與鳳逍之間的感情，她真真看在眼中，她相信如果沒有封千寒，鳳逍在封城的日子，沒有那麼好過。

因為知道是真的，也就明白封千寒說那些話的意圖，明白意圖才能裝得真切。

「真正讓我下斷定的，是你對劍鑾的態度。」嵐顏微笑著，「那一刻你身上的殺氣，比我濃多了。」

封千寒的嘴角動了下，說了一句話。當那話語飄入嵐顏的耳中，她就愣住了，連他如何走下擂臺都不知道。

那人影走得瀟灑，彷彿完全不介意成為四城的笑柄與談資。

有人落在她的身邊，「為什麼不戴我為妳挽上的簪子？」

嵐顏恍然驚醒，扯了絲笑意，卻有些勉強。

抬眼間，那俊俏的容顏映入眼簾，她那無賴的神情掛回臉上，嘲笑道：「嘖嘖，看不出來，穿上龍袍其實還挺像太子的。終於知道你為什麼那麼髒了，這臉沒法見人啊，不然走在大街上立即被人搶走。」

調笑的眼神頓時變得銳利，狠狠地剜了她一眼，熟悉的表情之下，長久的分別彷彿沒有消失，一切都只在昨天，差別只在於他洗了個澡，換了套衣服而已。

她伸出食指和拇指，在空中搓了搓，「見面分一半，別以為我不知道你賺了五十萬兩，我耗費這麼大心力，要六成。」

「今夜，我請妳吃叫花雞。」他擠眉弄眼，「親自為妳做。」

「兩隻。」嵐顏討價還價。

「成交。」兩隻手在空中相碰，還沒有來得及分開，就被他重重地握上手腕，隨即人就被帶入了他的懷中。

被他擁著，嵐顏的臉貼著管輕言的胸膛，聽到了他急促的心跳聲，她的手貼上他的胸口，然後……輕輕地推開了他。

管輕言那原本妖嬈的目光忽然一下緊窒了，鋒銳地盯著她的臉，彷彿要看穿她的心思。

低沉沙啞卻性感的聲音在兩人身邊響起：「原少主，她的心中早已有了別人，我想你似乎遲了一步。」

管輕言鋒利的眼神馬上轉向段非煙，上下地打量著他，很快就恢復了輕鬆，「段城主，看來你也是求之不得的人啊。」

嵐顏彷彿嗅到了無聲的硝煙味，目光瞟著面前兩個人，她的決定只有一個：離開這兩個腦子有問題的人。

她可沒忘記，現在還是在擂臺上呢，還有無數人正在下面抬頭眼巴巴地看著，剛才看的是比武，現在看的是熱鬧。

一個女人和一堆男人的熱鬧。

嵐顏覺得自己額頭上的青筋開始無聲地抽疼，她默默地轉過身，想要溜之大吉。冷不防差點撞進一個人的懷裡，幸虧她躲得快，也幸虧對方在一瞬間後退了一步。

「不過一年多，妳彷彿變了一個人。」給她最大驚奇的，是眼前這名少年。一年前，他還和自己一樣，被人打得滿地打滾，差點丟了性命。一年以後出現在她面前的他，神韻內斂，深厚的禪氣縈繞周身，不似當年的呆傻，卻有了超然縹緲。

他的變化，似乎比她還要大。看來這一年中，他比她的奇遇還要多。

少年長髮飄飄，隨意散在身後，厚重下的靈動讓人印象深刻，「為妳，唯有強大。」

她依稀明白了什麼，那一日自己在他面前受盡凌辱的樣子，改變了他一心向佛的想法，那長髮是留戀俗世的牽掛，那身袈裟卻又是佛家的嚮往，這個糾結的少年……

他的目光，落在段非煙的臉上，「段城主，我能否向你化個緣？」

「化緣？」段非煙笑了，「鬼城窮，遠不如四城富有，我更是小氣，遠不及蘇九公子大方，宗主你何必捨近求遠？」

宗主？絕塵單手合十，「城主好靈通的消息。」

「剛剛知道而已。」段非煙看著絕塵，「松竹禪將宗主之位傳於大師兄絕塵不稀奇，稀奇的是，竟然允諾你不出家，這樣的消息怎不讓人震撼？」

「那是因為我與城主還有一段塵緣未了。」絕塵看著段非煙再度開口：「還請城主稱呼我的俗家名字曲悠然。」

段非煙斂了笑容，「看來你也不像是有好事找我，說吧，為了誰？」

絕塵的目光劃過嵐顏，吐出兩個字：「陰徒。」

段非煙看了眼嵐顏，極度曖昧地湊上她的耳邊，「原來是妳惹來的桃花債啊。」

絕塵慢慢說著：「當年陰徒圍攻我兩人，若非他人相救，我與嵐顏只怕早已命喪黃泉，她討她的債，我化我的緣，還請城主賜下。」

一句話，管輕言原本的輕鬆神色頓時變得繃緊，看著段非煙，「原來是你？當年我趕回去，卻只看到……」

嵐顏心頭一驚，完了。

當初陰徒做的事，她的衣衫可是凌亂破碎滿地，任何人一看都知道發生了什麼，這件事只怕在管輕言心中也是滿滿的恨，如今逮著正主，只怕沒那麼好了斷。

管輕言憤恨的目光同樣劃過絕塵，「不管你是絕塵還是曲悠然，她受辱，你卻無能為力，事後幾年談報仇，你就是這樣保護她的？」

管輕言手掌揮起，一掌拍向曲悠然，一掌拍向段非煙。曲悠然引氣化形，接下管輕言攻擊的同時，打向段非煙。三個人剎那間打成一團。

一位城主、一位少城主、一位宗主，三個人的戰鬥不帶半點保留，比剛才嵐顏與封千寒的打鬥要剛烈得多，看得人根本不願意離開。

三位地位尊貴的人，不是自己的城主，不用避諱身分，臺下那群人甚至開始叫好，鼓掌。

這都什麼和什麼啊？

「小弟……」有點不好意思的羞澀聲音在身邊低低地叫著她，又忽然猛地察覺不對，改口道：「小妹。」

嵐顏面前的嵐修抓著腦袋，尷尬地笑著，對她說道：「一直覺得妳是弟弟，突然變成妹妹，有點不習慣。」

嵐顏看了眼擂臺中央，那三個人顯然一時半會兒是打不出結果了，便轉頭道：「哥，和我說說你這幾年的際遇吧。」

嵐修低著頭，「那日我被人追殺，也想著反抗，可對方的武功實在太高，一招都無法招架就被刺穿了胸膛，踢入溪水中，醒來時發現自己被路過的松竹禪宗主所救，當我傷癒後回到家中已是一片破敗，我以為妳也死了，就跟著宗主入了松竹禪，宗主說我資質尚可便教我武功。這一次因為想到三年的擂臺比試到了，我決定帶著咱們以前的諾言來參加比試。」

他開心地拍上嵐顏的肩頭，「沒想到妳比我出息多了，居然連少城主夫人的名分都敢拒絕，我喜歡！和少城主比起來，我覺得宗主更配得上妳。」

宗主？他說絕塵小和尚？

「他……」嵐顏悄悄地靠進嵐修，「他一年之間怎麼會改變這麼大？」

「前任宗主圓寂，圓寂之前將武功全部傳給了大師兄。」嵐修貼上嵐顏的耳邊，小聲地說著：「而且大師兄不用出家就能做宗主，也是前任宗主的命令，但究竟是什麼原因就只有大師兄知道了，反正我只知道大師兄常說什麼命之所遇，他要遵從天命什麼的。」

命之所遇，難道又是說自己？

「我覺得少城主的冷是真冷，心都涼的那種，哪有我大師兄慈悲善良、普度眾生的心性，妹妹妳嫁給大師兄比嫁給少城主好多了。」

嵐顏的頭更疼了，原本以為和哥哥能親熱親熱，卻發現自己的哥哥居然視曲悠然為神，恨不能馬上把自己打包送上曲悠然的床。這一口一個嫁給大師兄，實在讓她承受不起啊。

「哥，你如果喜歡，自己嫁。」嵐顏很不客氣地翻了個白眼給嵐修。

嵐修抓了抓腦袋，「我不是女子啊。」

「雙修練功，不分男女，你忘記了封城一向不介意這些嗎？」嵐顏壞心地慫恿著。

「可是大師兄喜歡女子啊。」嵐修低頭看看自己，「他應該不喜歡我這種。」

「你又沒問過他，你怎麼知道他喜歡女子？他接觸過其他女子？」嵐顏發現自己的哥哥在松竹禪和一群和尚在一起，已經變得木頭木腦了，還真的挺好玩的。

嵐修努力地想了想，搖了搖頭，「沒有。」

嵐顏眼中爆發出壞心的光芒，「所以啊，你要去問問，他究竟愛的是男人還是女人，說不定他就喜歡你這種呢。」

一邊觀戰，一邊欺負自己的哥哥，心頭那點鬱結很快就消散了，她果然不適合做個正經的人。

擂臺下，杏色的人影坐在輪椅上，衝著她招招手，嵐顏的目光偷偷掃過。

擂臺上風生水起，觀眾聚精會神，擂臺旁嵐修還陷在沉思中，哪有人注意到她，此時不跑更待何時？

嵐顏跳下擂臺，推上蘇逸的輪椅，兩個人一溜煙地跑了。

擂臺旁，苦思冥想的嵐修終於抬起了頭，「妹妹，不對啊，我又不喜歡男人，為什麼要嫁給大師兄？我崇拜他，可是不喜歡他啊。」

可惜，那個原本在他身邊的璀璨女子，早就消失不見了。

第十章

蘇逸隱藏的祕密

街邊，嵐顏戴著面紗，把自己引發轟動的臉擋得嚴實，看著蘇逸一口一個甜甜的果子吃得無比開心，忍不住伸手搶了個塞進嘴巴裡。

「說，你到底什麼目的？來攪局嗎？還是想引起四城紛爭，從中撈點好處？」她從蘇逸的態度上，判斷出了什麼。

蘇家看上去和誰都交好，偏偏實際上和哪家都有距離，原本封城的比武根本不會鬧出那麼多事，思來想去件件樁樁都依稀和眼前這個少年有著千絲萬縷的關係。即便沒有明確的證據，她的本能還是告訴她，蘇逸知道很多事，而且所有的一切，他都參與了。

就連代表松竹禪的曲悠然，在樓臺之上也只與他親近，必然有著私下緊密的聯繫。能與四城中人結交是本事，因為他們有慾望，就是對妖丹靈氣的渴望。而松竹禪講究的是出世跳離紅塵，蘇逸卻也能親近，就未免太奇怪了。

「說對了一半。」蘇逸看到她吃，手上的動作忽然加快，把幾個果子全掃進自己嘴巴裡，吃得兩頰鼓鼓，說話都不利索了，「攪局素真、撈好粗也不是木有，但素不素為了我自己。」

舌頭。

「那你為了誰？」嵐顏哼了聲，「天下黎民百姓啊？」

這一下，曲悠然想了想，嚥下口中的果子，「嗯。」

嵐顏要不是看在他身體弱的份上，簡直想一巴掌搧飛他，這麼厚顏無恥，也不怕風大閃了舌頭。

「不信啊？」蘇逸那精靈似的眼睛，一眼就看穿了她的心思。

「廢話。」嵐顏沒好氣的回答。

她對蘇逸雖然不反感，卻並不喜歡蘇家的身分，她是妖王，而他是出賣妖丹煉化之法的人，從某些層面上來說，他們之間的仇恨遠大於好感。

「我才說拯救黎民妳就不信了，我若是拯救妖族，妳豈不是更不信了？」他壞心地又補上一句讓她更加傷心傷肝的話。

拯救妖族？她妖族的子民毀在他手上的也不知道有多少了，他居然大言不慚地說拯救妖族？

嵐顏看著身邊的護城河，心裡想著要不要索性把這個傢伙推進河裡讓他洗洗腦子清醒一下？

「我若有心真要滅絕妖族，只要說妳是秋珞伽轉世，妳覺得封南易和封千寒不會出手拿下妳？就算封千寒會手下留情，封南易可不會。妳的妖丹落入封城，妖族立毀！而我不但沒暴露妳的身分，還幫妳隱藏妖氣，這還不足以說服妳？」蘇逸吃得開心，吮著手指頭上的糖粉，嘖嘖有聲。

他說得似乎在理，可那玩世不恭的態度，又讓嵐顏很想揍他。

「我怎知你圖謀的不是更大的東西？」嵐顏哼了聲，「甚至你蘇家是要圖謀更大的好處。」

蘇逸指著一旁酒旗招展的樓宇，「聽說這是京城最有名的酒樓，走，我們邊吃邊聊。」

對於一個時刻不忘記吃的人，嵐顏簡直一點辦法都沒有，彷彿他的人生就是為了吃而存在，其他的事再大，也不及吃來得重要。

從進入包廂坐下到現在，大大小小十幾個盤子，這蘇逸看著優雅，吃起來速度卻快，不一會兒工夫，大部分的菜餚都進了他的肚子裡。

這麼瘦弱的人，怎麼能裝下這麼多食物？嵐顏看著他的身板，目光不由滑到那平坦的小腹上。

這種人還爭什麼天下，他用吃就可以吃出一個天下了。

「這個熗螺肉好，很鮮嫩，薄荷葉也清涼，味道一絕。」他一邊吃還一邊點評著，不時往嵐顏的碗裡挾，「妳也吃啊，怎麼不動筷子？」

他的腦袋長在屁股上嗎？她已經被他塞了整整幾碗食物了，陪吃陪到她想吐了，她不是不想吃，她覺得自己只要再吸一口氣，就能馬上吐出來。

眼見著她的表情越來越難看，某人終於自覺地放下了手中的筷子，「好吧，談談正事。」

算他聰明，在她沒有出手揍他之前，收斂了。

蘇逸擦著嘴巴，目光忽然一閃，「妳應該知道上古神獸守護人間卻被覬覦靈丹的事吧？」

嵐顏心頭一動，沒說是也沒說不是。

她的記憶飛快地搜尋了一遍自己的腦海，她非常確定，即便是妖王時的自己，對於上古神獸消亡的事情，也是不知情的。真正的消息，來自於白羽對她說過的故事。

白羽師傅是白鳳，知道真相不稀奇。但是這傢伙又怎麼知道的？

嵐顏表情莫名，「不知道，說來我聽聽。」

蘇逸失笑，「何必假裝，妳身上有白鳳的氣息，還有……」蘇逸低下頭，在她耳邊極輕極輕地吐出幾個字，「中央神獸。」

嵐顏愕然。

她體內沉睡著蒼麟的事情，只有她和白羽知道，蘇逸卻是從何探來的消息？以白羽對蒼麟的維護，白羽自是不可能吐出這個祕密，難道……

嵐顏忽然想到了那群追殺白羽的神祕人，也就是讓秦仙鎮封家滅門的元凶，難道他們與蘇逸有關？

「妳就不能將我往好的方向想？」蘇逸苦笑著。

「我沒辦法把一個煉化妖丹以滿足人們貪婪慾望的人，想成一個好人。」嵐顏不冷不熱地回答著。

「在上古時期，神獸鎮守四方，中央神獸維持三界平衡。但是無論是神獸，還是妖靈，都不可能做到不死不滅，只是牠們遺留下內丹，重生而已。」蘇逸看向嵐顏，「這一點，妳應該比我清楚才對。」

嵐顏很輕地點了下頭，蘇逸話中的意思她明白，就如同妖族的人，在年歲到達一定的時候，吐出修行的內丹後消亡，而這內丹中的靈氣，會再度幻化為妖體，重新成為新的生命。只是妖族終究不及神獸們強大，神獸可以保存住自己的靈識與記憶，而妖們做不到，最終遺忘了前塵。

「三界是平等的，人類也是一樣，佛家的輪迴之說不也如此嗎？」蘇逸歎息著，「彼此在各自領域中存活，原本是有各自的界限，可偏偏這種界限被打破，引發了三界之中最大的混亂。」

蘇逸的手點著嵐顏，「人界妖界，本就該早分開，可妖界貪圖人界的熱鬧，又天性活潑不防備，當牠們吐出內丹之後，甚至會交予人界的朋友等待重生的時機，為的是不想回到妖界過那枯燥無聊的日子，更不想修習精進，這種懶散的思想直接刺激了人類。他們妒忌妖族可以有長長的壽命、美貌的容顏、自由自在不必為了生存而奔波。可偏偏妖族還蠢到為了自己認定的感情，甚至可以將靈氣從妖丹中分離出一部分，給予他們看上的朋友，你以為最初的煉化之法從何而來？根本就是妖族的人自己透露出來給人類知道的。」

對於這一點，嵐顏無言以對也無法反駁，因為蘇逸說得有理有據，完全不似編造的。

妖丹的煉化法門只有妖族人才知道，會引發無窮的爭奪，最初也是妖族自己沒有守護好自己的祕密。

「妖本多情。」蘇逸長長吐出一口氣，搖搖頭，「一片好心，卻忘記了人的貪婪和慾望，當妖丹可以讓人延年益壽增進武功的說法悄然蔓延開的時候，人的目光不僅盯上了妖界，他們甚至想著神與妖一樣，都有著內丹，如果能煉化了神獸的內丹，是不是可以得到更多的好處？」

聽到這，嵐顏也不禁垂下頭，守護著對自己有惡意的人，縱然是神只怕也想棄世吧？更何況當進入重生期的時候，神的內丹就這樣被人拿走，禁錮、用對付妖丹的方法想要吸收元丹中的精氣。

「如果是妳，妳願意他們將神之元丹吸收殆盡，然後三界失衡，從此成為人們彼此慾望的爭奪場，還是寧可犧牲小小的妖丹，護衛神之元丹？」蘇逸忽然發問，那雙充滿靈秀的眼睛直勾勾地盯著嵐顏。

嵐顏毫不猶豫地開口：「犧牲妖丹。」

因為神之元丹一旦被煉化，那才是天地三界中真正浩劫到來的日子。

「雖然人間充滿了貪戀與慾望，但也充滿了忠貞與守護，妳可知道為了神之元丹，蘇家守護了多少年？妳又知道蘇家為何地位如此高貴，四城皆不敢得罪？妳又知不知道為什麼我被人捧在手中如珠似寶的？」

「怕你死了。」嵐顏的嘴還真是不客氣，「就斷了所有煉化的希望。」

「妳以為蘇家真的短命夭壽，活不過二十就死嗎？」蘇逸攤開手腕，將胳膊放到她的面前，「來，試試。」

嵐顏遲疑了下，將手放在他的脈門上。

脈搏一下下有力的跳動，彈在她的指尖，怎麼看都不是個隨時可能會死的人應有的脈象。別說要死，她極度肯定，只要眼前這個傢伙腿沒問題，起來蹦蹦跳跳也是絕對沒問題的。

「蘇家的傳言是假的？沒有所謂的天才短命說法？」她似乎明白了什麼。

蘇逸眉頭一挑，笑得純真，「天才還是天才，短命也是真的短命，不過不是天生的短命。」

在嵐顏疑惑的眼神裡，他丟出了一句讓嵐顏震驚不已的話，「蘇家守護著煉化的祕方，對外宣稱因為煉化方法太損陰德，所以導致蘇家子弟不長壽，所以一年甚至數年才煉化幾枚妖丹，以供這四城上位者修行用。如果四城中有人貪婪過度，想要擷取更多，那麼擁有煉化方子的人就會以體弱即將離世做藉口，要求留在蘇家將所有煉化方子傳授下一任，為了煉化方法，對方也唯有按捺。這就是蘇家數百年來以命拖延的方法。」

「那宣告即將離世的人呢？」嵐顏非常好奇這一點，既然身體都是好好的，只是為了拖延時間，可時間到了又怎麼辦呢？

蘇逸很平靜，淡淡地吐出三個字：「真的死。」

什麼！

「若非真的死，又豈能瞞得過他們的耳目？若非真的死，他們又怎會對蘇家這麼小心翼翼？若不將這體弱多病的故事繼續下去，蘇家如何能等到神獸自願回歸元丹的那一天？」

「神獸自願回歸元丹？」又一句讓嵐顏驚訝的話：「你的意思是神獸並沒有死，而是背棄了自己的身分，放棄神之元丹？」

「正確的說法是入了輪迴之中，拋棄自己的身分。」蘇逸說出了一個嵐顏聞所未聞的祕密，「中央神獸與白鳳一直在等待，卻始終等不到，最終中央神獸期限到，不得已進入了重生期，而這元丹又一次被貪婪的人們追逐著，讓它無法吸收靈氣，無法重生，只得休眠。我們蘇家一直在等中央神獸的覺醒，與我們一起苦苦支撐的，只有白鳳。」

蘇逸看著嵐顏，「現在妳知道我為什麼如此熟悉妳了吧？也知道為何我清楚妳所有的過往與祕密，還有為何要替妳保守身分了吧？」

「因為白羽師傅是嗎？」嵐顏想起那道人影，那慢慢在自己眼前消失的容顏，她怎麼伸手都抓不住，隨煙雲逝去的男子。

她沒有想到的是，白羽將所有的功力傳給了自己後，居然還為自己安排下這麼大的助手，當然也有可能是因為不放心自己體內的蒼麟吧？

「我是蘇家選定的人，我不能違背蘇家的家規，可我也不想死，畢竟這世間太多好吃的我還沒吃遍呢。」蘇逸笑盈盈的，「所以唯有求妳，咱們一起合作，讓中央神獸甦醒，讓神獸回歸元丹，重歸三界秩序，如何？」

嵐顏坐在他面前，對面著那張無害的笑顏，默默地看著、看著，忽然站起身，徑直朝大門走去。

袖子被拉住，嵐顏低頭間還是那張笑盈盈的臉，讓人不忍拒絕。

「我、拒、絕！」嵐顏毫不心軟。

什麼狗屁讓中央神獸甦醒，什麼鳥讓三界重歸秩序，一聽就是讓人頭大的事情，以她幾百年的老妖精腦子打賭，一旦她答應了，勢必將沒有好事。

聰明的人最好現在就跑，離這個人遠遠的，再也不要和他攪和在一起。

「那我們退一步，妳讓蒼麟甦醒重新塑形，其他的事與妳無關，怎麼樣？」蘇逸換了個要求。

嵐顏沉吟了一會兒，「成交。」

畢竟身體裡那個東西她也不想留太久，整天兜在身體裡，跟懷孕似的。

「對了，其他事情既然與妳無關了，妳只當聽我嘮叨行不行？一些事情憋在心裡太久，沒人可以訴說很慘的。」蘇逸可憐巴巴地望她。

嵐顏邁出去的腳步又收了回來，重新落座，「說吧。」

「四方聖獸的內丹遺留在他們守護的地方，因為靈氣過旺，就有家族在其上修建城池，擷取靈氣。而元丹的位置，無人知曉，所以……」

「你要我替你找封城的元丹？想也別想。」嵐顏又是一口拒絕，「剛才說過，我只管讓那傢伙覺醒，其他事都別找我。」

「不找妳。」蘇逸完全沒有強迫她的意思，而是慢悠悠地說出一句話：「鳳逍被斷靈根，那斷下的一尾就在封城靈氣最盛的地方，也唯有那個地方，才能震住鳳逍的妖氣，所以妳若是要尋找鳳逍的魂魄，只靠妖霞衣回到妖族是沒用的，因為妳不知道鳳逍的魂魄方位，就算找到，妳也無法重塑他的妖體，因為他的靈根在封城。」

「所以我為了鳳逍，也一定要找到那尾靈根是嗎？」嵐顏冷著臉問他。

蘇逸點頭，「靈氣最盛的地方，也就是元丹所在地，我給妳一個祕密，妳給我一個祕密，大家合作，很公平！」

是啊，很公平，嵐顏憤憤地咬著牙，「但是他媽的賣命的人是我！」

蘇逸笑得可愛，拈起一塊糕點，丟進口中。

第十一章

與卿約，一生誓

與蘇逸的一席話，讓嵐顏有些沉重，原本以為千百年前的事情早已成為煙雲過往，卻不曾想那瘦弱的肩膀上還扛著太多的責任，她依稀覺得，自己的生活將不平靜。

蘇逸的心，比她想像中要大得多。而她不得不去，她要喚醒鳳逍對自己的感應，最好能拿到鳳逍的靈根，為了這件事，她會賭上一切去試。

回到封城，拿回那件妖霞衣和妖丹都是為了鳳逍，她愛了兩世卻兩世不得相守的男人，前世她為他負盡天下，他為她不得善終，這一世他為她受盡苦難，卻只換來那幾個月的歡樂。她與他之間，究竟是誰為誰付出更多，早已算不清楚了。她只是選擇為喜歡的人做自己想做的事，何必談誰多誰少。

她的夢想，還妖族一片清淨，與鳳逍相伴百年。

妖族如今再不入人間，未必不是件好事，而她也沒打算在人間再多逗留，只要拿到鳳逍的靈根，任世間如何紛亂都與她無關。

秋珞伽本就不是個喜歡熱鬧紛爭的人，更沒有野心，千百年的滄桑變化讓她早就看破了一切，她要的，是兩人相伴，淡看風雲的繾綣甜蜜。

從酒樓出來，天色已經漸暗，冷不防前方出現一道人影，嵐顏停下腳步，與他遠遠對望著。是管輕言。

此刻的他，脫下了那身華麗的衣衫，又是破布邋遢地掛在身上，髮絲散亂在身後，若是鬍子能蓄起來，活脫脫一個玩世不恭的乞丐。

她竟有些不敢靠近，就站在那裡看著他。

「我說請妳吃叫花雞的，穿得太華麗終究不像，這樣多好。」他隨興地拂了拂衣衫，拎出一件同樣破爛的衣衫，「妳要不要？」

「要。」她主動上前，拿過那件衣衫，披上肩頭。

管輕言伸手，抓上她的手，「走，城郊我已看中了一間廢棄的房子，雞都偷好了。」

「偷的？你賺了五十萬兩還偷雞？」她的手被他握著，頗有些不自在，用力抽了抽，把手從他掌中抽了出來。

管輕言低頭看著自己空落落的掌心，沒有再伸手，「走，我帶路。」

兩個人一前一後，飛快地朝著人跡罕至的城郊而去，不多時已看到一間荒廢的屋子，破爛的茅草幾乎已被吹光，只剩下幾根枯草掛在房頂上，半邊房屋已經傾塌，斷壁殘垣之下，小小的柴火堆跳動著火焰，火堆旁還放著幾瓶老酒。顯然，管輕言為她準備得十分周全，只等著她來了。

他的手在火堆下扒拉著，弄出一個黑不溜丟的東西，丟進她的手裡，催促道：「答應妳的，還不快試試。」

捧著那個荷葉包，嵐顏有點憂傷。

是真的憂傷，剛才與那個吃貨在一起，活生生被塞了太多食物，她現在哪還吃得下任何東西，可她又不忍心辜負了管輕言這一番心意。
「如果不想吃，那還有酒。」管輕言一指她的身邊。
嵐顏無言地拿過，隨手拍開封泥，一股濃烈的香味傳入鼻息中，她湊上唇邊，入口甘醇，香甜無比，卻是半點也喝不到刺激的酒味。
「這也是偷的？」她忍不住問他。
「哪那麼容易偷。」一個白眼翻給她，當真是水波瀲灩，一如記憶中的動人，「偷隻雞容易，妳給我偷十罈二十年陳釀試試？我從原城為妳帶來的。」
千里迢迢，就為了給她帶十罈酒。如何能說這傢伙不懂自己，他甚至都不知道她會來封城。
「我與妳在一起那麼長時間，怎會不懂妳，妳只要沒死，就一定會來。」他長長吁一口氣，「妳這打不死的蟑螂，又怎麼會死。」
「所以你篤定我會來？」
「我還篤定妳會贏。」他一笑，天邊剛起的月色，竟不及他顏色半分，「我不會看錯人。」
她該謝謝他這份信任嗎？
飲進一口，那甘洌順著喉嚨滑進去，落在腹中暖暖的，舒服得讓她隨意一靠，依在一個破爛的凳子上，「你挑的酒，也是天下無雙的。」
「那當然。」他眼角一挑，「這一年多，若不是倚仗著我的自信和這酒，怕那原城的日子不好熬呢。」
再是自信的人，再是堅強的心，也會猶豫也會害怕也會驚恐，而他的那個不確定，就是她是否還活著。
所以他今日把所有的怒火發洩到了曲悠然身上，想必那曲悠然沒有等到管輕言就離去，也就沒有告訴他自己被人救走的事。

「想不到，你居然是原城少主。」她苦笑著，與自己打滾耍賴搶食物的人，卻也有那麼驕傲的身分，而以她的瞭解，原城城主一直膝下無子，看來管輕言必然是掌中寶了。

「如果不是妳，我永遠也不會是原城少主。」他的回答，那麼簡單、那麼淡然，「唯有原城的實力才能探聽出妳的消息，也才能在危難的時候保妳安全無虞。」

嵐顏的心，驟然跳得很快，是心虛的快。

管輕言對她的好，兩人之間曾經最艱難日子的扶持，都太深刻，那雖然艱難卻快樂的歲月，再想要追，卻已是不可能了。

「說說你的故事吧。」嵐顏笑笑，「你打探到我的身分，可我卻不瞭解你。」要查她不難，畢竟名字是真的，那些隱藏的祕密，那些欲言又止的過去，管輕言如此瞭解自己，自然知道自己是誰。

「我？」管輕言呵呵一笑，原本嬌豔的眼波中，滿滿都是嘲諷，「一個不被承認的私生子而已，可惜那老頭原本以為自己會子孫滿堂的，最後卻有人告訴他，因為攝取靈氣過於陰邪，他已經不可能再有後繼香火了，他就開始滿世界找我，要我回去做什麼少城主。」

「所以你流浪逃離，你寧可做乞丐也不要做他的兒子。」嵐顏懂他，也明白他心中的桀驁。不是所有人都在意名利，管輕言這種人天生自由，誰又能束縛得住？

「那時候追殺你的人，就是他的手下？」嵐顏沒有稱呼那個人為你爹，因為她很清楚，對於管輕言而言，那個人所有的行為，他是不會承認為爹的。

「他就是那樣的性格，所有人都必須聽命於他，若有不從，他寧可毀掉，即便我是他的兒子。」管輕言一聲冷笑。

「那你就坐上城主之位，他就再也不能困住你了。」嵐顏壞笑著。

「我就是這麼想的。」他的手舉起手中的酒壺，與她相碰，兩人含笑飲下手中酒。

一番酒過後，兩個人懶懶地躺在草堆上，聽著耳邊劈啪的柴火炸裂聲，說不出的愜意。

「那日我回來，卻只看到滿地的狼藉和血跡，卻不知道發生了什麼事事，我在我們約定的河邊等了妳三天，那三天的不安與恐懼……」他輕輕搖了搖頭，側臉看著她，低聲道：「今天能看到妳，真好。」

她有些不敢面對那雙眸子，太亮了，亮得晃了她的眼，「你來封城，也是為了我？」

「是。」他的手指習慣性地去揉她的髮，卻在即將觸碰到她的時候，停住了。那指尖就在她的面孔上方，清透白皙得讓她幾乎瞬間想起了曾經他那個討厭的動作，現在想來，又那麼溫暖。

那手，微一停頓，又默默地收了回去。

「我多害怕妳給我的名字也是假的，當我派人去查的時候，當我聽到封城九宮主的時候，再聯想起妳我相遇的最初，我知道那就是妳。」他隨手開了另外一罈酒拋給她，「也知道了封城中所有的一切，包括那個叫鳳逍的男人，當日救走妳的，是他吧？」

有些事，彼此都心中明白，卻還是有些不甘心想要問一個清楚。

她點點頭，「是他。」

「妳取下那簪子，也是為了他吧？」

嵐顏沉吟了，她仰起頭，那一壺酒轉眼間便盡皆入了喉嚨中。

「別喝太急，這酒後勁大。」管輕言輕聲說著。

「很久沒醉過了，我倒想一醉呢。」她懶懶地，這些日子以來，所有緊繃在見到這個人的時候放下，她真的不想動，只想好好地睡一覺。

「你知道我是誰嗎？」她偏著臉看他，將手中的海光石鐲子褪了下來，隨著氣息的飛揚，身上的妖霞衣散發出一陣陣妖異的紅光。

管輕言眉頭一皺，抓著她的手，瞬間把鐲子又套了回去，妖霞衣上的豔光頓時消失，慢慢恢復了淺藍色。

「妳是妖族的人？」身為原城的少城主，他幾乎一口道破嵐顏的身分。

「正確的說，我是秋珞伽。」她苦笑看著管輕言，「妖族上一任的妖王。」

「封淩寰、秋珞伽？」管輕言很快地明白了什麼。

嵐顏歎息著，「昔年一戰，我實在無力回到妖族，於是將妖丹和妖霞衣留在了封城無人的山中，而我的靈識，也就在封城中轉世，隨後被帶往封家，陰差陽錯地又被封千寒發現，最終回到了封城。而鳳逍，就是淩寰……」

「他不是妖嗎？為何會是封淩寰？」

嵐顏搖搖頭，「我也不知道，這一切都是在我拿回妖丹後，才憶起的。想要知道真相，只有找回鳳逍。」

「所以我註定贏不了，是嗎？」管輕言飲著酒，「兩世情緣、兩生糾纏，兩次為妳而死，妳不能辜負。」

嵐顏別開臉，無法面對管輕言的臉，忽然看到地上那個荷葉包。

她拿起荷葉包，撕開荷葉，「難得你全給我，我若不吃怎對得起你？」

「誰說全給妳了？」他大掌一伸，快速地在噴香的雞肉上扯下一條腿，「這裡是我的。」

「啊！」嵐顏大叫著，撲過去搶。

曾經上演最多的戲碼，又一次在兩人間流轉。

不為了雞腿，只為了那份純真的快樂，她爬在他的身上，搆著他手中的那個雞腿，他想也不想湊到嘴邊一口咬下，她也不甘示弱，在另外一面大大地咬下一口，示威地看著他。

他的一隻手環在她的腰間，她就騎坐在他的肚子上。

忽然間，她想起了什麼，以往的每一次爭奪，她都是這樣毫無顧忌，而他總是這般的姿勢，讓她搶。

或許，從那時候起，他就是一直在讓著她，只是她從未發現。

「若那日我在，興許一切都不一樣了，對嗎？」管輕言輕聲嘆息著，那圈在她腰間的手，鬆開。

這句話嵐顏很早前就問過自己，答案是肯定的。

結識管輕言，還是朦朧之時，是他給了她少女的夢幻，卻來不及守著她長大，而她的感情，因前世的溯緣，還是給了鳳逍。

「無論妳要到哪裡去尋他的魂魄，我都陪妳。」管輕言的手撫上她的臉，一寸寸地摩挲著，「十年百年，尋到他為止。」

「為什麼？」她能感受到那指尖的顫抖，能察覺到那小心翼翼之下隱藏著的深沉，而她只能問為什麼。

「若不找到他，我永遠無法與他競爭。」那始終沒有過正經的眼眸，忽然變得認真無比，「若無這能力，又如何說陪妳？」

「你……」她忽然間不知道如何喊他了。

那眼角一飛，媚得她骨頭都酥了，「不喊娘娘腔了？」

她倒是想喊，怕挨打啊！

「叫我輕言吧。」他露出一抹微笑，「不讓妳知道我心意，妳也會躲閃，索性讓妳明瞭，至少不用看妳心虛的表情。」

她承認，自己最無法面對的人，就是管輕言。

「輕言，過去的事不可改變，當事後再想，我明白及笄禮，也明白了那簪子的意義，但我絕不能因私心讓你如此付出。」

嵐顏的眼睛望著他的眼，讓他清楚看到自己的心思，「我希望你慎重。」

「我會的。」管輕言呵呵一笑，「我明日回原城，閉門思過三個月考慮清楚，再給妳答案，如何？」

她笑了，輕輕點頭。

她知道他不是敷衍，有些承諾不是他給不起，也不是她不敢受，她只希望是在彼此都冷靜的情況下去想些事。

所以他說這話，嵐顏也頗為心安。

忽然管輕言問道：「妳有事瞞我？」

她一瞬間吐出一口氣的表情，硬生生被他看到。

糟糕，她忘記了他對她的瞭解，一個表情就能琢磨出不對勁，她方才只是想到自己去偷鳳逍靈根，如果管輕言在，一定不會讓她單獨前去，如今他要走，也讓她放下了心。

「是啊。」嵐顏壞笑著，一把抽過荷葉包，飛快地撕下另外一隻雞腿，快速地塞進嘴巴裡。

「妳這個好吃鬼。」管輕言也絲毫不給顏面，搶奪著。

兩個人又是你一口我一口分食了一隻雞腿，就著醇酒，陶醉在彎彎的月色星光中。

「其實與我相比，那個為妳入紅塵的人，才更讓妳頭疼。」管輕言忽然一句話，嵐顏的臉皺了起來。

她手撫著額頭，「莫提，我頭疼。」

他將她摟靠在肩頭，一如曾經在破廟的每一夜，「那就別想，睡吧。」

她真的太需要休息了，也唯有今夜，有一個能讓她放鬆的人，就好好的睡一覺吧。

嵐顏靠在他的肩頭，不知不覺睡了過去，甜美無比。

第十二章

往事如煙

清晨時分，柴火早已熄滅，只餘留嫋嫋青煙，帶出一波清寒。

管輕言看著枕著自己胳膊的女子，低頭間細細地端詳著，臉上露出溫柔如水的笑意，想要撫上她的臉龐。

才抬起手，又搖著頭放下；他的臉俯下，貼近、貼近……終究，還是在那容顏一寸處停下。那原本近在咫尺的唇，終究還是沒能碰上。他輕輕地抽出自己的胳膊，站起身輕輕地走出房子。

站在破屋門前，再一次回首，她仍在酣睡，衣袖撩到胳膊處，露出一截漂亮的肌膚，手指邊，是半壺殘酒。

暗香繫在他的衣衫上，是她的餘溫。

管輕言再度深深凝視，轉身飛掠而去，這一次他沒有再回頭，只有風中漸漸遠去的衣袂聲，直至不聞。

地上的女子睜開了眼睛，一雙清明透亮的眸光彷彿昭示著她早已醒來，她坐起身，靠著那個爛木頭的椅子，目光遙遙望著門的方向，看著那個背影漸漸從視線裡消失，拿起手邊的那壺殘酒，遙敬那道背影，一口飲下。

隨手拋去，瓶子落在地上，骨碌碌地滾到牆角，她騰起身形躍入空中，朝著相反的方向，很快消失不見。

走在街頭的嵐顏，忽然感受到身邊好奇打量的目光，猛地醒悟過來，手指摸上臉頰。

遮擋的面紗在昨日破屋裡被丟到了一旁，經過昨日擂臺一鬧，她早就在封城揚名立萬了，只怕已是無人不識了。

嵐顏想也不想，撕了塊袖子擋在臉上，埋頭飛走，她才不要當被人圍觀的猴子。但是當她走到段非煙的驛站門口時，更多人的探頭探腦讓她很是驚訝，不知情的還以為裡面發生命案了呢。

用腳趾頭想都知道這些人是來圍觀自己的，只是她住在這裡的消息是哪個王八蛋放出去的？

嵐顏鬱悶地繞到後門，看看四下無人，一躍上牆頭，落了下去。

人在空中，她就一聲暗罵。

牆頭下，一張搖椅、一樹梨花、一個浪蕩的男人，正躺在椅子上曬太陽。

大清早的，發什麼神經呢？

看那髮絲凌亂，衣衫半開的模樣，慵懶肆意的模樣，也不知道昨夜又糟蹋了誰家的姑娘。

那眼眸半瞇，薄唇牽起一縷慵懶的笑，望著空中的她，張開了懷抱。

如果可以，她很想一腳踹在他的臉上，這個浪貨。

腰身一扭，落在他的身邊，眼見著他身邊的石桌上放著幾樣精緻的小點心，還有一壺才沏好的熱茶。

嵐顏才不管那些，大大咧咧在石凳上坐下，為自己斟上一杯，輕啜間拈起一枚糕點丟進口中。

「好濃的酒味，也不知昨夜上哪兒浪蕩去了。」那聲音低沉沙啞，帶著乍醒的朦朧，很是迷人。

有的人長得俊美，卻毫不介意自己的容顏，甚至覺得是累贅，比如管輕言、比如曲悠然。有的人天生高貴，雖不刻意張揚，卻還是會注意姿態與打扮是否得體，比如封千寒、比如蘇逸、比如白羽師傅。

但也有的人，知道如何把自己的魅力發揮到極致，瞬間發散出獨特的氣息，讓人過目難忘，比如眼前這個傢伙、比如……鳳逍。

她眉頭抬了下，發出一聲冷嗤，沒有回答。

且不說她與他沒什麼感情，更沒什麼關係，連合作她都沒答應，他倒像是丈夫抓姦般的口吻。論浪，這天下間，還有誰能浪得過他去？

「管輕言吧？」他伸手抓起另外一杯茶，「蘇逸不好酒，那個木頭呆瓜顯然也是一身清規戒律，更不會碰酒，能讓妳一身酸臭味回來的，只有那個傢伙。」

嵐顏抬頭看了眼他，她發現段非煙的臉色有些白，正確地說，是蒼白。

一個有他這般武功的人，是不可能面色蒼白的。

「怎麼，昨日被揍趴下了？」她猜測著，雖然心中覺得這個可能性應該不大。

「嗤。」段非煙發出一個小小的輕笑，也是拈起一枚糕點丟進口中，「妳覺得這可能麼？畢竟是封城中，三大宗主城主打起來，若是有個長短，封城還怎麼和人家主城宗派交代？我們還沒打過癮就被分開了，雖然要分開我們有點難，不過大家都有志一同，不想被人看熱鬧，索性住了手。要打架，下次有的是機會，遇著再打就是了，原城也好，松竹禪也罷，我何曾放在過眼裡？妳來封城的目的已經達到了，妖丹和妖霞衣已經得到，再待下去只怕夜長夢多，我勸妳儘快離開封城。」

段非煙沙沙的聲音，說起正事，也帶著股勾魂攝魄的勁，「封南易是什麼人，我想妳不需要我提醒，他封城得不到的，又怎麼會讓別人得到？」

「好啊，你安排一下，今天走也無妨。」嵐顏回答得很乾脆。

「這麼乾脆，不去見見妳的小和尚？」段非煙調侃著她。

忽然一個小廝拿著拜帖前來，「城主，松竹禪嵐修請嵐顏姑娘去驛站一聚。」

段非煙坐起身，「我說呢，原來妳早就等著一見呢。」

嵐顏卻突然開口：「告訴他我不見，從今日起，我不是封城的人，也不姓封，與他之間再無半點干係，不必相見。」

小廝飛也似地去了，段非煙打量的眼神盯著嵐顏的臉，彷彿要把她看穿一般，「這不是妳的性格。」

「你又知我什麼性格？」

段非煙盯著嵐顏道：「妳重情，擂臺之上就可見一般，嵐修於妳是唯一的兄長了，突然說不見就不見，很詭異啊。」

嵐顏呵呵笑了聲，「那你也應該知道我是妖族的人，若他日我的身分被揭穿，嵐修必然受到牽連，他姓封，我不想他日見面時彼此太難堪。」

人界與妖族，還是勢不兩立的，加上松竹禪的禪宗地位，嵐修與她的兄妹之情，也必是無法長久的。

段非煙點點頭，偏又壞笑著舔了舔舌頭，「妳真捨得那漂亮的小和尚？我看著都心動呢。」

嵐顏嫌棄地瞥他一眼，「你口味真重。」

「妳當年不也是？」段非煙飽含深意地笑著，「九宮主！」

這混蛋，分明指的是她當年纏著封千寒的英勇事蹟，畢竟九宮主重歸，往年的舊事又被重提，大街小巷隨便蹓躂一圈，都能收穫無數。

「我那是真心，你是什麼？」嵐顏很鬱悶，自己竟與他被人並提，一個隨時隨地可以和人上床的男人，簡直是腦子都長到下半身去了。

「我也是真心。」他飛了個媚眼，「真心想要妳。」

她有點吃不下去了，好想吐。

拋下手中的東西，她大踏步離開這個人，走出老遠還能聽到某人低沉而性感的笑聲從胸膛裡震出來，一聲聲，恍若嘲諷。

留在驛站面對段非煙，她不願意，走在大街上，被一群人圍觀，她也不願，這偌大的封城，竟無她的去處。

她在僻靜的巷子裡蹓躂，不知不覺走到一幢華麗的宮闈前，待她從呆愣中回神，嵐顏忍不住地搖頭。

嵐顏宮，她居然會回來這裡。

望著熟悉的大門，朱紅色的門緊閉著，冷清氣息隱隱透出，門前的守衛早已不見，大約已是廢棄了吧？

唯一讓她驚訝的是，以封南易的性格，居然還保留著嵐顏宮的名字。

嵐顏笑笑，轉身。

這裡有著她十年的記憶，也有著她割捨不掉的情緣，更有著少年癡傻與癲狂。

一眼，看過。

轉身，遺忘。

就在這個時候，身後的大門吱呀打開，嵐顏不由地停下腳步。

這荒廢的地方，是誰還在堅守？

忍不住地回首，一個老邁的身影蹣跚地走了出來，看到門前的她，也是一愣，似是沒想到這個地方現在還有人來。

她下意識地轉回身，忽聽身後傳來急切的聲音：「是小少爺嗎？」

那聲音裡的渴望，還有忽然亂了的步伐，急急地想要衝下臺階，嵐顏不敢走，心頭輕嘆了聲，回身攙住了那佝僂的人影。

「沙伯。」她叫了聲。

「真的是小少爺呢。」沙良激動的聲音都顫抖了，「您、終於、回來了。沙伯一直在等您，一直在等。」

「您怎麼還在這？」她順著大開的門看進去，院落中雖然冷清，卻是乾淨清爽，可見時時有人打掃，「千寒哥……封千寒沒讓您回到他身邊伺候嗎？」

沙良搖著頭，「我的少爺是封城最傑出的人，當年我就說過的，我若不守著這裡，少爺回來住哪裡？昨日我聽說少爺在擂臺上的風采了，可惜我老邁腿腳不便，沒能親眼看到，但是少爺還是回來了，還記得回來看看沙伯。」

昔年唯一一個認定她的人，一直在等待她的人。

「莫要再喊我少爺了。」她笑著扶著沙伯。

沙良不住點頭，「也是、也是，當年為了隱瞞身分才這麼喊著的，如今您已經威震封城，應該喊您小姐了。」沙良上上下下打量著嵐顏，拍著她的手背，「我的小姐是最漂亮的，當年我就說過了。」

沙良不容她說話，拉著她就往裡面走，「快進去，看看妳當年的房間，都還一模一樣呢。」

她拗不過這心意，唯有踏進那門。

乾淨的院落，細細的石子路向前方延伸，她的目光一直望著，腳下忍不住走著。

當跨到後院，她抬起頭，眼前瀟灑的三個字映入眼簾——鳳逍閣。

鳳逍！

沙良絮絮叨叨著，「小姐啊，您回來了先去自己房間看看，何必來這鳳閣主的房間呢？」

嵐顏的腳步忍不住，一步一步，當她的手指貼上門板的時候，她能感覺到自己指尖的顫抖。

推開門，陽光打入，空氣中飄動著細細的浮灰。

桌上，琴依舊，弦已斷。依稀還是她當初弄斷的。桌角，放著一根長簫，那是她不在的日子，鳳逍為她製的嗎？

她的眼前，彷彿看到那一日，她衝動地撲進鳳逍的房間，大喊著要鳳逍教她武功的時候，那床榻上半倚著的慵懶人影，笑盈盈地咬著梅子，瞇著狐狸眼的姿態。

她輕輕打開衣櫃，一色的紅，如血。

曾經的秋珞伽愛紅，所以鳳逍從不曾換過衣衫的顏色，那是她的顏色，也是他的顏色。

「鳳閣主是好人，可惜了。」沙良惋惜地說著：「他走前，那幅畫還未畫完，我為他收了，本想著他回來的，結果……」

嵐顏的手從畫缸中抽出那捲畫軸，一寸寸地在眼前展開。

漫天的狐尾花下，清清溪水畔，女子靠在石上，肆意而隨興。

彼年初見，註定了兩世的無悔。

那一刻的記憶，鳳逍從未忘記，卻不曾告訴她。

「沙伯，這裡的牌匾為何沒拿下？」她認得出，那三個字是鳳逍親手所書，而身為封城的逃奴，封城絕不可能留下鳳逍的任何東西，而這裡卻如此完整，就像大門上的嵐顏閣一樣，不該存在。

「少城主堅持，沒人敢動。」沙伯嘆息著，「別人都知少城主與妳和鳳閣主的感情，也就不敢違逆，少城主更說，這鳳逍閣中除了打掃，任何東西都不許動。他說會有人想見到完好如初的鳳逍閣，我還想著誰還來這裡啊，原來卻是小姐妳。」

嵐顏展開包袱，把鳳逍的衣衫一件件地仔細放好，捧著那柔軟，也不知是不是錯覺，竟依稀覺得還有著鳳逍身上獨有的氣息。

——你這個騷狐狸，大男人，熏什麼香？噁心！

——鳳逍，這是什麼味道？好香。

——狐狸騷唄。

鳳逍在這裡，為了她堅守了太多年，他不該屬於這裡，她更不願意他的東西留在這裡。幾乎把所有屬於鳳逍的物品都拿盡了，最後她揣起那幅畫，轉身走出那扇門。手揮起，那牌匾落下，轟然揚起無數灰塵。

「小姐，您這是……」

「收起來，不要再掛著了。」鳳逍的任何東西留在封城，都是對他的侮辱，而她卻不忍心毀壞他的字。

沙良一路追著她的腳步，眼見著她要走出大門，終於忍不住開口：「小姐，不去您的房間看看嗎？」

嵐顏搖搖頭，勸道：「不用了，沙伯你還是回到封千寒的身邊吧，這裡不必再守，因為我不會再回來了。」

沙良呆站在那裡，「小姐，您真的這麼絕情嗎？」

「什麼絕情？」她已經不是九宮主了，不來這裡就是絕情嗎？

「我聽說您在擂臺上拒絕了少城主，可您知不知道少城主為了您花了多少心思？您又知不知道當您走後，少城主常常來這裡，一人獨坐在您的房中，為了保留嵐顏宮，與城主無數次起爭執。少城主對您的心，從未變過。」

嵐顏站住腳步。

她相信沙良的話，沙良忠心卻不浮誇，他說封千寒來過，就一定來過。

此刻的她，恍惚著又想起了那個站在擂臺上的封千寒，他最後留給她的那句話：「妳其實，一直都明白我。」

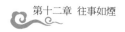

是的，她一直都明白，卻不願意相信，因為她不敢相信。

她的不敢相信，背後又是什麼？

嵐顏長長吁一口氣，「沙伯，一切都過去了，不必再糾纏對與錯，有些事不是判定了對錯，就會回到最初的，您好好保重。」

沙良渾濁的雙眼眨巴著，落下幾滴老淚，不住地點著頭，應著：「我當年說您會是最優秀的人，卻沒想到優秀到連封城都留不下您。」

嵐顏擠出一個微笑，「我和鳳逍一樣，註定是封城容不下的人。」

沙良眼巴巴地目送著她，直到走出老遠老遠，嵐顏回頭間，他還站在那裡衝她揮揮手。

帶走鳳逍的遺物，帶走她所有殘存的情感，這封城中，再無牽掛。

第十三章 緣？劫？

抱著包袱，嵐顏不知是否該回去？

回去，又見到段非煙那個討人厭的傢伙，不回去，難道在這裡等到天黑？

就在猶豫間，人已走到驛站不遠處，再看迎面走來的人，她只能苦笑了。

她不想見的人，終究還是沒能逃過。

她並非不想見嵐修，而是無顏面對曲悠然，當年她無知，隱瞞身分造成的錯誤，卻成了他的執念。

一個一心向佛的人，連武功都打動不了他修行的決心，卻為了她留在這紅塵俗世之中。

那一場劫難後，她得到了圓滿，他卻再也無法修得圓滿。

她似乎在無意中，虧欠了太多人。

「妳還要躲著我嗎？」少年清朗的聲音，不沾染煙火氣息，卻有著分外動人的認真。

她揹著包袱，像一個翹家逃跑的小娘子，面對著追蹤而來的夫婿，「我，沒有。」

「沒有妳會不敢見嵐修？」那淡淡的語調，根本不帶責難，而是陳述著事實，「妳躲的人難道不是我？」

好吧，既然躲不掉，那便面對吧。

她換上了認命的表情，「你是要請我喝酒、喝茶，還是吃糕點，或者……酒樓？」

「都不是。」

當這個回答出口，嵐顏瞬間長吁一口氣。

從昨天到今天，她不是吃就是喝，她生怕對方又說請她吃飯喝酒，那實在太痛苦了。

不過如果她知道曲悠然要請她幹什麼，她就寧可吃飯喝酒飲茶，哪怕像蘇逸那樣撐死也無所謂了，因為曲悠然居然請她——聽他念經。

桃花樹下，少年袈衣，銀髮飄灑在肩頭，口中喃喃地誦著經文，手中的念珠撥弄著。

嵐顏坐得屁股都硬了，整整一個時辰，他已經念了一個時辰了，也不知道還要多久才能結束？

這曲悠然葫蘆裡到底賣的什麼藥啊，嵐顏幾乎快要哭了。

無奈之下，她的目光只能四下觀望。

一瓣桃花飄落，落在他的肩頭，淺粉與淺白，都是如此純潔的顏色，但是那妖嬈與他的聖潔，又那麼無聲無息地融合，渾若天成。

封城長年靈氣與寒氣逼人，沒有濃豔的色彩，這淺粉已是最奪目的色澤了，於他卻是剛剛好。

他的髮，一年多的時間，已在肩下，在陽光下隱隱透著細微的七彩色，那陽光灑在他的臉上，人影都近乎被穿透了。

佛主菩提樹，更加的縹緲，卻不及他的悠然。

曲悠然這個名字果然是適合他的，段非煙對他的形容也是對的，他讓人起的慾望不是占有，而是想要多讓他沾染些紅塵氣，以證明自己的魅力。

就在她走神間，曲悠然忽然睜開了眼，漆黑眸子如點墨，不僅漂亮，最重要的是那眼神中的超然。

他的眼神，是不帶侵略性的，即便被他看穿，似乎也坦然。

曲悠然放下手中的念珠，「妳知道我為什麼要妳聽我誦經嗎？」

嵐顏垂下眼，略一沉思，「你想告訴我什麼？」

「放下。」曲悠然只給了她兩個字。

放下，最簡單的字，何其艱難。

人生八苦，最苦不就是放不下嗎？

「我只想告訴妳，我其實早就放下了。」他的手撫過念珠，「我讓妳聽我誦經，只是讓妳聽到我的平靜，我放下了當初的執念。」

她有些懂，又有些不懂，和佛門中人說話，就是這般艱難，太多禪語讓人猜破腦袋。

曲悠然道：「記得妳我相遇的時候嗎？我要妳幫我剃度出家，我要做一個世外的出家人，那是我的執念。」

她點點頭。這個事不可能忘記，也就是因為她順從了他的要求，才惹來這麼多事端。

「師傅說我註定不是佛門中弟子，我卻不信，我始終放不下的，是對師傅的怨念，所以才央妳為我剃度。自那日之後，我才知道命運確實不能勉強，佛家不容我，我為何要勉強一定要出家來證明自己？」

嵐顏的臉抽了一下，「所以你說的放下是……？」

「放下了心中執念，不做和尚了。」他倏忽笑了，就恰如這淺淺的桃花，有了幾分豔色，「順從於自己的心，不勉強、不偏執。當然我也不會強求他人，我做我這個半個紅塵出家人，妳還是妳。」

人家都把話說到這個份上了，她該怎麼辦，她還能怎麼辦？

難道把他按在地上，強行剃了他的頭髮，一腳把他踢回松竹禪讓他做他的光頭宗主？這根本不可能吧！

嵐顏的頭大了。

「好了，我該回去了。」他緩緩起身，那身袈裟披在他的肩頭，更是說不出的出塵。

說走就走，居然連看她一眼都沒有，把她一個人丟在這桃花樹下，呆滯。

說沒放下她，人家壓根沒表示出半點對她有意思的話；說放下她了，剛才他那話分明說的是順從自己的心，再沒有出家的執念。

草，他到底什麼意思？

她能拿捏管輕言、能拿捏段非煙，因為對方的想法非常直接，也易懂。可是這曲悠然，讓人又摸不著頭腦，又似乎有那麼點若有若無的東西。

果然如他自己所言，紅塵出家人。她甚至無法追上去問個究竟，因為人家根本沒說啥。

她都惹了一群什麼牛鬼蛇神，一個比一個怪異、一個比一個可怕。

天色漸漸暗了下來，嵐顏抱著那個包袱，走回了驛站前，而段非煙的馬車早已經在那等待著她。

嵐顏彎腰躥上了馬車，很快車簾落下，遮掩了兩人的身形。

小小的馬車顛顛簸簸，兩個人在裡面實在有點擠。

嵐顏橫了段非煙一眼，「你鬼城快倒閉了？」

段非煙躺在榻上，這小小的馬車幾乎被他的榻占據了一大半，嵐顏又不能上榻和他一起窩著，只能蜷在角落中，怨念無比。

段非煙舒舒服服睡著，隨著車身搖搖晃晃，一派愜意。

「暫時倒不了。」

嵐顏又補上一句：「那為何鬼城窮得買不起一輛大車了？我記得來的時候，你的車比這輛大了兩倍。」

「來的時候喜歡大車，現在喜歡小車。」段非煙的回答簡直讓她又想一腳踹過去，「尤其是和妳擠在一起。」

「我去外面坐。」嵐顏冷冷地丟下一句，根本不想看到他。

「連夜趕路，有兩個車夫，妳想坐車頂上？」某人嘴賤地補上一句。

她還指望著好好休息一夜，喝一晚上的夜風，她才不要。於是某人只能悶悶地繼續窩在那個角落裡。

「去見過小和尚了？」段非煙看來根本不想放過她，不給她半點清靜。

嵐顏哼了聲，「你能不多事嗎？」

段非煙低啞地笑著，「我也不想，奈何妳身上的檀香味實在太臭了，熏得我這種骯髒貨沒法睡覺。」

他倒是知道自己對他的評價啊，這麼自動自發地說出來，也不見半點羞恥，當真是人至賤則無敵了。

「還有妳那個大包袱，是什麼？」段非煙用好奇的目光看著她手中那個包袱。

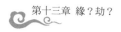

「我的寶貝。」她放下包袱，手指輕輕撫過，不自覺地流露出幾分溫柔。

而這個不經意的動作，某人那半瞇似睡的眸光卻看得清清楚楚。

「妳自便吧，我累了，睡一會兒。」段非煙難得不囉嗦，居然閉上眼睛睡了過去，嵐顏也不與他計較，靠在角落裡睡了過去。

一路的顛簸，一路的無聲，就在車輪陣陣中，遠離了封城。在顛顛簸簸中，終於抵達了數十里外的驛站，而此刻已然是月上中天，夜半時分。

「今夜，是妳與我一床，還是自己一間呢？」段非煙衝她邪魅地一笑，率先下了車。

嵐顏發現這個傢伙調戲自己已是習慣，無論什麼時候都要來上一句。

他的床，也不知道爬過多少女人。

嵐顏抽了抽嘴角，轉身走進了一間房間，離他的屋子最遠，也最清淨。

不遠處傳來他低沉的笑聲，實在惹人討厭，「段胡，給我找幾名美豔的女子來，你知道我的口味。」

身邊伺候的人忙不迭地去了，嵐顏伸手把門關上，把那討厭的人和他的聲音一起關在門外。

今夜他有事做就最好了，怕的就是他沒事做。只要他被女人纏上，她就可以無聲無息地離開了。

一路上虛與委蛇，就是為了不讓他看出自己的目的，老老實實地離開封城，更是為了讓所有人都以為她已走遠，只有這眾多賓客離開封城的時候，封城的戒備才是最鬆懈的。以她對封城守衛的瞭解，也只有這個時候，封城是夜不封城門的。

她推開窗，月色在頭頂，窗下是唧唧的蟲兒鳴叫聲，還有遠處某間房裡女人哀哀的叫聲。

這段非煙，就不能小聲點嗎？

嵐顏眉頭一皺，身體悄無聲息地順著窗戶飄了出去，落在後院。院子裡，馬兒正低頭吃著草，她輕輕解下韁繩，翻身上馬，朝著封城的方向一路飛馳而去。

段非煙今夜是不會察覺她失蹤了，而她的包袱還在段非煙的車上，等她找回鳳逍的靈根，再找他拿回來就好了。

夜風吹在身上卻不覺得涼，嵐顏只覺得自己身上有一股濃烈燒起的火焰，熊熊地吞沒了她的身體。

幾十里地，就在蹄聲中瞬間而過，當她到達城門口的時候，蘇逸的馬車正慢慢從城中馳出，他地位高、架子大，走的時候竟然滿滿當當一列車，數輛排成一排。

「給我拖住他們，我要進城。」她輕輕地傳聲。

馬車中傳出蘇逸的聲音：「你們幫我看看，最前面的車是不是車輪卡住了，怎的不動了？」守城的侍衛不疑有他，立即走到最前面，幫忙推起了車。

就趁這個時候，嵐顏一彎腰從黑暗中跳了出去，借著車列的遮掩，輕鬆地入了城。

她回頭看去，蘇逸的車簾掀起半個角，一隻手伸在車簾外，衝她揮了揮。

車列漸行漸遠，嵐顏窩在角落中，看著封城的大門就此關閉，耳邊響起那日與蘇逸的話。

「我只知道四城是以神獸元丹為基礎建立的，但是神獸元丹究竟藏在哪裡，就只能靠妳，因為妳是妖后，對於神獸的感知力會遠超過常人，不過只要神獸元丹一旦被動，封城定然會有所察覺，妳也就只能靠自己了。」

「我不為你，我只為了拿回鳳逍的靈根。」

可是封城最禁忌的地方在哪裡？在封城中，最為嚴密的守衛地方，不過是封南易的住處和封千寒的居所。而封南易常常要巡視各城，住處難免空置。只有封千寒的居所，是長年有人的。

若封城要放置最為珍貴的東西，唯有在守衛最嚴密，也能第一時間馳援的地方。

千寒宮嗎？

嵐顏冷靜著心，努力地想著，想著曾經與封千寒在一起的時候，他有沒有洩露過什麼。千寒宮中，還有沒有她未能觸及過的地方？

忽然，她腦海一凜，漸漸陷入沉思當中。

「千寒哥哥。」某個小屁孩在迴廊中飛奔，身後跟著一串伺候的下人，既不敢飛撲逮著那個灰耗子，又不敢讓他跑得沒影，只能在身後不斷地叫著。

「嵐顏宮主！」

「九宮主！」

「別亂跑啊，不然一會兒少城主會怪罪的。」

那個小耗子似的傢伙停下腳步，小眼睛回頭瞪著他們，「千寒哥哥才不會怪罪我呢，你們懂個屁。」

越是被說，某人越是要證明自己的地位，想也不想地衝向封千寒的寢室，口中大呼小叫：「千寒哥哥，你的下人欺負我，快來救我啊！」

門口的下人不敢抓他，眼見著被他一彎腰從肋下穿過，刺溜鑽進了屋子裡。

「千寒哥哥！」嵐顏興奮地撲了進去。

這還是他第一次進千寒哥哥的寢室呢，白色素雅的屋子裡，除了古樸的書桌，就是一張雕花的大床，乾淨清爽之餘卻少了幾分人氣。

一眼看過去，根本沒有封千寒的人影，他極度失落。不過看到那張大床，嵐顏原本失落的心又浮起了幾分快樂，他三下兩下爬上床，在那軟軟的床榻上打著滾。

千寒哥哥的床呢，滿滿的都是千寒哥哥的味道，某耗子的眼中飛出無數個小星星，眼睛都眯成一條縫了。

下人不敢靠近，只能在門外急切地大聲喊著：「嵐顏少主，求求您出來吧，您要是不出來，千寒少主會怪罪我們的。」

「不出來。」嵐顏驕縱地耍起了小性子，「有本事進來抓我啊。」

反正千寒哥哥都不會怪罪他的，他就索性多待一會兒。當嵐顏好奇的小手摸摸床頭，抓抓書桌上的筆，甚至連牆上的畫都裝模作樣地觀賞了一番，就在他抓著桌上的雕花筆筒想要玩一玩的時候，冷不防身後一隻手抓著了他的小細胳膊。

「啊！」嵐顏嚇得一縮脖子，叫出聲。

「是我。」身後的人冷靜地道出兩個字。

嵐顏飛掉的魂魄剎那回歸，她拍著小胸脯，「千寒哥哥！」

封千寒的表情有瞬間的冷然，「你怎麼在這裡？」

而這個時候，門外的下人依然在苦苦哀求，「嵐顏少主，求你出來吧，若是少城主發怒，絕非我們能擔待得起的。」

嵐顏原本是篤定封千寒絕不會對自己發怒的，但是剛才他分明在封千寒的眼中看到了一閃而過的殺氣，以致於他瞬間被驚呆，有些不肯定了。

「我、我想來找你，可是你不在房裡，我討厭他們這不准那不准，就想在這裡等你回來。」嵐顏期期艾艾。

「下次不要隨意進我的寢室，知道嗎？」封千寒抱起他，溫柔地揉了揉他枯草般的長髮。

「為什麼？」嵐顏有些不開心，千寒哥哥從來對他是最好的，為什麼寢室卻不讓他進？

封千寒難得板起臉，「我若是在練功，你隨意闖入，豈不是亂了我練功，走火入魔怎辦？」

嵐顏一吐舌頭，乖乖點頭，「好，我以後不亂闖寢室，除了這裡，哪兒都行了吧？」

封千寒點著頭，「除了這裡，哪兒都可以。」

封千寒帶著他走出門，一拉開門，門外的下人呼啦啦地跪下，「少、少城主。」

封千寒威嚴的眸光掃過所有人，門前頓時一片沉默，連呼吸聲都顫顫巍巍的，生怕被怪罪。

「千寒哥哥，我餓了。」某個腦子大條的人，只覺得剛才一陣瘋狂的奔跑後，肚子開始咕咕叫，可憐巴巴地看著封千寒。

封千寒露出一抹溫柔的笑，「我讓他們給你做糕點。」

嵐顏頓時笑開了，牽著封千寒的手，「我還要你陪我到院子裡玩。」

「好。」

兩人漸行漸遠中，嵐顏忽然想起了什麼，「千寒哥哥，你剛才不是從大門進來的嗎？他們在門口，卻不知道似的。可是你的寢宮只有一個門，你是從哪進來的啊？」

封千寒低下頭，在他的額頭上親了下，「我有個禮物給你，要不要看？」

一個親吻，嵐顏暈頭轉向，瞬間只知道點頭，「要要要。」

他牽著嵐顏，「走，帶你去看禮物。」

思緒浮現上心頭，理智在一點點回歸，嵐顏看著封城中的那座千寒宮，深深吸了口氣。

夜探寢室，似乎是種找死的行為。不過，她必須去。

朝著那座偌大的宮殿，嵐顏騰起身形，躍入空中。

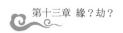

第十四章 神獸靈丹

落在殿頂上的嵐顏，很憂傷地撓著腦袋。

半夜，男人寢室，偷入？

怎麼想都是不可能的事，至少她不認為自己有辦法把封千寒弄出來，自己再無聲無息地進去。

那怎麼辦，守到天亮嗎？等封千寒走了，再偷溜進去？

光天化日，進入封千寒的寢室，簡直是笑話，比晚上偷入還要更難。

她能怎麼做？

站在千寒宮的殿頂上，她放眼望去，整個封城一片黑色的死寂，這個時辰了，人們早已經睡了，只有屋頂上的星子和那輪月色，冷清地俯瞰大地。

不遠處就是嵐顏宮，只有在這裡她才知道，兩個宮殿如此接近。

稍一猶豫，她輕輕地掠過屋宇，朝著嵐顏宮而去，整個嵐顏宮裡空空蕩蕩，大概沙良也接受了她白天的話，此刻的嵐顏宮裡再沒有一個值守的人。

嵐顏深深地看了一眼，擦亮了火石，點上帷幕。

火光瞬間點亮，看著火舌從底端慢慢燒上，越來越明亮，她絕情地轉身，在火光中，離去。

身影落在千寒宮的殿頂，看著遠處的火光，心中輕嘆了聲：真他媽的壯觀。

這輩子第一次知道嵐顏宮如此壯闊，燒起來的感覺，真是太美了。

「失火了！」

驚慌的聲音叫嚷著，由遠而近，「嵐顏宮失火了！」

不多時，人群圍繞著嵐顏宮，更有人匆匆奔進千寒宮。

「少城主！」才一句聲音，封千寒的身影已經出現，身上的外衫還凌亂披著，在嵐顏的記憶中，封千寒從來不曾如此衣衫不整出現在人前。

他幾乎不聽人彙報完畢，眼光眺望著半邊天空的紅色，人幾乎是瞬間竄了出去，朝著嵐顏宮的方向奔去。

望著那背影，嵐顏有一瞬間的失神，但是很快她就從屋簷下的黑暗中跳下，進入了封千寒的寢宮中。

房間裡還是她記憶裡的模樣，一方書桌、一張床。被褥半掀，頗有些凌亂，房間內暖暖的味道撲面而來。

她曾經在他懷中長大，被他寵溺了無數日夜，賴在他的胸前。當忽然進入這房間裡，屬於封千寒獨有的氣息滿滿暈開在這間房裡，瞬間將她包裹。

味道中的記憶，總是那麼突然的侵襲，讓人措手不及。

不過很快，嵐顏就冷靜下了心，快速地走到桌子邊，手掌撫過桌邊的每一寸，細細地檢查著。

她發現，桌子上的東西並不多，不過是筆墨紙硯尋常的書房用品，筆筒裡插著幾枝狼毫，畫缸裡放著幾捲畫軸，與尋常人家的書房無異。

只是現在的嵐顏，已不如當年蠢笨，對於她來說，如此富貴的封千寒，不用書房而將筆墨紙硯搬到了寢室裡，本身就是很奇怪的事。

掌心摸上筆筒的邊緣，從粗糙到細膩，這筆筒的邊緣似乎有著明顯的兩種極端，嵐顏定睛看去，果然一邊是平整光滑，而另外一邊則有些暗淡粗糙。顯然這是有一面長年被撫摸後造成的結果。

嵐顏的手觸摸上那一面，輕輕扳動了下，身後的牆無聲無息地打開，露出一個黑沉沉的階梯。果然，封千寒的寢室裡有著她始終不知道的祕密！

嵐顏舉步，朝著那階梯行去。

才到第一步臺階處，她忽然停下了腳步，閉上了眼睛。

如果換做任何一個人，也許就這麼踏出了一步，但是嵐顏沒有，她身上的靈識告訴她，這方臺階絕沒有想像中那麼簡單。

封印嗎？

就像是鳳逍與她一起在妖族的那個避世之所，旁人也是無法靠近的，一旦觸碰了封印，身為落下封印的人，是能夠瞬間感知的。

那麼落下這裡封印的人，又是誰呢，封南易還是封千寒？

她心思微微一動，掌心翻開，手中捏著的，是段非煙在擂臺上借給自己的劍，她一直心有其他牽掛，倒忘記把劍還他了。

抽出劍，劍鋒處，一點小小乾涸的血跡，是她在與封千寒的比試時，在他身上留下傷痕時沾染上的。

封印，最常用的就是血印。嵐顏暗自慶幸著，如果沒有這柄劍，只怕她立時就會被封千寒感應到。

微微提氣，力量灌注於劍鋒之上，那點紅褐色一點點地接近封印，慢慢地、輕微地觸碰。

她心中已有了打算，如果封印有了些許的不對，她立即撤出這裡，再想其他辦法。

不過她很幸運，封印幾乎沒有半點的排斥，很快地在她面前崩散。

嵐顏靈識再度展開，確定沒有任何的阻攔，這才小心翼翼地走了下去。

這黑漆漆的臺階，也不知道有多少階，更不知道通往何處，她只知道越往下，越能感受到靈氣的旺盛，這種靈氣衝擊著身體，順著毛孔的每一處往身體裡鑽。

若是尋常人，如此熾盛的靈氣只怕也消受不起，但是對於妖族之王的她而言，卻沒有半點不受用的感覺，反而是有種喜悅，猶如孩童回到了父母親的膝下。

不僅如此，她身體內白羽的靈氣也開始跳動，與那靈氣遙相呼應，猶似久違的好友。

這就是傳說中神獸內丹的所在地嗎？

嵐顏忽然有些明白，為什麼封千寒會被稱為天下第一的少年才俊，與他個人的天縱英才有關，更與這神獸內丹有關。

整日與其相伴，吸收著其中的靈氣，又怎麼會不精進呢？

可是對於人類的身體來說，神獸的精氣太精純，身體必然承受不住，需要中和才能化歸己用。

所以他當年看上了她的八脈絕陰，要自己做他的爐鼎嗎？

嵐顏心性再不會受震動，過去的事只是事，與感情無關。

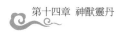

她的靈識張開更大，在那股龐大的靈氣之下，還感受到了一股氣息，這氣息很弱，在神獸靈丹的遮擋下，幾乎讓人察覺不到。

但當她找到那縷氣息的時候，那熟悉的感覺，更為親近、更為親昵，那是屬於鳳逍的氣息。靈根！嵐顏心頭瞬間閃過這兩個字，腳下不由加快了速度。

當她終於走完所有的臺階，她的眼前是一個空曠的祭壇，正上方供奉著一枚青藍色的靈丹，那靈丹虛浮在空中，既不落下也不跳動，就像是眼前的月光，安靜而凝和，散發著它的光芒。

它正前方的地上，放著一個蒲團，已經被磨得老舊，看來是常常有人在這裡打坐留下的。

不用想，這個人一定是封千寒。

這就是千年神獸的靈丹嗎？和它比起來，就是秋珞伽的妖丹也顯得小氣了許多，可是這靈丹就像是被什麼束縛了一樣，少了幾分活力，安靜地沉睡著。

它的正下方，放著一個小匣子，那讓嵐顏心跳加速的牽繫就來自於這裡，她不由自主又走上前了兩步。

鳳逍的靈根！

嵐顏的心加速跳動著，她尋尋覓覓這麼久的東西，此刻就在眼前。

費盡心思，終於要得到了嗎？

她依然有些緊張，再度以靈識探去，待確定沒有其他的封印後，才雙手碰上了那個小匣子。

匣子已被塵封了好多年頭，上面有些許的浮灰，嵐顏的掌心才貼上，那匣子裡就已經傳來了妖靈之氣，讓她熟悉又雀躍的氣息。

嵐顏毫不猶豫地打開。

一尾長長的白色狐尾，切口整齊，柔軟的毛髮彷彿還帶著體溫，暖暖軟軟。

她捧起那狐尾，貼上自己的臉頰邊。

——鳳逍，我終於找到你了。

——鳳逍，有了靈根，無論你的魂魄在哪裡，我都有辦法將你召喚回來。

——鳳逍，這一世，我絕不容你再離開我身邊。

將那尾狐尾重新放入匣中，她連匣子放入懷中，再抬頭看那神獸靈丹。心頭一橫，既然已經來了，那就索性帶走吧，封城欠她、欠鳳逍的太多，封南易想要稱霸天下的野心也太明顯，將來妖族是不可能有安生日子過的，只要她將靈丹帶走，封城再沒有了靈氣倚仗，封南易的野心也不會再有實現的可能。

嵐顏一展身形，躍起，伸手抓向空中那枚神獸的靈丹。

她的手剛剛碰上靈丹的一瞬間，她忽然覺得有些不對勁，因為她握著的靈丹，又好像不是靈丹。

那靈丹外面，似乎包裹著什麼，而這東西無形無質，甚至連她的靈識都感應不到，但也正是這個，束縛住了妖丹。

嵐顏心頭一驚，那虛無的混沌之氣瞬間將她吸住。不僅如此，甚至開始瘋狂地吸收她體內的妖氣。那強大的力量，讓她幾乎不能掙扎。

嵐顏收斂真氣，想要讓自己從那混沌的吸力中掙脫，可是她發現，自己的真氣已經不受控制，快速地從筋脈中流逝，被那混沌氣吸收著，就連丹田中的妖丹，也開始有了不受控制的跡象，想要脫體飛去。

這是什麼東西？好可怕。

在她數百年的經歷中，從未見過這麼可怕的氣息，也無法判斷這是什麼物質。

她艱難地抖起手腕，長劍出鞘。

劍尖劈上包裹在神獸靈丹外的那混沌之氣，才觸碰就被彈開，半點也無法損傷。

一次、兩次、三次

嵐顏的力氣越來越小，真氣消耗越來越大，再這樣下去，她會活生生地被吸成乾屍。

不能，她絕不能死在這裡，她好不容易拿回了鳳逍的靈根，又豈能前功盡棄。

她的目光，再度看到了劍尖上的那點紅暈上。

嵐顏毫不猶豫地伸出手，以劍尖之血點上那混沌之氣，就在那血觸碰上混沌之氣的同時，龐大的吸力剎那消失，她的身體如風中落葉般飄墜而下。

嵐顏根本沒有任何力氣去轉換身形，一任自己重重地摔落在地。

眼前金星亂冒，那是妖氣被吸收太多的結果，她覺得自己手腳發軟，半天動彈不得。

嵐顏抬頭看著，似乎明白了什麼。

也只有這樣古怪的東西，才能夠困住神獸的靈丹，而且這封城的靈氣，就是由這個東西從靈丹中抽取，再散發出來的。到底是個什麼鳥東西，這麼可怕？

就在剛才接觸的時候，她分明從那股力量中體會到了霸道、侵占、吞沒的靈識，她掙扎地站起身，「這種東西的存在，會給人間帶來浩劫，我終於明白了他話中的意思。」

如果說之前蘇逸的話還是引誘與逼迫，現在的她是真心地想要摧毀掉這個可怕的東西。

「不可能，因為這是封家千百年來每一位先祖的力量凝結，還有意識的融入，為了封家的永世基業，為了封城的屹立不倒，妳不可能摧毀得掉。」一道清冷的聲音，從臺階上緩緩傳來，伴隨著頎長人影的出現，一步一步走到她的面前，蒼藍的光芒下，俊美的容顏如封寒的冰。

第十五章 妖王之怒

「封千寒？」嵐顏坐在地上，看著他逐漸靠近自己，那雙媚眼逐漸瞇了起來，散發著危險的光芒。

「嵐顏宮是妳放火燒的？」封千寒面沉如水，那聲音冷冷清清的，不帶半分感情。

嵐顏抬起頭，淡然微笑，「是。」

「為什麼？」

「為了引你出去啊。」她很是無所謂地回答。

「就為了進這裡，妳不惜燒了妳住過十年的地方，不惜燒了所有童年的記憶，不惜抹去所有妳在封城的印記？」他一句句地問著，明明是冰封的語調，卻讓她聽到了火山爆發前岩漿的湧動。

「住了十年又如何？我不屬於封城。」她迎接著他的目光，毫無畏懼地回答：「童年的回憶充滿了欺騙，而我已然放下，不愛不恨，留著又有何用？至於我留給封城的印記，是那個呆蠢的九宮主，還是擂臺上拒婚的女人？我於封城不重要，封城於我亦不重要，而嵐顏宮的存在，對於妖族之后來說是恥辱。」

「這嵐顏宮是我建的，妳似乎沒有問過我的意見。」

「意見？」嵐顏忽然一聲冷笑，撐著地慢慢站了起來，「當你要我做爐鼎的時候，問過我的意見嗎？當你封印我的妖氣時，問過我的意見嗎？當你一次次把火碎珠套上我的手腕時，告訴過我真相嗎？既然都沒有，那麼大家扯平，嵐顏宮是我的名字，是你的宮殿，那麼從此刻起，請你牢記我姓秋，不姓封，我不是你手中的玩物，也不由你掌控。你可以對我的行為出手，但你無法讓我道歉。」

嵐顏抬頭看著那枚神獸靈丹，「當你們為了一己慾望，將守護天下的神獸靈丹據為己有的時候，你問過它的意見了嗎？」

「我是封家的人，我就必須要繼承先祖的遺願，妳為妖族考慮，我為封城守衛，今日妳闖進我的寢室，就是我的敵人。」

「呵呵。」嵐顏的笑聲裡有著說不盡的嘲諷，「如果說封城的先祖最初以精氣凝結出的守衛力量是為了怕他人冒犯封城守護子孫，現在的你們根本就是拿著先祖們的力量在欺辱他人。我相信，這混沌之氣吞噬了不少覬覦封城的人，但只怕也埋藏了無數想要解救神獸靈丹的人，你口口聲聲的守護，守護的是你們的野心。」

她深吸一口氣，褪下了手中的鐲子，淺藍色的衣衫漸漸變成紅色，嵐顏的長髮在身後飛揚，她揚起手中的劍，朝著封千寒揮去。

妖氣四溢，她收斂的真氣也剎那爆發，如火焰般的光芒照亮了這暗無天日的地下室，封千寒也沒有絲毫相讓的意思，躍身而上，劍聲不絕於耳。

妖氣與靈氣的對撞，撕扯，糾纏。

紅與藍，交織成了黑暗中最美麗的色澤，她瘋狂地進攻著，他也是寸步不讓地舞動著手中的劍。

她與他，從未真正地放開手腳對打。擂臺上，她知他讓了她，他也知她未盡全力。但是所有的保留，都在這一刻施展到了極致。

她絕不能輸，她必須要離開這裡，因為她的懷中有鳳逍的靈根，百年前的那一場慘烈結局，不是她要的。

現在的嵐顏，不是秋珞伽，同歸於盡不是她的目的。

而封千寒顯然也有他的想法，他要留下她，將她徹徹底底困在封城，就像昔日的鳳逍一樣。這是她從他的眼神中，讀到的。

嵐顏發現，每一次她爆發出來的妖氣，多多少少都被那團混沌之氣吸收，而封千寒的劍芒，卻越來越炙烈。

該死的，這個地下室對她來說十分不利。

嵐顏身體一躥，想要跳上臺階，但是狹小的地方，本就只容一人通過，此刻被封千寒守住了退路，她幾乎難以逾越。

「從一開始，你就想著要留下我吧？」嵐顏冷笑著，「可惜，我永遠都不會如你的意。」

她飛劍而上，數百道光芒撲上封千寒，封千寒的抵擋中，只見紅影光芒中飛過一道利爪，抓過他的胸前。

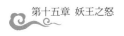

如果不是他退得快，那鋒利的爪尖就不僅僅是在他的胸口留下傷口，而是直接劃破他的頸項，割斷他的喉嚨。

本就單薄的衣衫被扯開，四道血印在白皙的胸膛上展露，胸前，一個小小的白色墜子隨著他飛退的動作而揚起。

那是一個白色的牛骨墜子，粗糙的雕工與封千寒的高貴格格不入，更顯得那東西的寒酸和小氣。

可嵐顏卻眼睛猛地一窒。

「千寒哥哥，你生辰，我送你的。」

小手把東西放進大掌中，閃爍著期待的目光，「你喜歡嗎？」

「這是什麼？」那眉眼間滿滿的溫柔，問著面前的小人兒。

「街頭看到的，他們說是牛骨雕的，五文錢。」某人眨巴著眼睛，「我覺得它白白的，而千寒哥哥也是白白的，就買了。」

多少年前的往事，久遠到她都幾乎忘記了自己年少時的蠢笨。就因為東西的顏色是白色的，而封千寒給人的氣質也是乾淨無瑕的，所以她就覺得那東西和封千寒配極了，那五文錢還是沙良給的呢，那時候的她根本不知道五文錢是多少，如今想來，的確便宜粗糙得讓人不忍直視。

這個連她都遺忘了的東西居然仍掛在封千寒的胸口。她雖然年少時與他親近，畢竟還是沒有機會看到衣衫下他的肌膚，竟不知他到底掛了多久？

繩結，已然褪色了。

嵐顏的分神，讓她又一次失去躥出去的機會，她低頭看著自己幻化出來的左爪，無聲地揚了起來。

這一次，進攻的是封千寒。

嵐顏一步步地後退，那白色的墜子在眼前不斷地晃著，她知道自己再也無法揮出那取人性命的一爪，與封千寒交纏著，再想要尋找機會，卻艱難了許多。

忽然一道寒氣從門外撲入，直取封千寒的背心，這力道來得剛猛又迅疾，當然也更惡毒。封千寒完全沒料到會有這偷襲的勁氣，身體飛起，在空中快速地扭過腰身，躲過了這狠毒的一招。

臺階之上，低沉沙啞的聲音帶著邪魅，「少城主，我的女人若有地方得罪了你，找我便是了，何苦為難女子。」

嵐顏藉著封千寒躲閃的空隙，騰身落在那人影的身邊，翻了個白眼，「你怎麼來了？」

那聲音帶笑，「妳不給我暖床，長夜無眠，就來了。」

嵐顏知他話中永遠沒有半句真話，一手抓著他，飛快地朝著門外奔去。

才踏出門外，一片明晃晃的火光，封南易陰森的面容在火光跳動中猶如鬼魅，他冷冷地看著兩個人，「封城貴客今日已全部離開，卻不料有宵小強盜藉機混入封城，今我封南易親自出手，不容任何一個盜賊走脫。」

這話，她懂。

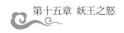

明面上段非煙和自己已經離開了封城，所以無論今日封城殺的人是誰，鬼城都無法找封南易的麻煩，甚至原城、松竹禪、蘇家也無法為自己出頭。

「老頭，你早就布下了這個圈套，就等著她來鑽，何必說得這麼冠冕堂皇的。」段非煙半點不意外，依然是那低沉的笑聲。

「你猜到了？」嵐顏站在他的身邊，小聲地問著他。

「當然。」段非煙嘆氣，「在擂臺之上，妳拒了婚，妳覺得他還容得下妳？他還能讓妳被他人所用？他這種人，自己得不到的就寧可毀掉。而鳳逍的靈根，就是最大的誘餌。」

原來，他早就看穿了一切……

「那你還來？」她簡直想不通段非煙明知道一切，卻還是一頭扎進來的做法。

「妳在這裡，怎能不來。」段非煙手中的劍揚了起來，遙遙指著封南易，臉卻對著嵐顏，「說了妳是我的女人，要是妳死在封城，我豈不是半點面子都沒有了。」

他的女人？

嵐顏嗤之以鼻。別說他的女人究竟有多少只怕他自己都數不過來，就算真是，他這種人也不會為了女人拚命的。

「這個時候，妳就不能有點感動的表情？」段非煙無奈地嘆氣。

嵐顏淡然地回應：「等出去後，我憋一個給你。」

面對這樣的情形，不是她真的淡然，而是此刻驚慌恐懼無奈都是沒用的，迎接、承受，才是她的性格。

段非煙輕聲地對她說：「封南易交給我，妳去對付封千寒，只要逼退封千寒，我們兩個立即逃跑。」

果然，他也沒打算在這裡拚命，只是……

「封南易交給我吧。」嵐顏不贊同的是他的安排，「封千寒給你。」

他們心中都明白，封南易定然比封千寒更難應付，而他將最難對付的對手留給了自己。

「我是男人，我決定。」段非煙的話不容她質疑更改，身體一晃，鬼魅般地出現在封南易的面前。

段非煙的人詭異，身手更詭異，虛幻如幽靈，狠毒地抓向封南易。

男人，永遠比女人更懂得判斷情勢，更懂得將感情與理智分開，更懂得權衡利弊，把所有的損失降到最低。

嵐顏一瞬間明白，她舉起手中的劍，躍向封千寒。

以最大的力量，逼退對方，才有逃跑的可能。

嵐顏手中的劍飛舞，這一刻鳳逍教授她的武功施展到了極致，那些圍繞在兩人身邊的封城勇士們，在一招之下紛紛倒地，兩個人毫無保留地爆發，沒有人能擋下一招。

就連封南易和封千寒，都被瞬間逼退。

嵐顏和段非煙對看一眼，同時躍起，朝著人牆被打開的縫隙衝去。

掌風，從身後而至，狂猛霸道。

兩人剎那分開，左右各自躲閃落地。面前忽然落下一道人影，無聲無息恍若幽靈。

封南易衣衫獵獵，臉上的肌肉跳動扭曲，怒聲道：「段城主，說來就來，說走就走，未免對不起封城吧？」

「何必如此冠冕堂皇，四城加鬼城，誰不是想吞併彼此，今天給你機會了，你又怎麼會善罷甘休。」段非煙冷冷地笑著。

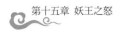

不等封南易說話，段非煙又一次撲了上去，而和他同樣動作的是嵐顏。

剛才那一掌，兩個人已經完全地明白，封南易的強大，可以一掌逼退他們兩人，可以馬上封住所有的退路。

就這一點，他們就無法捉摸出封南易的功底到底有多深，再加上絕世俊彥封千寒，今夜想要全身而退只怕難了。

封南易冷酷地看著兩個人，表情深沉，在兩人靠近的一瞬間，手掌抬起，狂暴的勁氣捲向兩個人。

與此同時，一道蛇影般的光芒從旁邊伸來，無聲無息地刺向段非煙。

嵐顏看到了，段非煙也看到了，可段非煙根本沒有閃開的意思，他繼續直撲封南易，而嵐顏卻手腕一抖，將封千寒攔下。

兩個人的默契，就在這樣的情形下，達成。

掌風相觸，封南易與段非煙同時一退，而嵐顏與封千寒，亦是同樣被對方震開，這一次，又是五五波。

「封城主，看來你的天分，不及令公子啊？」段非煙滿滿的全是嘲諷。

從此刻展露的武功看來，他們似乎高估了封南易。不過他沒說錯，封千寒是數百年間，唯一一個可以與封凌寰並提的人，封南易的資質天分，終究是差得太遠。

而段非煙，似乎她也低估了。

月光下的段非煙，臉色變得蒼白，甚至開始泛起透明之色，就像是一尊冰雕般，就連在他身邊的她，都感覺到了隱隱的寒氣。

寒玉功嗎？

嵐顏對於這傳說中的武功，也是第一次親眼見到。

只見封南易的手掌上，也泛起了淡淡的白色，甚至浮起了一層白霜，不僅如此，他的頭髮上，也有了淺白色的霜花。

好霸道的武功！

那霜花，從頭髮上爬到了臉上，封南易的嘴唇，也變成了青紫色，像是在冰天雪地裡被凍壞了的人。

這是內功的侵襲，直接侵入筋脈中，嵐顏知道這是封南易，若是他人，只怕筋脈血液都已經被凍住了。

鬼城，一個他人不敢隨意侵犯的地方，因為有一個讓人無法挑釁的城主。

就在嵐顏看到這一絲希望的時候，封南易冷聲開口：「千寒，拿下他們！」

可封千寒卻沒有動，他的臉上閃過一絲為難，「城主大人……」

「我的命令，你也敢不聽嗎？」封南易的聲音裡，充滿了殺氣。

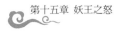

「要上為何不自己上呢？」段非煙笑得嘲諷，「做城主的，該身先士卒的時候，就要自己上，不然何以服眾？」

封南易的臉色越發難看，「千寒！」

封千寒表情掙扎著，「城主大人……」

封南易一聲冷哼，「寒玉功雖然霸道，但是你根本承受不了運功後的反噬，現在的你，只怕動不了吧！」

「是嗎？」段非煙抬起手腕，「封城主賜教！」

沒有人知道此刻封南易在想什麼，也沒有人知道段非煙的底細，四個人彷彿就這麼僵持住了，封千寒不走也不動，更沒人知道此刻他的心理。

主動挑釁，更代表了一種對自己實力的肯定，那淡定的口吻，更是無形的自信。

封南易一聲冷哼，手輕輕抬起。

一刹那，層層疊疊的人從屋簷上冒出，弓弦急、箭如雨，直奔兩人。

一波過後，又是一波，如狂風驟雨。

這種東西對於武功高手來說，似乎很難造成傷害，但是想要逃走，卻也是不可能。

嵐顏與段非煙的身形，不斷地晃動、晃動。

嵐顏在空中，試圖靠近段非煙，但是每次靠近，封南易都會適時地拍出一掌，逼迫她落回原位。

他們兩個人，就像是籠子裡的老鼠，隨便他人玩弄。

嵐顏雖然不曾見過寒玉功，卻很清楚這武功的弱點，更知道段非煙身上的問題，她不知道他還能撐多久。

「我上，妳走。」

就在這個時候，嵐顏忽然看到段非煙的身影刹那幻化出無數道，猶如閃電般穿越了箭影，直衝封南易。

這是誓死拚命的打法，簡直在拿他的命換她的命。

一個幾乎沒有交情的人，一個連合作關係都沒有的人，就在她的眼前，為她拚命！嵐顏要攔也來不及了，她只能做一件事，就是打開那些射向他的箭雨。

兩人的掌風在空中交擊著，而始終沉默不動，幾乎讓人忽略的封千寒，也突然動了。

一劍，直朝段非煙的心口。

而段非煙看到了劍，還有眼前的封南易，他只做了一個選擇。以胸迎劍，掌心重重打上封南易的胸口。

那劍，穿胸而過，帶著血，反射著月光，在嵐顏面前展現一個鋒利的劍尖。

人影，墜落。

嵐顏飛迎而上，接住。

落地，滿手血跡。而手中段非煙的身體，冰得幾乎沒有半點溫度，冷得讓她差點推開他。

是因為武功的反噬，在這樣的情勢下知道無法逃離了嗎？

「一個是妖族的孽障，一個是烏合之眾的頭目，都是容不得的。」封南易冷笑著，「想不到死了一個鳳逍，居然還有妖物，居然還在我封城中住了這麼多年。」

她的鐲子已經拿下，身分是瞞不了人的，妖氣在身上隱隱跳動。她發現，封南易不但沒有惱怒，反而眼神中有些驚喜。

她摟著段非煙的腰身，低低在他耳邊說著：「撐住。」

「死不了的。」段非煙嘆息著：「為什麼不跑？」

也許在他心中，那麼做只是出於男人理智的判斷，能跑一個跑一個，至少不算太虧，但是她是女人，她總有她的猶豫，總有她感情上的不捨，她接受不了段非煙為了她去死，接受不了眼睜睜看著一個男人為她犧牲性命。

所以，他果斷送死，她卻留下。

「妳這樣，永遠成不了大事。」他居然還能笑著嘲諷她。

「我本來就沒想成大事。」他的身體不斷下滑，她已抱不住了，只能癱坐在地上。

雙手抱著他，四周是刀劍環峙的封城守衛，還有封千寒和封南易，似乎她已無力再戰，也無法再逃。

只要她放開手，他就處於無人保護的狀態之下，任何人的一箭都有可能要了他的性命，而她絕不可能讓他死。

「你以為桎梏了鳳逍，妖族就會永遠被封城壓制嗎？」嵐顏冷笑著，她的身上忽然爆發出紅色的光芒，那件妖霞衣凌空飛起，罩上了段非煙的身體。

火焰在空中飛舞，九條尾巴迎風舞動，飛揚著讓人窒息的炙熱，四爪鋒利摳著地面。

「我才是妖族之王，當年封城被我屠城，今日我會讓你再看到昔日景象重現。」嵐顏火紅的身形在地上顯現出原形，無數火光忽然從尾尖上彈出，從空中落下。

哀鳴，痛呼，慘叫，一剎那響徹一片。

狐火，任他人翻滾，卻無法熄滅，那是燃燒入靈魂中蝕骨的痛，不死不休。

幸好封南易和封千寒退得快，那漫天墜地的狐火，就如同流星之雨，鋪天蓋地。

他剛才賜予了她多少，她就還他多少。

紅色的狐毛飄動著，如烈火，讓人不敢直視，不敢靠近，更不敢試圖挑釁她的鋒芒。

「九尾！」封南易眼神緊窒了，死死地盯著嵐顏的身體。

那黑眸妖媚無比，即便是狐身，也能感覺到她身上的魅惑之氣，「你困住了鳳逍二十年，可惜你一直都錯了，我才是真正的妖王。」

第十六章 黃龍現身

「妖王。」封南易的眼睛盯著她，意味深長。

「封城最想要壓制的人，卻在封城長大，不可謂不是笑話。」她身上縈繞著烈焰火光，殺氣沖天，「你不是不放我走嗎？我就以一人之力，毀你封城，無論勝負，封城都不可能再是其他三城之敵。」

如果這是蘇逸要的，她大概能做的，就是幫他剷除一個敵人。

封南易冷冷地看了一眼封千寒，那眼神中含義太多，多到嵐顏一時間無法消化，而封千寒，則完全的面無表情，彷彿什麼都不知道也不想解釋。

狐王的原形，千年妖力，她說毀城，就一定能做到。

封南易忽然冷笑，他的手虛虛停在空中，慢慢凝結著。

而他的身形，也忽然變得怪異起來。

他的面龐，從原先的威嚴變得扭曲，臉頰上毛髮忽然急速生長，幾乎掩蓋了整張面容，此刻的他根本不像一個人，而像個怪物。

最為讓嵐顏驚訝的是，他身上那詭異的妖氣。

封南易是人，這一點她是確定的，可是這妖氣，又的的確確地從他身上散發出來的，甚至不比她的弱。

那手，已是尖銳的利爪，可若說他是妖，卻又不完全，因為那不是妖形，而是真實的人身。

人影閃現，撕開了虛空之門，陡然出現在嵐顏的面前，那爪揮過，掃向嵐顏。

猝不及防之下，嵐顏跳開，火紅的身影身上，頓時出現了五道長長的爪痕。

皮肉被撕開，血一滴滴地落下，更可怕的是那傷口之上，竟然發出了滋滋的怪聲，她低頭看去，自己右爪之上的位置，出現了詭異的綠色，還在不斷擴大。

是毒嗎？

妖族本就不懼毒，可是這毒不僅可以傷她，還能在她的肌膚上持續地擴大著，她甚至能感覺到東西進入了筋脈，遊走侵入。

嵐顏飛起，猛撲。

那人影又一次消失，這速度絕不是人類能達到的，現在的封南易，完全就是鬼魅般的存在。

紅影落地，地面上留下深深的爪痕，而那半人半怪物的封南易身上，也留下了同樣深深的痕跡。他給她的，她會還給他，而他的肌膚上，則是火焰灼燒過的痕跡，焦黑一片。

但是讓嵐顏更驚訝的一幕出現了，他肌膚上的傷口，正在以肉眼可見的速度癒合，而他身上的妖氣，越來越濃。

這是什麼？

她忽然看到，他全身縈繞的那淡淡的青白色，與地下室中看到的那神獸靈丹的顏色一模一樣。莫非……

「你為了成就武學，居然會吸收神獸靈氣，你一直最為鄙夷妖，自己卻成了半人半妖的東西。」嵐顏發出一陣陣的冷哼。

「我從來都不鄙夷妖。」封南易抬起手腕，看著手腕上完好如初的肌膚，「妖族為什麼被人類追逐掠殺，妳居然還沒想明白嗎？」

因為羨慕之餘的占有慾，讓他們想要擁有妖族的能力，於是不擇手段。

「妳再厲害，又怎麼能和神獸的靈丹相抗衡？」封南易狂妄地笑著，「妳知道這數百年間，多少妖物想要帶走神獸的靈丹嗎？可惜他們都死了，死在封家的精魄之下，然後他們的妖力被吸附在靈丹之上。你們只以為封淩寰是封家最絕世的練武奇才，再奇才又有何用，只知死練武功，又能逃開生死之劫嗎？現在的我，卻已跳開了生死，我將神獸靈丹上吸附的妖氣盡皆收歸己用，妳修行幾百年，只怕也不一定能和我相比。」

吸妖氣、吸靈氣，他為了滿足自己的慾望，已經完全瘋狂了嗎？

「原來在那地下房間裡的人，不是封千寒而是你。」嵐顏忽然想起了那個蒲團，她一直以為封千寒的閉關練功是在吸取靈氣，卻沒想到這一切，都是在為封南易打掩護。

「你們都以為我在巡遊封城領地，誰又知道我在封城中修煉呢？」封南易看著地上氣息虛弱的段非煙，「段城主，你不是認為我資質不夠絕世嗎，現在感覺如何？」

段非煙看著他，瞥了眼，又不屑地挪開。

嵐顏看著眼前如野人一般的怪物，身上的狐火又一次燃燒起來，她整個人撲上，漫天如流星一般，在地面上肆意地燃燒著。

而封南易根本不在乎，那些狐火落在他的身上，不過燃燒一陣，就化為一抹光亮，沒入了他的口中。

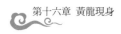

他能吸收妖氣，嵐顏釋放得越多，也就越增進他的功力，她該怎麼辦、該怎麼辦？

封南易的手伸出，一股古怪的氣息纏繞上她的身體，與那地下室中包裹神獸靈丹的氣息一模一樣，那東西捲住她的身體，她空有一身力量，卻擺脫不了那桎梏。

「妳知道嗎，封家先祖的精魄之氣，也被我抽出來了，妳們妖族永遠都不會有翻身之日。」封南易的眼中，露出貪戀之色，「這些年我已經很久沒感受到醇厚的妖氣了，我要妳的妖丹，要一點點吸乾妳所有的妖氣。」

死，不可怕。

不死，被人捏在手裡凌辱的感覺，才可怕。

而嵐顏此刻只覺得自己對不起段非煙，她不想死，更不想害人。

她還有太多的願望沒有實現，她的懷中還有好不容易才拿到的鳳逍靈根，鳳逍還不知在妖界的什麼地方，等待她尋回他的魂魄。

她不想死，真的不想死！

心頭，無比的怨念與仇恨在滋生，丹田中的氣息飛速地流轉，她拚命掙扎，而那精魄之氣則越勒越緊，逐漸陷入肉中。

血，從皮毛中一點點地沁出，一滴滴地落下，逐漸濕濡了她的身體，她依然在掙扎，她不死心，不想放棄。

身側的段非煙在看著她，眼神中有著憐惜，在兩人目光對望間，他居然還能擠出一絲笑，看著她。

這個時候還能笑得出，還能這麼無所謂，只怕也只有他了。

妖氣被吸收，她已逐漸駕馭不了，她甚至感覺到，自己的身體要幻化成人形了。

妖態，是不需要衣服的，一旦變回人形，就是全身赤裸。

她不想被人看到自己那般模樣，她要掙開，一定要！

血，越湧越多，在她的身下彙聚成一灘厚厚的濃稠，失血過多讓她的妖氣變得後繼無力，眼前的視線也開始模糊。

她真的又要死在封城了嗎？而這一次，甚至比上一次更慘，她居然連反抗的力量都沒有。

她如果死了，不僅自己的妖丹要被封南易拿走，就連聖獸白羽最後保留下來的真氣，都要被吸走了嗎？

白羽師傅的希望，還有她體內的蒼麟，蘇家唯一的寄託，如果她被封南易吸取妖丹，會不會連蒼麟的存在也無法掩蓋了？

不行、不行……

可是她，真的無力了，真的無法掙扎了。

眼前，全是她的血，在地上猶如緩慢的小溪一樣，在地上流動。

「妳這個愚蠢的女人。」一道威嚴的聲音在她心中響起，嵐顏猛地睜開眼睛，想要在模糊中看清一切。

一股巨大的力量，從她身體中噴薄而出，直衝天際。

蒼藍色的光，耀眼明亮，黑夜瞬間猶如白晝般，轟隆隆的雷聲震動著，彷彿整個大地都在顫抖，「愚蠢的人類，神獸威嚴豈容你褻瀆！」

龍形隱隱，明黃閃耀，卻又不是實在的龍形，有些模糊，卻又那麼真切。

龍影，在封城的上空盤旋，火焰落下，籠罩了四人。

巨大的震動中，千寒宮轟然倒塌，漫天火焰升騰而起，封南易先是一愣，隨後就是一道勁氣直衝那半空中的龍形。

龍爪一揮，封南易的身體騰空飛起，摔落在一旁，口中鮮血直湧，空中那威嚴的雙目看著渺小的他，「人類，你將要為你的愚蠢付出代價，居然妄圖用如此骯髒的氣息來束縛黃龍大人！」

牠一張口，蒼藍火焰飛出，封城最為堅固的城牆，在震天巨響中，塌陷。

封南易完全不能動彈，口中吐著鮮血，無力地喘息著。

空中龍影帶著無限威壓，讓人幾乎無法站立，心中抖動著戰慄。龍影對封南易繼續說道：「你將為你的侮辱付出代價。」

而嵐顏心中，蒼麟的聲音再次響起：「愚蠢的女人，還不快走？還要本尊王來救妳那骯髒的身軀不成？」

嵐顏忽然發現，自己身上的束縛已經消失，她努力撐起身體，拚盡最後一絲力量，撲上段非煙，她的血染上妖霞衣，紅光四射。

「以我之血，號令妖靈，三界六道，任我馳騁。」她虛弱地念著，妖霞衣上的光芒越來越盛，當光芒忽然斂盡的時候，地上的兩人已經消失不見。

天空中，那龍影也如天邊的雲彩消失不見，彷彿從來就沒有存在過。

封南易靠在碎石邊，滿臉的不置信，當封千寒走到他身邊的時候，他喃喃自語著：「是幻象嗎？」當然不可能，那些斷壁殘垣，那些依然燃燒著的火焰，都是龍影出現過的證據。

封南易眼中滿滿都是瘋狂，「好強大的力量，若我能得到這樣的力量，人間妖界算得了什麼，我會有不死之身，我會超越一切！」

而封千寒看著他的瘋狂，眼神滿是複雜。

第十七章 兩個重傷的人

花香，鳥語，青草氣息。

疼痛，痠軟，全身無力。

嵐顏強撐著睜開目光，入眼的是黑漆漆的石壁，再看四周，還是石壁。

「妳醒了？」她聽到耳邊低沉沙啞的嗓音。

嘴角勉強抽笑了下，「你還沒死，真好。」

「呵呵，」段非煙的回答倒是很開心似的，「妳也沒死，不錯。」

她想要撐起身體，卻發現自己根本無法動彈，這是妖氣枯竭，自己又身受重傷的後遺症，而對方似乎也沒比她強。

「對不起，我現在也動不了，所以沒辦法給妳包紮傷口。」段非煙倒很有些隨遇而安的姿態，躺在她的身邊，虛弱地開口。

能從封南易的手中逃離，已經是莫大的幸運了，只要死不了，一切就還有希望。

「你的傷……」她想起他被封千寒穿胸而過的那一劍，「還能撐住吧？」

「寒玉功最大的好處就是血流緩慢，全身猶如被冰封一樣，傷雖重，死卻難。老天還沒折磨夠我，怎麼會讓我死？」

她的傷，已經重到說這兩句話就耗費了所有的力量，想要再多說一句，都要積攢半天的力氣，而他似乎也一樣。

兩個人，說一句回一句，都要等上半炷香的時間。每次等不到回應，她都幾乎以為他昏死過去時，在半晌後，才又等來一句。

現在彼此能做的，就是屍體一樣躺在這裡調息，等待著恢復的時機。

「能離開封城就不錯了。」段非煙吐出一句：「不知這是哪裡？」

嵐顏的身體不能動，只能轉動著眼珠子，四下看著、看著、看著……

「我想，你要失望了，我們似乎還沒有離開封城。」嵐顏憋出一句。

接著又是長久的沉默，兩人積攢著力氣，為了下一句話。

又是死一般的沉寂，現在的他們虛弱到都無法聽到對方的呼吸聲，或者說，虛弱到呼吸聲都無法讓人聽到的氣若游絲。

也不知過了多久，她終於又一次聽到了段非煙的聲音：「那這裡是哪兒？」

嵐顏閉上眼睛，努力去尋找丹田中的氣息，虛弱道：「我當年死的地方，妖霞衣和妖丹就藏在這個山洞。」

她離開的時候，以為自己永遠不會再回到這個地方，才不過幾日，她不但回來了，還帶著一個人一起回來了。

丹田中妖氣散亂，因為她的虛弱而無法凝聚。

她在內心中輕聲呼喚著：「喂，蒼麟，你在嗎？」

她記得是蒼麟在那時現原形救了自己，還毀掉了封城的半壁城池，讓千寒宮化為一片廢墟。那麼蒼麟應該是覺醒了吧？

可是她心頭呼喚了無數聲，卻還是沒有半點回應。

他已經離開了嗎？

不，嵐顏很快就否定了這個猜測，因為她心中有一絲感應告訴自己，蒼麟還在她的體內。

那為什麼不回答她呢？嵐顏繼續呼喚著，但是無論她怎麼用力，都是徒勞。

莫非蒼麟只是在她有危險的時候從沉睡中甦醒，隨後又繼續蟄伏了？這簡直是懷孕的感覺，還不知道要懷多少年！嵐顏無力地想道。

就在她的思緒凌亂的時候，耳邊終於傳來了段非煙的聲音：「妖霞衣不是三界任行的嗎？怎麼還在封城？」

他居然好意思說？那是她的衣服，她帶著他，還是那般用盡最後殘留的力量，能離開就已經萬幸，他還有臉挑剔！

「因為你太重了。」她沒好氣地回答，可憐虛弱的嗓音，實在沒有半點氣勢。

「呵呵。」身邊傳來笑聲，但只有一聲，就乍然消失毫無聲息，顯然某人樂極生悲牽動了傷口，只好閉嘴。

她忍不住地笑他，但也只笑了一聲，就扯動了全身的傷，剛剛被血凝結的傷口再度撕裂開，更疼了。

兩個同樣受苦受難的戰友，在這一次因為對彼此的嘲笑，而再度同時承受痛苦。

她靜下心，讓自己沉入調息，但是身體太累了，幾乎瞬間就陷入了昏睡中，身體深處的妖氣，以緩慢的速度流淌在筋脈中。

當嵐顏第二次醒來，目光已經能透過一層層的藤蔓，看到前方綠野間一個個小小的白點，現在外面該是白天了。

身體還是無法動彈，但已能引導妖氣入妖丹，這對嵐顏來說，實在是個好消息。

而她也聽到了身邊男人的呼吸聲漸漸濃重，代表著他也在恢復著精力。

「為什麼來封城救我？」她輕聲開口，這山崖洞很小，聲音輕飄飄地迴蕩，彼此都聽得極為清晰。

「想來，就來了。」他那回答，極為沒有誠意。

「想為我死，就死了？」嵐顏哼哼著，擺明不相信他的話。

「當然不。」他的笑聲傳來，「事情有點出乎意料之外，我也沒想到封南易隱藏這麼深，低估了他。」

是嗎？

她覺得以自己對他的瞭解，這話只怕依然還是有所保留。

所以，她的回答只有一聲冷笑。

他長長地嘆息，「誰叫我必須救妳，妳是唯一一個八脈絕陰，所以我不能讓妳死。」

她想起他對自己提及的合作，每次都被她搪塞而過或者直接拒絕，而他卻為了那個目標，可以不顧一切闖封城救她。

「昨天你是故意裝做什麼都不知道，才讓我放鬆警戒後追來？」她問出心裡的疑問。

「昨天？」段非煙低沉的笑聲在這個時候聽來格外動人，「恐怕已過了許多日了。」

好吧，以他們的傷勢看來，的確說不定已過了許多日，這山洞中歲月，不知晨昏日月，她居然連日子都算不出來了。

「你明白我的意思就行。」她沒好氣地回答。

「妳是個不甘放棄的人，雖然妳不說，卻能從妳的眼神中讀到妳的堅決。我若不讓妳放心，又怎麼跟隨而來？」

她的耳邊傳來沙沙的聲音，看來段非煙的恢復能力比她想像中強，已能行動了，「封城能屹立這麼多年，不可能徒有虛名，加之難以揣摩封千寒的心思，我總覺得事情沒那麼簡單，才跟隨而來。不過我算錯的不是封千寒，而是封南易。沒想到這個老傢伙這麼多年，故意虛抬兒子的名聲，只為了遮掩自己。一個連兒子都能做擋箭牌的人，的確心思深沉。」

嵐顏終於明白了，為什麼這麼多年封千寒的名聲遠播，什麼絕世英才、什麼百年難得的俊彥、什麼武學上無人能及的天資，都是封南易故意宣揚的，他要所有人的目光都放在封千寒的身上，以達到自己躲在暗處練功的事實。

這一切封千寒都是知道的吧？畢竟那地下室在封千寒的房間裡，面對一個這樣的父親，他這風光的少城主心中又是怎麼想的呢？

不由得又想起了封千寒胸前的那個墜子，她一直以為自己多少瞭解封千寒，可仔細想想，她似乎不瞭解，完全的不瞭解。

溫暖的掌心貼上她的身軀，撫摸著她身上的傷口。

而她這才恍然想起，自己是全身赤裸的。

變身回來之後，她沒有衣服，唯一的一件妖霞衣也在他的身上。

「你該不會趁現在占我便宜吧？」

她想起段非煙的風流歷史，毫不懷疑他會做什麼事。

「妳想多了。」他的聲音裡永遠都是不正經，聽不到半點真誠，反而有著一絲絲的誘惑，沙啞地勾引著她。

清涼的藥倒上她的身體，他的掌心帶著藥液，慢慢在她的身體上勻開。她的身體上處處是傷，享受了一次近乎淩遲的痛楚，而他為她擦藥，也幾乎以手膜拜了她的身軀。

「你能把我的衣服還給我嗎？」她沒好氣地開口。

「藥還沒乾，所以現在……」他的手指若有若無地擦過她胸前高聳的敏感，「不能給妳。」

「你只要能動，就想幹那事嗎？」忍不住地嘲諷，即便他救了她。

「我不能動，也想幹那事。」他悶聲笑著，她只覺得暖暖的雙唇貼上她的耳畔，低沉地誘惑著她的魂魄，「坐上來，自己動。」

對於這種沒臉沒皮的男人，她能做的，就是翻白眼，不予理會。

這藥應該是段非煙隨身的靈藥，非常快地就沁入了肌膚中，那一陣陣撕裂的痛苦頓時減輕了不少，嵐顏緊繃的身體也漸漸放鬆了下來。

輕柔的衣衫蓋上她的身軀，隨後又是一件略帶沉重的大氅。

這是他的衣服，她知道。

段非煙緩緩地站起身，「失血過多的下場是渴水，我去找水源。」

他的手撩起藤蔓，陽光從洞外射入，照在他只著裡衣的身形上，白衣黑髮，頎長秀美，居然有種說不出的俊逸，尤其那半側的面頰，在陽光中一如雕像。

但是他的步伐……

嵐顏有些不確定，他已能起身，按理說內傷也應該恢復得不錯，為何她卻覺得他的腳步很沉重？

那是一種武者身上不該有的沉重，不夠輕靈，不夠瀟灑的沉重。

不等她再看下去，那藤蔓已落下，洞內再度恢復了一片漆黑，而不再被疼痛牽扯的她，又一次沉入了夢境中。

第十八章

互相照料

嵐顏再一次醒來，是清涼的水落在唇畔的舒爽，那水滴得很慢，順著乾裂的唇縫沁入口中，潤入喉中。

她發出一聲輕歎，想要索取更多，這一滴滴的水太慢，讓她很是不滿足。

「別急，慢慢喝，還有呢。」那聲音帶著笑，逗弄著她的急切。

她張開了唇，吸吮著，而舌尖觸碰到的，卻是一根冰涼的手指尖。

「妳別咬我好不好？」那聲音無奈，卻也沒有收回手，由她這麼咬著。

那涼涼的感覺，讓她捨不得放開，不滿足地又吸了吸。

「放開，還有呢。」幾乎是哄勸了，她才依依不捨地放開了唇。

不多時，那手指又貼了上來，指尖滴落清涼的水滴，小小地滿足著她。

就這麼持續著，直到許久許久之後，她才終於緩解了嗓子的黏膩，擠出一句：「你就不能快一點？」

那聲音又恍惚低沉地笑了，「男人，可不能太快。」

該死的，她忘記了自己身邊的人是誰了，這說話的語氣和內容，都太欠草了。

等她醒來，一定要離這個人越遠越好，他趕緊死回他的鬼城，而她……她又要去哪兒呢？

「滾！」她沒好氣地憋出一個字。

妖霞衣以她的血和精氣催動，一月一次，才能入三界六道，如今一次機會已失去，唯有再等一個月了。

她找鳳逍的事，又要被耽誤了。

「我的匣子。」她輕輕說了句：「應該在你那裡吧？」

「放心吧，在。」那聲音倒是無比的溫柔，也安定了她的心。

藏在妖霞衣裡的鳳逍靈根有妖霞衣的保護不會出問題，她不放心的，是這個人。

知道了答案，她也就不再說話，一心沉入調息中。

忽然間，身體被人一摟，整個嵌入他的懷抱中，「我睏了，借我抱抱。」

他睏了就要借他抱抱？他要是興致來了，是不是要借他草草？欺負她現在不能動彈，想怎麼樣就怎麼樣了？

不過他那身體，為什麼這麼涼？被他抱入懷中的嵐顏，冷得一個哆嗦，牙齒都差點打架了，而且她明顯能從肌膚的觸感上判斷出，他的身體是赤裸的，全身赤裸的。

明明她記得他是有裡衣的，居然這樣抱著她，嵐顏的心頭生起一股怒火！

待她恢復，第一件事就要閹了他。

想要早點擺脫他，她的內息運轉飛快，逐漸填滿乾涸的丹田，妖丹開始慢慢運轉。

而就在這個時候，她發現那抱著自己的身體，變得熱燙無比。

而他，卻時不時地哆嗦一下。

這個動作，不啻在打斷她的調息，每每讓她從入定中醒過來，讓她事倍功半。

她對他的仇恨，又加一筆帳！

就這樣斷斷續續斷斷續續地調息著，被打斷著，再調息，再打斷，嵐顏的手終於有了一絲力量。

她抬起胳膊，狠狠地掄上那個從身後貼著自己的人。

這個曖昧的姿勢，這樣的肌膚相親，甚至某個部位在身後貼著自己的觸感，都讓嵐顏無比惱怒，這個動作完全不遲疑、不猶豫。

段非煙的身體滾到一旁，完全沒有任何反抗，甚至被她掀開後，也沒有任何她等待的反抗和抱怨，連調戲都沒有，這與他的性格完全不符啊。

嵐顏很有些奇怪，但是馬上就反應過來了，剛才她伸手推他的時候，分明感覺到了他肌膚上的火燙。

這絕不是正常人的體溫！

是他行功出問題，走火入魔了？還是精蟲上腦，慾火焚身了？抑或者是風寒發熱？

最後一個念頭才入腦海就被她揮開，身為武林高手，這根本就是不可能的事，普通練武的人都可以筋骨強壯，何況他這種寒暑不侵的人？

但是火燙是真實存在的，而他似乎也真的完全失去了意識，白皙的身體躺在地上，長髮凌亂，而他的面容則因為她剛才的動作，埋在了亂髮中，她無法看清楚。

不得不承認，這傢伙的身材真是不錯，嵐顏的視線恢復，黑暗中也能將他看得清清楚楚。

她的手撫上他的脈門，當脈息在她指尖跳動，嵐顏不由低聲咒罵了句：「我草！」

風寒，真真切切的風寒發熱。

不僅如此，嵐顏甚至還發現了許多隱藏在他身體深處的情況。

他的脈息很弱，弱到她要用力才能摸到，而且非常慢，慢到筋脈中彷彿處處都是阻滯一樣。

而他的內息，半點也無。

一個練武的人，摸不到內息幾乎是不可能的。再能隱藏自己武功的高手，都不可能隱藏得了自己的內息，想要他人摸不到，除非……根本沒有。

他怎麼可能沒有內功？

嵐顏不信邪地逼入了一絲內氣，身為練武者，對於他人的內功都會有下意識的反應，這是內息的本能。

但是她逼進去的內功，既感受不到排斥，也沒有發現呼應。她駕馭著自己的內息在他筋脈中行走，就像一個孤零零的馬車在寬敞的官道上馳騁，無論做什麼，都遇不到一個人。

這太詭異了！

當嵐顏的內息走到他丹田中的時候，她發覺了異樣。

一團陰冷的氣息朝著她的氣息撲了過來，霸道地吞噬著，她的內息轉眼間就消失殆盡，而他的身體，又哆嗦了下。

「好冷。」她不由自主地驚呼了聲。

難道這就是寒玉功的內息嗎？比冰霜還要冷上數倍。

難怪與封南易交手的時候，可以一瞬間讓封南易身上出現霜花，這武功太霸道了。

不過那冰冷的內息很快又收了回去，蟄伏在他的丹田裡，至於他的筋脈中，則是完完全全的空蕩蕩。

他已經控制不了自己的內息了嗎？所以才出現了這樣的情況！而現在的他，不過是一個身受重傷的普通人，還赤裸著身體，不得風寒才怪！

「病人還裸睡，你活該！」嵐顏沒好氣地說著，就算他聽不到，只當發洩下心頭的怒火好了。

一回頭，她忽然看到旁邊大石上放著的他的衣衫，嵐顏伸手拿過，想要披上他的身體，「又不好看，別四仰八叉地噁心人……」話說到一半，她就停住了，因為手中那衣衫，濕漉漉的。

不僅濕漉漉，而且是明顯沒有擰乾的衣衫，沉甸甸地還墜著水的感覺，只要輕輕一捏，就有一捧水在手心裡。

嵐顏瞬間明白了什麼，她的手不由撫上唇瓣，想起了他餵給自己的那一滴滴清涼的水，也想起了他離去前說過他去找水。

而那時候的他，把大氅給了自己，只穿了裡衣。如果水源太遠，沒有盛水的工具，似乎這樣是唯一的辦法了。

也就是說，他撐著傷重的身體，赤裸著在山中行走。

無論什麼季節，山風都是寒涼的，比城鎮中要冷得多，他這樣若不風寒發熱才怪呢。

嵐顏的怒氣，一瞬間變成了內疚。

他赤裸抱著自己，強行用大氅蓋著兩個人的赤裸身體，是因為他真的冷，而不是慾火衝腦，不穿衣服，是因為那衣衫他不敢擰乾，只為了再給她留點水。

想來，他受傷是因為自己，他生病又是因為自己，嵐顏再是不爽，也懂得感恩。

她一隻手貼上他的胸口，努力把自己才調息起來的一點點真氣渡入他的身體內，一隻手在他身邊翻找著，看能不能尋些藥物。

當手貼上他的胸前，她又一次被驚愕得縮了回來。

他的胸口，是濕的。

低頭看去，掌心紅紅的，血跡。而她的掌心中乾淨得只有血，一點藥粉存在的跡象都沒有。

這，這怎麼可能？

他的傷那麼重，他居然沒有給自己敷藥？

嵐顏很清楚，自己身上的傷幾已在癒合收口的階段，證明他敷在自己身上的藥是絕世的靈藥，她的傷只是多，而他才是真正的重傷，他居然不給自己敷藥？

嵐顏想也不想，在他身邊的地上找到了一個小小白玉瓶子，她拔開瓶塞，反手倒上他的胸口。

可惜，沒有藥粉，也沒有藥液，空空的瓶子裡什麼都沒有，只有淡淡的香味告訴她，這裡面原先裝著的，就是敷在她身上的藥。

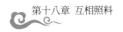

「你這個傢伙，能不能不要這麼狠？」她無奈地放下手，把瓶子丟到一邊，「對自己狠成這樣，你腦子裡到底裝著什麼？」

為了救她不管自己，明知道內功受禁，還跑去取水，把唯一的一件大氅給她，現在他病成這樣，讓她想不領情都不行。

然後她發現了一件更糟的事情，就是她的內息才剛剛恢復一絲，若是旁人，也許她還有能力以氣息流入筋脈，讓人恢復。但是這個人是他，是一個體內有著寒玉功的人，只要她的氣息走到丹田中，就會立即被吞噬，她根本無法讓自己的氣息在他體內流轉。

嵐顏無奈之下，唯有做一件事。

她一隻手枕在他的腦後，讓他靠在自己的肩頭，身體緊緊地貼著段非煙，以自身的溫度暖著他，而她的掌心，則在他的胸前緩緩送著氣，修復著他胸前的傷口。

被他抱的時候是無奈，現在是主動，開始是他照顧她，現在她還他。

有時候，人與人之間，就是如此無法撇清。

第十九章 不為人知的約定

嵐顏一邊為段非煙渡氣療傷，一邊引導著自己的真氣，這樣的速度顯然不利於她恢復，而她完全不在意。

段非煙也算是被她拖累，雖然她沒讓他這麼做，但事情多多少少總是與她脫不了干係，這麼做只當投桃報李了吧。

「妳很軟。」他的聲音虛弱傳來，不改的是那低沉沙啞中調戲的意味。

人一醒就沒好話，她簡直想一腳把他踢出洞外。

奈何理智告訴他，自己懷中的這個男人，弱得可能禁不起她一腳，而且他的熱還沒退，只是稍微好了些而已，她救了這麼久，要是一腳踢死了，不是白費力氣了嗎？

「妳也很香。」某人彷彿在挑戰她的底線，不合時宜地又補了一句。

嵐顏什麼表情也沒有，她只是用自己貼在他胸口的那隻手，微微用了點力。

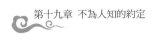

這點力氣不足以傷到他剛剛癒合的筋脈，但足以讓他疼。

果然，緊貼著她的身體緊繃了下，她耳邊聽到了一聲倒吸口氣的聲音，緊接著，就是低低的笑聲。

明明疼得要死還笑得出來，也就只有他能做到了。

當然，笑也只會讓他更疼，嵐顏毫不意外地又聽到了第二聲抽氣。

「活該！」她嘲諷著。

「就喜歡妳這股狠勁。」厚顏無恥的人自然有他不要臉皮的功底，就算全身病弱不能動，他也有調戲她的本事。

「哼，我不介意摳得更深點，把你的心都挖出來。」嵐顏憤憤地回嘴：「也算是給天下女人除害了。」

他又是呵呵一笑，腦袋輕輕偏了偏，嘴唇恰巧貼在她的頸項上，那嘴唇的嚅動間，似有若無地劃過她的肌膚，又癢又曖昧，「天下間所有的男人，都希望死在狐狸精的身上，如果真的可以，我實在太幸運了。」

嵐顏差點噴出一口血，他為什麼永遠說話都可以這樣話中帶話，讓人聽出情色的味道？

「段非煙，」她覺得自己根本看不透這個男人，「我一直想不明白，你為什麼要幫我？」

「想幫，就幫了。」他的回答，還是那麼沒有誠意。

「你覺得我會信？」她冷嗤了聲。

「信也好，不信也好。妳要理由我給妳理由，妳管真的假的？」

他的話，竟然讓她無法反駁，既然本就不算親近的人，又何必追問人家不想說的答案？

「我只是不希望承你的情又還不了。」她沉吟著開口。

他救自己的原因她可以不問，他對自己格外親近的理由她也可以不管，她只是不想莫名其妙地被人施恩了。

「我什麼時候讓妳承情了？」段非煙突然笑了，那氣息噴在她的頸項間，讓她的肌膚戰慄酥麻，「我很早就和妳說過，我們之間是交易。」

是的，交易。

他一直都掛在嘴邊上的，一直都提醒她不忘的，就是他們之間合作的交易。

也正是他說過的交易，才讓嵐顏起了疑心。

沒有交易，是需要先拿命去拚的，尤其在面對封南易的時候，他以身擋下封千寒的劍，阻擋封南易讓自己跑，如果她跑了他必然死在封城，還何來什麼交易？

如果她不是發現得早，他早就被自己燒死了，沒有交易是讓人不管自己的命先救別人的，連胸前的劍傷都不敷藥而先治她的。

但是他若不說，她知道自己也問不出。

「妳只要告訴我，同意或者不同意這個交易，就行了。」段非煙直接而乾脆的說法，反而讓嵐顏沒有了顧忌。

「妳肯定在我昏迷的時候摸過我的脈了，那妳就應該很清楚，我不死在封城，也遲早死在武功反噬之下，所以不必因為我救妳犧牲這麼多而感恩。」

他的傷，嵐顏心中是非常清楚了，那種凝滯沉積，已在他身體裡造成了陳舊的傷患，如他所說，繼續下去，他也活不了幾年。

「以你的聰明，不應該會讓自己走到今天這地步的。」嵐顏忽然開口。

她始終覺得不對勁的地方，就是這寒玉功的反噬，早在修煉的第一天就知道不適合男子，為什麼他要強行去練？以她對段非煙的心思瞭解，他不應該會做出這樣愚蠢的事情才對。

「聰明又不是第一天就聰明的，妳可以當我以前傻。」

又是明顯的敷衍之詞，寒玉功只要不練上十層，隨時可以放棄，也就不必走到這境地，她才不信他是練到了十層之後才變聰明的。

說來，段非煙這個人幾乎是江湖中最神祕的人物，沒有人知道他的出身，沒有人知道他的來歷，只知道暗影血宮一夜崛起於江湖，從此鬼城就成了他的天下，無數邪魔外道得到了庇佑，而他強大的實力讓人無可奈何。

但是沒有他，她勢必會再次走回百年前飲恨的前車之鑑，沒有他，她也不可能帶著鳳逍的靈根離開。

這恩，終究還是要報答的。

「好，我答應你，為你療傷。」嵐顏終於下了決心，「但是交易之後，你我從此互不拖欠，誰也與誰無關。」

「當然。」段非煙哼哼一笑，「我這種貨色妳也看不上，我換女人比換衣服還勤快，不喜歡穿舊的。」

「還有，你要答應我一點。」嵐顏嚴肅地開口。

不等她說完，段非煙已經接了下去，「我更沒有把自己床榻上的隱私對別人說的愛好，妳大可放心。」

有這句話就行了，她與他，終於達成了利益上的合作。

「不過我大概需要再休養幾日，所以只能委屈妳忍忍了。」原本聽起來想是忍耐他這個人的話，在他性感磁性的話語裡，忽然變了感覺，又似乎走到歪路上去了。

面對這樣一個浪蕩的人，她還真的只有忍。

「我燒退了，妳可以不用委屈地抱著我了，不過若妳不想和我糾纏太久，希望我早點好了和妳上床，妳還是可以一直抱著的，畢竟我現在傷口還要指望妳。」

如果、如果他的嘴巴不是這麼讓人受不了而對象又是自己的話，她想她會喜歡他的聲音和他的幽默感的。

當段非煙在沉睡中退了熱，傷口也趨於穩定化的時候，嵐顏才輕輕放下他，披上了妖霞衣走出山洞。

她不知道自己這段時間昏沉了多久，更不知道外界如今會是什麼樣的反應？封城城牆被毀，這樣的大事不可能瞞得住，那四城之間的烽煙又燃燒成了什麼樣子？天下局勢只怕越來越亂了。

嵐顏想起取水的事，四周查探了下，發現根本沒有聽到任何流水之聲，顯然水源之地距離這裡非常遙遠。

她在山中走著，憑藉著妖獸敏銳的感知，才在數里外的山中找到了一個小小的泉眼。

嵐顏捧起一捧水，大大地喝了幾口，冰冷的山泉水大概是來自山腹深處，格外的涼。

她又一次想起那日段非煙給她餵水的時候，並不是直接將水擠入她的口中，而是以手沾濕了，用手上的溫度讓那水沒有那麼冷，才餵給自己。

只那麼一個小動作，就可見他的細心。這個地方如此偏僻，她若不是靈獸的感知，也不知要找上多久，他還拖著傷病的身體，往返走了近乎十里。

越想，越是不懂那個人，越想猜，反而越不明白。

她看著遠處的竹林，心頭有了主意。人慢慢走到竹林邊，這原本要不了多少腳力的路途，在現在的她來說，也算是消耗了不少時間，

嵐顏揮出手中的劍，砍倒一旁的竹子，切切削削，總算勉強弄了幾個竹筒，將山泉水汲了，再以藤蔓做成繩索繫了，拖拉著幾竹筒水，回到了山洞中。

她又劈了一堆樹枝，在山洞中燃燒起一個小小的火堆，這黑暗的山洞裡，終於有了光明。

火光跳動著，紫金色的大氅下，段非煙睡得安穩，那火光一明一滅，他的容顏也更加深邃起來。

蒼白的臉龐，沉靜的人影，有一種病態而安寧的美。

如果他嘴巴不是那麼壞，如果他的心思不是那麼深沉到讓人恐懼，她大概不會這麼嫌棄他，當然前提是他沒有那麼濫情的話。

畢竟第一印象太可怕，可怕到她對這個人怎麼都產生不了好感。

嵐顏在火堆旁又放下幾個山果，眼睛看到一旁那個精緻的匣子，她立即緊張地拿了過來仔細地檢查著。

確認鳳逍的靈根還安然無損，她才鬆了一口氣坐在火堆邊，手中抱著那個匣子，手指一遍遍撫摸著匣子，微笑著。

不知道什麼時候，火堆旁睡著的男人，已經輕輕睜開了眼睛，無聲地望著她，看著她的動作，看著她臉上溫柔的笑容。

第二十章
征服妳的心，先征服妳的胃

段非煙的傷讓嵐顏自然而然去打水砍柴，畢竟她還有一點武功傍身，而他什麼都沒有，強弱之下的心態，她主動去應承了事情，也沒有告訴他，想去就去了。

但是當她帶著水回來的時候，卻發現那原本在火堆旁的段非煙不見了。

沒有血跡、沒有打鬥凌亂的現場，那他應該是醒了，自己出去了吧？

不過這荒山野嶺他能去哪兒？

嵐顏撩開藤蔓簾子，四下看看。

既然她從山腳回來沒看到他，那他應該是朝著山上去了，她順著路尋找過去，漸漸走到山頂。

山邊兩側，老樹錯節，小小的山路上若不是有著青草被踩踏的痕跡，她只怕已經放棄返回了。

踩著他留下的足跡，走過樹影之處，山巔豁然一塊平坦之處。而他，就坐在懸崖邊。

大氅隨意披在肩頭，長髮隨著山風微微拂動，遠方白雲悠悠，陽光從雲縫中射出來，一束束的，格外明麗。而他，隨意地屈著腿，望著山底、望著遠空，那身上透出的，卻是幾分落寞幾分蕭索，卻又隱隱地讓人看到他的堅強。

有時候看一個人，在他最為沉默的時候，最為不戒備的時候，往往也就是看到內心的時候。

她不知道為什麼自己能從他身上讀到這些，卻一瞬間被這樣的氣息所勾起，有故事的人，總是被同樣有故事的人吸引，而故事不需要說，是讀來的。

從他身上，讀來。

她腳下一動，踩到一枚松果，喀喇一聲響，他忽然回頭。

嵐顏有些尷尬，畢竟是她在偷窺他，還被他發現了，她正要開口解釋什麼，段非煙忽然豎起一根手指在唇邊，給了她一個噤聲的姿勢，神祕兮兮地擠著眼睛，看著一旁的樹叢下。

嵐顏順著他目光看去，忽然笑了，才噗嗤一聲，就趕緊捂住，小心翼翼地挪到他的身邊。

「你居然會這個？」她湊上他耳邊，小聲地說著。

只見一個藤蔓編織成的籮筐被小木棍豎著，下面細細碎碎地撒著一片松子，小木棍上又是一根細細的藤蔓，一直牽到他的手上。

最簡單的打野雞的方法，孩童都能做到，讓她驚訝的不是他的手段，而是那個籮筐。

青綠色的藤蔓，還有葉子殘留，顯然是剛剛編織的，不是出自段非煙的手，還能是誰？

「想不到堂堂城主大人，還會這個。」她調侃著他。

「妳想不到的事多著呢。」他的臉上頗有些自豪，也不知是想起了什麼，眼眸裡浮起喜悅。不經意散發出來喜悅與自信，打破了他身上一直的浪蕩之色，有一種純真的快樂。

「看你的手法，也不像是第一次幹這個事的。」她又一次玩笑道。

「那當然。」他的口吻就像個自豪的孩子，「妳等著看，會讓妳驚訝的。」

嵐顏看著他的衣衫被風吹得呼呼抖動，「你不冷嗎？」

段非煙這才猛然想起了什麼，「有點，要不妳抱著我？」

他此刻的口氣，不含半點情色，完全只是因為覺得這樣能取暖。而那雙眼睛，閃爍著的，也是乾乾淨淨的色彩。

「好吧。」她答應得也乾脆，手一拉他的大氅，整個人鑽進去，雙手抱著他的腰身，大氅遮上兩人身體。

兩個人就像兩個孩子，縮在大氅裡，眼睛瞪著那個竹筐一眨不眨，只有兩個人的呼吸聲，還是屏息的。

不多時，一隻花尾巴野雞蹦蹦地來到竹筐下，一下一下啄食著松子，嵐顏催著段非煙，「快拉、快拉！」

情到急切時，攬在他腰間的手緊緊地捏著他的腰身。

「別急。」他的掌心貼上她的手背，小聲地貼著她的耳朵，「看我的，別說話，讓牠聽見可就飛了。」

嵐顏眼睛霍霍閃亮，滿滿都是興奮的光芒，點著頭。

果然那山雞啄得歡快，再不多久，又是幾隻花尾巴野雞飛了下來，停在竹筐下放心大膽地啄食了起來。

段非煙小聲地衝嵐顏說：「一會我拉筐子，妳趕緊撲上去壓住。」

嵐顏連連點頭，口中嗯嗯答應著。

說時遲那時快，段非煙手一抖，小木棍被扯動，竹筐落下。

嵐顏想也不想，以惡狗搶食的姿勢撲了上去，死死壓住竹筐，竹筐下野雞咯咯狂叫，跳動著，嵐顏趴在上面，回頭衝著段非煙一笑，「我快吧。」

「快。」段非煙點頭，「一看就是很熟稔偷雞摸狗的人。」

嵐顏可不覺得那是貶低，她洋洋得意地點頭，「那當然，我是高手。」

兩人把野雞一隻隻從竹筐下抓出來，帶到溪水邊宰殺，豐收回到山洞中，而此刻的山洞裡，火光正旺，段非煙拿樹枝穿了，把野雞架在炭火上，烤了起來。

「這種不好吃。」嵐顏咕噥著，「沒油，還容易外焦裡生，不如弄點荷葉糊上泥巴煨熟。」

「誰說的？」段非煙瞪她，「那是妳不會烤。」

她嘟著嘴巴，「有本事你來。」

他失笑，「好像妳烤了一樣。」

好吧，她承認，從宰殺開始就是由他一個人主導，他的速度實在太乾淨利索，導致她甚至懷疑這個傢伙曾經是集市上殺雞的小販，再到後來她完全神遊，被溪水山景帶走了注意力。

不多時，她發現那雞皮上發出滋滋的聲音，一層層的油光冒了出來，很快就布滿了整個雞身，濃烈的香氣瞬間縈繞小小的山洞。

好香，實在太香了。

嵐顏忍不住地伸出手，還沒碰到木架，就被他重重拍上手背，「還沒熟！」

手抽回，她眼饞巴巴地看著滋滋冒著香氣的野雞，不停地嚥著口水。

「妳是妖王，別這個表情。」他沒好氣地說她。

「我也是乞丐。」她嘻嘻笑著回答。

香氣越來越濃烈，嵐顏忍不住地問著：「烤山雞我也吃過啊，你用了什麼手法，怎麼香氣如此特別？」

從頭到尾，似乎並沒有什麼獨特之處啊，為什麼從他手中出來，就那麼獨特？

「松木。」他衝她擠擠眼睛，「我的私人祕方。」

嵐顏仔細地聞了下，的確除了雞肉的香氣之外，還有一種厚重的沉香，的確是松木的味道。

「還有什麼？」她發現那濃烈的不僅僅是松木的味道。

「一會兒妳就知道了。」段非煙直接拿下一枝穿著山雞的松木丟給她，「嘗嘗。」

嵐顏小心地撕下一片雞肉，那雞肉嫩得一撕就開，放入口中，滿滿的全是香氣，幾乎讓嵐顏吞掉自己的舌頭，不僅如此，那鮮鹹的味道是什麼？

嵐顏連話都懶得說了，直接大嚼起來，而當她撕開雞身的時候，不禁驚訝地大叫著：「這裡面素什麼？」

含著滿口雞肉的她，兩頰鼓鼓的，盯著雞肉中的菌菇，還有些如同野草的東西。而一陣陣的香氣，就是從這裡面透出來的。

「山茅草。」他回答她：「妳要的鹹味香味，都是靠它。」

「好神奇。」嵐顏拈起一片菌菇，鮮得讓她直眯眼睛，「你什麼時候放進去的？」

「在妳看風景發呆的時候。」

「你……」她終於嚥下了口中的食物，一臉崇拜地看著他，「你以前是廚子嗎？」

「不是。」他笑著回答，「只是當你身邊有一個完全不會做飯又喜歡吃的女人的時候，什麼手藝都會鍛煉出來。」

女人？

這不是從他口中第一次提到這兩個字，但卻是第一次帶著感情，平平常常的一句話，透出的意思太多，多到連嵐顏都有點消化不了。

什麼女人，能讓一個男人甘心情願為她下廚多年？什麼女人，能讓一個浪蕩的男人時刻牢記在心？什麼女人，能讓一個男人在提及她的時候，眉眼間是帶著笑意的？

「別想多，是我娘。」段非煙竟然難得地解釋了。

嵐顏呆了下，「我沒想多。」

他有多少女人，心中藏著誰，和她沒什麼關係啊！

而段非煙手中撕著雞肉，難得地收斂了平日裡她最討厭的姿態，「我娘愛吃不會做飯，喜歡漂亮衣服不會女紅，獨愛幽靜住在山中還迷路，所以……」

嵐顏忽然笑了，她能夠想像有這樣一個娘親的時候，段非煙的童年是如何的悲壯了。

「那你爹一定很寵她吧？」她推測著。

能容忍這樣一個老婆，那男人只怕也非同凡響了。

「不知道，我沒見過。」段非煙回答得很乾脆，「不過我娘說他是個天下無雙的好男人。」

呃，她似乎又知道了什麼祕密。

「她做飯能燒了屋子，洗衣服要麼洗破要麼被河水沖走。」段非煙眼中流露著眷戀的光彩，緩緩訴說著：「不過她很樂觀，從來沒有過不開心，覺得人世間什麼都是美好的，買個包子吃都能樂上好久。」

這種性格，倒是與她有著幾分類似。

段非煙的手忽然抬起，停留在她的眼角邊，眼中滿是溫柔，嵐顏被他這個動作弄到一愣，竟忘了躲閃。

他的手又忽然猛地縮了回去，「妳吃完了沒？」

「啊？」嵐顏回神，「喔，吃完了。」

「那妳幫我碾些藥。」他丟給她一包草藥，「當妳對吃了我的烤雞的報答。」

好吧，吃人嘴短，以後還有些日子要指望他的手藝，她又豈敢不從？

嵐顏拿起草藥，抓起一旁的石頭砸碾了起來，對於吃她不行，對於草藥，身為妖王的她還是有些資格的。

她發現他丟來的藥大多普通，甚至丟在大街上也不會有人撿，但是最普通的藥草配合在一起，就是療傷的聖藥，以她對草藥的瞭解，這些藥方人界還沒有人用過，倒是妖族很常見。

「那瓶給我敷的藥，也是你自己做的？」她忽然開口。

「嗯。」他隨口應著，低頭搗藥。

「有藥方嗎？」

段非煙忽然抬頭，「我以為妳知道。」

心思被揭穿，她撇了撇嘴，只好低下頭繼續幹活。

「我知道妳想問什麼，不過妳既然這麼討厭我，還是不要知道得太多。」她的耳邊又傳來了熟悉的不正經聲音，「我怕妳愛上我。」

愛上他？嵐顏沒好氣地朝他翻了個白眼，而段非煙的衣衫順著肩頭滑下，露出赤裸的上身。

那日光線不清晰，嵐顏看得也不仔細，而此刻如此明亮的光線裡，她清清楚楚地看到，段非煙的後背密密麻麻滿是傷痕，那些傷痕不是粉色，不是在封城與她一起時受的傷，那些陳舊的白色疤痕，都彷彿隱藏著許多的祕密。

她看得出，這些傷痕中，有劍、刀、甚至還有鞭痕，一個個圓圓的疤痕則明顯是被香燒過的印子。

一個傷痕還可以說不小心，這麼多就……還是在後背，那麼留下印子的人，不會是他本人。

是什麼人，給了他這樣的虐待？

「好了嗎？」他回頭看她。

「好了。」她拿起手上的藥，為他貼上。

她沒有問他傷痕的來由，他也沒有提及，兩個人在安靜的默契中將他的傷裹好，就在她將他胸前的棉布包紮好的時候，他忽然回首，雙手撐在她身體的兩側，帶著邪笑的唇，慢慢地展開。

嵐顏下意識地保持著距離，「你要現在？」

警惕、緊繃，都在那身體逐漸傾斜靠近的時候，帶來了越來越大的壓迫感。

「我可不想妳剛吃飽，就吐出來。」他自嘲地說了句，那氣息撒在她的臉上，暖暖的。

嵐顏心裡沒來由地吁一口氣，雖然她答應了他，但是要她做到，總還是需要一點時間。

可惜她還沒來得及慶幸，他的唇就突然落下，吻上她的唇。

柔軟、溫情，與他本人給人的感覺完全不像的吻，很小心地吮上她的唇瓣，輕柔地齧咬了一下。

在她伸出手的一瞬間，他已退開。

「就知道妳不願意。」他邪惡地笑著，舔了舔自己的嘴唇。

「我好像沒答應這個。」嵐顏冷了臉。

段非煙搖搖頭，意味深長地笑了，拿起地上的大氅，轉身走出了山洞。

第二十一章 療傷？纏綿？

嵐顏坐在地上，呆呆地出神。

突然間，她站起身，下定了什麼決心似的，走出了山洞。

這一次找他很簡單，簡單到她走到山頂，就看到了那個枕著雙臂，仰望星空的男人。

她的出現，對他來說一點也不意外，他甚至只是聽到了腳步，就衝她招招手，拍了拍身邊的地面。

天邊一彎新月，倒是映襯出了漫天的星斗，長長的玉帶就在頭頂上方。

「許久不曾這樣看星星了。」他感慨出聲，道出了她正想說的話。

她也喜歡這樣躺在地上看星星，彷彿被無數目光注視著，昔年在妖族，在人間的小居所，她都愛這樣。

嵐顏忽然翻身，伏到了他的身上，雙手輕輕一拽，將他的衣帶拉開，掌心貼上了他的肌膚。

「怎麼，想通了？」對於這個動作，似乎也在他的意料之內。

「當然。」嵐顏回答得乾脆而簡單，「抗拒你，代表我不喜歡你，一場肌膚之親而已。若是我不抗拒你，可就麻煩了。」

一個女人若是不抗拒一個男人，代表她的接納，代表著她心裡的喜歡，如果她讓自己接納了段非煙，才是她自己最不能接受的事情。

段非煙的臉上，又露出了那種意味深長的笑，「所以說，妳是個聰明的女人。」

他翻身，將她壓在了身下。

手中的腰帶，輕輕覆上她的眼睛，「不喜歡，便不要看了。」

她該感謝他的體貼嗎？

嵐顏苦笑，當他的唇落在她的臉頰上時，她輕輕嘆了口氣，「別吻我的唇。」

「好。」那唇從她臉頰邊挪開，吻上了她的頸項。

嵐顏忽然覺得，這種感覺很不好。

看不到，也就不知道對方的下一步動作，身體也會對突然的觸碰產生更強烈的刺激感。當頸項被他親吻的時候，她甚至覺得自己就像是猛獸嘴邊的食物，下一刻就有可能被咬斷頸項。

他的吻很輕，輕到讓她癢，癢到戰慄。

那雙唇，流連在她的鎖骨邊，慢慢地舔過，猶如品嘗著天下最美味的東西。

他能不能不要調情，這簡直比凌遲還要讓人覺得折磨。

「我從來沒有這樣被女人對待過，妳不要讓我覺得在強姦好不好？」某人似乎比她更無奈，「我也沒伺候過女人，如此努力妳能認真配合點嗎？」

「噗。」嵐顏不由自主地笑出聲。

她的手掌貼上他的胸膛，輕輕劃過他的背心，摟住他的腰身，她喜歡他腰身帶來的觸感，緊繃下蘊藏著無窮的力量。

段非煙身姿清俊，玉樹海棠，如果只是欣賞身體，她沒有任何可挑剔的地方，手掌下的觸感、曲線，都完美得讓她驚歎。

她的手指在他的脊線上來回劃動著，感受著腰線的凹陷，臀線的挺翹，耳邊是他低沉性感的笑聲，「喜歡嗎？」

他的聲音一直很獨特，語調懶懶的，尾音也拉得長長，有意無意地散發著勾引，在看不到臉的情況下，這聲音就像小爪子，撓著她的心口。

「什麼都不要想，只感受就好，當是妳在練功，我只是練功的工具。」他的唇在親吻中，娓娓說著。

的確，論這種沒有感情的歡愛，把對方當做練功的工具，他的確比她更有經驗。

寒玉功是陰寒之氣彙聚的武功，自當由陰寒體質的女子來練最好，而他身為陽氣之身的男子，自身彙聚的陰氣無法排出，就只能藉由歡愛極致時的釋放，將寒氣送入女方體內，可這樣的方法終究只能釋放一部分，因為平凡的女子，是無法做到主動吸收他體內的寒氣，而寒玉功的寒氣太過陰毒，沒有純陰之脈的女人吸收過度之下，也勢必將因此而亡，他如果不想害人，又找不到純陰體質的女子時，唯一能做的，就是不斷換床伴了。

這一切，嵐顏都明白，卻不願意為自己看他順眼找藉口，想讓自己不喜歡一個人，那麼就是讓自己極度地厭惡。

但是她也知道，她的妖族體質能夠徹底吸收他體內的寒氣，八脈絕陰不僅能吸收，還能劃歸己用，讓她的妖氣再上一層樓，讓她的妖丹壯大。

他也會因為這種反噬寒氣被排出，徹底擺脫對筋脈的桎梏，從而武功不受寒氣限制。

這是一場他第一次見面就說對的兩個字：雙修。對他們彼此都有利的雙修，互為對方的爐鼎，成就兩個人的雙修。

他用短短的幾句話，讓她放下一切，因為唯有功力精進，她才能對付四大主城，保護她的妖族。嵐顏釋然了，也放開了。

她的手指，輕鬆地在對方腰際打著轉，聽著他喉嚨間傳來的性感悶笑，「別挑逗我，癢。」能掌控他的感受，這滋味似乎挺好的。

那唇，已經貼上了她胸前的一處高聳，她能感受到那飽含溫潤的熱度含住她的敏感，舌尖輕輕打著轉，很快，另外一側就被粗糙的大掌包裹著，完全掌控。

猶如被捏住了心臟一樣的掌控。

這個男人，以他豐富的經驗，讓她瞬間失守，太混蛋了。

明明是極致溫柔的動作，卻有著讓人無法抗拒的力道，每一次撥弄，都讓她的力氣一點點地喪失。

現在的她，雙手唯一的力量，就是攬住他的背，軟軟地掛在他的腰上。

再是沒有內功受傷的男人，也有著足以征服女人的力量，何況還是在這種情況下。她感覺到他的唇，在慢慢地滑下，妖霞衣早已在她身體兩側被攤開，此刻的她，赤裸地在他面前綻放著。

那舌尖，像一尾靈蛇，舔過她的腰際，她躲閃著，「別，癢。」

壞笑聲又起，似乎是在告訴她，這是對她剛才行為的報復。

「不要。」她扭動著，卻被他按著身體。

「我從來沒伺候過人，好好享受如何？」那聲音就像是迷幻的春藥，讓她無從擺脫，又想放任自己。

唇瓣吮過她的肚臍，舌尖在其中繞著繞著，她扭動著，他卻越發地挑逗起來。

身體，在親吻中痠軟。

當他的唇再度向下的時候，她的身體又一次緊繃了起來。

可那唇卻忽然換了方向，從小腹移向了一側的大腿，細細密密的吻，大腿、小腿，乃至腳腕。

當濕潤包裹著她足尖的時候，她倒抽了一口氣，想要抽回腿，卻發現自己的腳腕早已經在他的手掌掌控中，這一抽，卻讓她的腿抬得更高，被他架上了肩頭，最為隱祕的部位，被他的目光巡覽著。

視線被遮掩，她也能感受到他目光中的炙熱，感受到他一寸一寸在自己肌膚上來回移動欣賞的光芒。

他的手指，撫摸上她敞開袒露的神祕之處，在花瓣處輕輕地撫摸，她剛剛抬起的手腕，再度無力軟倒了回去。她輕聲喘息著，身體顫抖。他太懂得女人的身體，她在他面前，完全無力反擊。

也許是因為寒玉功的原因，他的體溫比一般人要低些，那手指也是微涼的，這種冰涼在此刻卻讓她的感受格外清晰。

自己最為炙熱的部位，正在被他清涼的手指觸碰，每一次觸碰都那麼明顯、那麼清晰，他就像把玩最精緻的物件，不斷撫弄著她。

她的手貼上他的小腹，感受到了他緊繃卻急促的呼吸聲，再向下，就是某個熱燙的部位，被她攏在掌心中。

她又聽到了那悶笑的聲音，輕輕地在她耳邊流淌，「妳想要我嗎？」

不是「我要妳」，而是「妳想要我嗎？」看上去是將主動權交予，卻又何嘗不是另外一種主動權的宣誓。

他知道她要，偏偏等她開口。

果然這男人的心機，在任何時候都這麼混蛋。

她的手忽然收了回來，貼上自己的眼，將那方一直遮擋在自己眼前的腰帶輕輕拉開，一雙水眸妖媚的眼睛，幽幽地望著他。

嘴角，輕輕綻放了笑意。

腰身，軟軟地擺動了下。

雙手，勾上他的頸項，將他的身體拉向自己，淺淺的呻吟，從口中飄出，酥媚入骨。

他雙手一抱，將她整個人抱坐在懷中，她雙腿盤在他的腰間，被他的力量帶著慢慢坐下。

面對著面，近到能從對方的眼瞳中，看到自己的影子。

近到對方每一次歎息，都是暖暖的氣息打在臉上。

身體，被他撐開，偏偏不是一次地深入，而是一點一點緩緩地落下，就像他要將這一次的感覺，讓她在折磨中牢記。

星空下，山崖邊，兩個人釋放著最古老的吟詠，任風吹亂彼此的髮絲，在他們摯愛的萬千注視下，交纏著。

嵐顏不得不承認，段非煙的技巧實在是太高，每一次深入，每一次抽離，都讓她欲罷不能，明明是他在掌控著節奏，卻彷彿讓她覺得是自己在占有他，妖王的滿足感，在這一刻被他完全給予到了極致。

當他完全深入進了她身體中，她體內的妖丹開始飛速地轉動，像是尋找到了摯愛的夥伴，蟄伏的真氣也甦醒了過來，在她的身體裡轉動後，順著彼此貼合的部位，進入他的身體裡，又快速地回到她的身體裡，每一次回來，都陰寒上幾分，但進入她的妖丹後，就是充沛豐盈。

這個男人不僅在身體上滿足著她，也在妖氣上滿足著她，同時的饜足感，真是愉悅得無法形容。

但這寒氣越深入，她越是察覺到一縷不對勁的地方。

就在兩人同時攀越上巔峰之時，她低垂下頭，在他小腹之下右側的位置上，看到了一個紅色的花瓣痕跡，這個痕跡很淡，淡到幾乎一晃而散，卻沒能逃過她的目光。

一場酣暢淋漓的歡愛，幾乎掏盡了兩個人所有的力氣，他仍然在她的體內，擁著她靜靜地喘息。

「你，到底是什麼人？」嵐顏卻抬起了眸光，冷眼看他。

「這……」段非煙低頭看著兩人依然緊貼的部位，「這是用完就要犧牲爐鼎了嗎？」玩笑間，他閉上眼睛，卻是一派舒適愜意的表情。

「你體內有妖氣。」她冷冷開口，「我在你身上看到妖族的印記，你不可能是普通人。」

終於明白，為什麼段非煙對她有著天生的吸引力，為什麼寒玉功這種根本不該男人修行的武功他能練到頂級還沒死，因為他的體質，因為他的身體裡有妖族的血。

但是這血，又不像她一樣是純正的。在妖族中，每一族都有自己獨特的印記，無論幻化的人形為何，一定會有妖形的印記。而這印記就像是人的痣，無法抹去。可他身上剛才那一抹花痕，卻是淡淡地浮現，無聲地消失。

「你是妖族與人類的孩子？」她猜測到一個可能。

人族與妖族雖然早已是界線分明，但這樣的事情卻也並不是沒有可能，剛才她與段非煙的歡愛時，她就感受到了他體內的妖氣與血脈，身為妖王，她不可能感受不出來。

「就知道騙不了妳。」他歎息著，目光裡還是一貫不正經的笑意，「妖王就是妖王，藏都藏不住。」

「花妖一族的後人？」她的手點上他小腹側，一縷妖氣逼入，那朵淡粉色的花又一次浮現，薄如蟬翼的花瓣，彷彿迎風就要碎散，動人至極。

「寒玉功，花妖冰蓮。」她喃喃地說道：「我早該想到的。」

段非煙沒說話，只是輕輕閉上了那雙眼睛，似是無聲地回答。

「你救我，因為我是妖族的人。你在封城中那樣捨命相護，也因為我是妖族的人，對不對？」所有不解的事，都因為這個答案而有了結果。

他對妖族，有著血脈親緣，所以他會救她，也願意為她犧牲，只是他不願意說，因為……不想她知道他真正的心思。

他知道她嫌棄他，索性就保持著她的嫌棄。

「妳，能不能當做不知道？」他撩了撩髮，將妖霞衣裹上她的身體。

「為什麼？」嵐顏皺眉。

而這一次，她又看到了段非煙嘴角邊意味深長的笑。

嫌棄，才不會有感情的牽絆。

若知曉他妖族血脈的身分，知曉他是真的義無反顧地為她，所有嫌棄都會在情感下被拋棄。血脈已是吸引，若有了感情的牽絆，他們之間就真的說不清楚了。

他輕輕地抱起她，「天亮了，妖精該回洞了。」

第二十二章
段非煙的身世

一夜，已是那般彼此合適，之後的幾夜，怎麼辦？

嵐顏的頭，很大。

唯一讓她覺得慶幸的是，在知道了他的身分之後，段非煙反而不再逗弄調戲她，與她接觸的時間也越來越少，更多的不是在山巔聽風遠眺，就是在水畔獨自沉思，唯有到了飯點，她的面前會出現好吃的。

他體內的寒氣是多年沉積下來的，只有在行功之後，才知道是否徹底清除，那些進入她體內的寒氣，她也需要時間來慢慢消化，畢竟現在的她，還沒有完全恢復。

兩人分離的時間，就這麼被拖延了下來，等待、相處、面對。

溪水畔，熟悉的地方、熟悉的紫金色大氅、熟悉的人盤坐在大石頭之上。唯一不同的是他的大氅沒有披在身後，而是攤放在膝上，中間沉甸甸的像是放著什麼。

嵐顏走進一看，發覺那大氅中，兜滿滿著都是花瓣，重重地墜著，而段非煙則愣愣地看著那一兜花瓣出神。

褪去了身上的保護色，現在的他病弱秀美，身上透出幾分妖的靈氣，在綠樹清溪旁，就像一叢盛開妖豔的花朵。

不知道為什麼，自從知道了他的身分，看到他的這個動作，總覺得有幾分悲涼，嵐顏遠遠地望著，不知道該靠近還是該離開。

「妳又在好奇什麼？」段非煙卻已經先開口了，打破了她不知道該進還是該退的尷尬。

她搖搖頭，「沒有。」

段非煙的手輕輕拍了拍身邊的位置，她走了過去，在他讓開的位置上坐下，「你的病才好一點，就有資本糟蹋身體了？」

他低聲輕輕笑著，那薄薄的唇勾勒著誘惑的線條，「關心我？」

早知道就不多話了，不過一句順口的問候，就被人抓著不放。

她還是不要和這種人多說話，離得遠遠的好些。

就在她打定了主意再也不要多廢話的時候，他卻先開了口：「想聽我母親的故事嗎？」

嵐顏能說不聽嗎？當然……不能。

他捧起一捧花瓣，手指張開，那花瓣順著手指縫飄飄落下，落在水面上，順著溪水一晃一晃地飄遠，一彎小溪水上，是長長的花瓣痕跡，直到視線的盡頭。

「自從百年前的事之後，妖界就蟄伏了，所有人都以為妖族不再與人界有交集，但總有那些不信邪，天生善良的妖，以為自己只要藏好了，就不會有事。」

他說的是自己的母親嗎？

「她愛上了人類，為他生了孩子，等待著那男人來接她，蟄伏在山中不願意離開，最終卻被他人發現了行蹤與身分，即便知道危險，她依然不願意離開那個地方。」他忽然抬起頭，望著她，「妖女癡情，妖族人是不是都這麼執著？」

她無法回答，他話中的意思，又彷彿是在問著她百年前的義無反顧與現在的戀戀不捨。她是癡情，那他呢？這個有著妖族人一半血脈的男人，又是什麼樣子的？大概，是最為不屑這樣癡情的。

段非煙繼續說道：「我看著她被人抓走，對方不知道我的存在，我就用各種方法混進他們的城中，無論是給人當小廝、奴僕或者差點成為孌童，我都無所謂。我在牢獄裡見到了已被折磨得奄奄一息的她，她將妖丹和她的功力全部偷偷輸給了我，只告訴我，如果有機會，回到小屋邊，等著我爹爹回來接我。」

段非煙的手揚起，那一瓣瓣的花瓣在她面前如雨紛飛，「我進鬼城，在那裡打擂臺，那時候的鬼城沒有秩序，只有殺戮。我用十年的時間在那裡站起來，成為鬼城之主，建立暗影血宮，只希望有一天能為她報仇，我幫妳，也指望如果妳真的有本事，為我找到她的魂魄，告訴她……」段非煙忽然苦笑了下，「我讓人在那茅屋旁守著，可惜，那個人始終沒有來過。」

他心裡明明是愛著她母親的，只是那深愛中又藏著多少怒其不爭後的悲傷？他如果真的沒有希望，又何必真的讓人一直在那守著呢？

人，總是矛盾的。最討厭的，說不定是口是心非之下最不願意面對的。

眼前花瓣如雨飛墜，她側臉望著他，他的眼神定定地望著溪水中的花瓣，目送著它們遠去。

「你在懷念她？」

原本覺得不讓花入泥而逐水遠去很矯情，尤其是一個大男人做這種事，可聽到他說的故事後，無論怎麼看他這個動作都不會覺得違和。

段非煙忽然抬頭看她，嘴角邊勾起一抹淺淺的笑，這笑容與那雙總是飽含著各種心思的眼神放在一起，說不出的勾魂攝魄，她第一次覺得他的笑容不那麼噁心了。

「我只是覺得這個花瓣飽滿，很適合做甜點。」這忽然的一句讓嵐顏措手不及，「可惜收集完了才想起，沒有麵粉，所以只好倒了……」

那笑容在嵐顏驚訝的眼神裡不斷變大變大，越來越壞。

忽然他的手抬起，紛紛揚揚的花瓣兜頭淋下，她的世界完全被花瓣遮擋，眼前全是飛舞的花瓣，紅的、白的、粉的。

就在這個時候，段非煙忽然伸手一推她，大笑道：「花瓣這麼香，若不是洗個花瓣澡豈不是對不起自己？」

嵐顏身體一晃，朝著溪水墜去。

人在空中，身形快速變換，她擰腰、旋身、快速飛掠而起。

那些落在她身上的花瓣因她的動作而飛旋，圍繞在她身體周圍，層層疊疊，像是身上的翎羽般，這一次，天邊流霞也不如她流光溢彩。

當嵐顏站定，氣憤地瞪著段非煙。

他卻雙手抱肩，老神在在地露出欣賞的神情，半點沒有為自己剛才使壞的動作道歉的意思，「就知道這樣會很美。」

嵐顏徹底氣結，這個傢伙原來早就打了這個主意，幸虧她反應快，不然……

嵐顏的心頭閃過一抹壞心思，隨興而慵懶地往石上一坐，「故意說著好吃的，就是為了讓我分神，倒是算準了我的性格。」

段非煙笑得得意，「只是想知道漫天飛花是什麼樣子，可我是個大男人，自己舞起來總不美妙，也就只能讓妳來滿足一下我的想法了。」

嵐顏嘴角一勾，那雙眼睛狐媚而勾魂，「那你又如何滿足我呢？」她的腿翹在石上，姿態懶散，半倚著石頭，手指間玩弄著一片花瓣，輕輕以花瓣就口，在唇瓣間齧咬著。

段非煙走近她，手指撫上她的唇瓣，那枚花瓣落入他的手指間，被他含入口中，這個動作曖昧而恣意，讓她不覺呆了。

那花瓣上還沾著她的口水呢，現在在他舌尖翻捲，不知為什麼，她的心竟然有些跳亂了。

「別躲啊。」他忽然靠近，雙手撐在她的身側，那近在咫尺的面龐帶來巨大的壓迫感，「敢做就別跑。」

嵐顏下意識地想要拉開兩人間的距離，奈何她後退一點，他更靠近一點。

果然，有些人是不能調戲的，比如他這種沒羞沒臊的。

「還是妳覺得，我滿足不了妳？」他又一次開口。

如果是別的男人來說，總難免有些自大的成分在其中，而在段非煙說來，卻是如此自然又自信。

沒羞沒臊到如此自信的，天下間也沒幾個人了。

嵐顏再度往後挪了挪，段非煙的身體越壓越低，忽然間嵐顏的手貼上他的肩頭，猛地推了下，「花瓣浴這麼美，你不洗洗對不起你撒了這麼久啊！」

段非煙的身體猛然朝後倒去，嵐顏快速地縮回手，準備看好戲，不料手腕一緊，卻被他握住。

他帶著她，在她的驚呼中，雙雙落入水中。

嵐顏不是不想掙扎，而是被他抓著，實在用不上力。

她分明從段非煙的眼眸中，讀到了壞笑。

他是故意的，他一直都知道她要幹什麼，等的就是這一下，她忘記了，當寒氣被她吸走，他的內功也可以開始運轉了，再也不是毫無武功的人。

「撲通。」兩個人的身體濺起巨大的水花，冰涼的水淹過她的身體，她從水中狼狽抬起頭，狠狠地抹了把臉。

不知道什麼時候，他已經放開了她，靠在石壁旁，任水流沖刷著身體，那衣衫被水浸濕緊貼身體，俊健的身形完美地展現，在她眼中若隱若現。

「你厲害，我認栽。」嵐顏承認自己不該和他玩，這男人沒什麼不敢玩的，倒楣的只有自己而已。

她越過他的身旁，想要爬上岸，而他還是那副欣賞的表情，看著她的狼狽。

就在她的手撐上岸邊準備一躍而起的時候，衣衫上忽然傳來一股大力，她又一次被拉入了水中。

嵐顏再度回頭，那始作俑者表情無辜，卻笑得壞，雙手一環，將她攬入自己的懷抱中。

頭低下，她的衣衫早已經吸飽了水，沉沉地往下墜，從肩頭滑脫，露出一抹雪白細膩的肩頭。他的唇，就這樣暖暖地貼上她的肩頭。

她的視線被他的動作牽引，看著他親吻上她的肩頭，舔走一片殘留在她肩頭的花瓣，帶走了花瓣的香，留下的是他唇瓣的溫度，久久不散。

那唇，從她的肩頭挪向了她的鎖骨，她能感受到那一點點顫抖的氣息，熱熱地灑過，在那優雅的頸項間來回游移，劃過她的臉側，貼上她的耳垂，含住。

寒玉功受寒氣的牽引，兩人身體內的妖氣呼應，這個男人對她來說，越來越無法抗拒。

此刻的段非煙，忽然輕輕將她轉了過去，那暖暖的吻，貼上她的背心，上下游移著。

水波中，他從身後慢慢地進入她，不讓她看到自己的臉。但這一次，瘋狂而激烈的交纏，讓她無暇去想、無力去想，只能將所有的力量，調動著彼此的內息，在那一波波激烈的顫抖中，把他的寒氣盡悉轉入自己身體內。

而她的身體，則完全地交給他，由他主導一切。

第二十三章

為妳擋盡一切天劫

不知不覺，半個月已經過去，當圓月升起當空，嵐顏沐浴在月光之下，身體舒展著，暖暖的氣流從身體深處生起，妖丹從口中飛出，在空中滴溜溜地旋轉著。

華光四射的妖丹，肆意地吸收著天地靈氣，火紅的尾巴在身後張揚飛舞著，妖丹周邊跳動著紅色的隱隱流光，彷彿正在一點點地漲大。

漲大的原因不僅僅是因為天地的精華，還有她從段非煙身上吸來的寒氣，都在被她吸收後，成為她功力大漲的原因。

她仰首向天，雙唇微張，那妖丹帶著熒熒之光沒入她的口內，滑入腹中。充盈的氣息，在她筋脈中流轉，只要這一個周天之後，她肯定自己的功力會突飛猛進再上一層。

最初，她只是融合了秋珞伽的妖丹，而現在的她，是真正的在這妖丹中充入了自己的精氣，完完全全將妖丹劃歸己用。

再有半個時辰，她會向所有人證明，她嵐顏不僅沒有被打倒，功力還更精進了。

縱然是妖族的前任妖王，都沒有人能達到這樣的境界，她嵐顏就快要做到了。

有人說是她的任性將妖族帶入了萬劫不復的境地，在她心中這是一個無法抹去的痛苦，她嵐顏不說，始終的念想就是重振妖族，她要妖族不再被壓迫、不再躲藏，而這一切，都需要一個強大的族長。

她會彌補曾經的錯，她會讓一切改寫。

就在這個時候，明亮的月色忽然消失，天邊飄過一朵詭異的雲，朝著她的頭頂上方而來。

該死的，天劫！

她居然忘記了這一齣，前世，五百年才會遇到一次的天劫，因為她強大的妖丹而引來天劫。以她的經驗，這一次的天劫並不難度過，但是現在她不能分神。一旦她抽身去應付天劫，她所有的努力，將功虧一簣。

只希望這天劫來得慢一些，再慢一些。

可惜她內心的祈求上天並沒有聽到，她聽到了隱隱雷動的聲音，看來第一道天雷就要來臨了。

而氣息已到丹田旁，嵐顏心一橫，她決定以身硬扛，只要不死，一旦周天圓滿，她就能成功。

受傷算什麼，比不上她功力成形，她是個敢賭的人，也是個願意去賭的人。

雷聲轟隆隆的，撕裂天地的寧靜，一聲接著一聲，在雲團中醞釀，忽然天空亮如白晝，一道巨大的閃電劈下。

所有能運起的氣息縈繞在身側，她相信這一下她絕死不了，頂多重傷毀容燒成個禿毛狐狸。

在天劫中能毫髮無損度過的妖本就少之又少，身上多多少少都會留下天雷燒過的痕跡，而這種痕跡，不是之後用妖力就能修復的，這對於愛美的妖族人來說是遺憾，但是比之性命，又算不上什麼了。

醜就醜吧，她不在乎！

那天雷落下，瞬間打破她身體的防備，那些防禦在天雷面前，顯得那麼渺小，她等待著，等待著那可怕的痛苦降臨身上。

就在這個時候，一道劍光貼上她的身體，強大的電光瞬間轉移。

她的眼前，一道紫金色的人影飛起，帶著電光如隕落的流星，遠遠地落在地上。

段非煙，怎麼會是他？

嵐顏心頭一驚，真氣差點亂了。

他不要命了嗎？這是天劫，是只有到了五百年功力的狐妖才要經歷的天劫，他以為自己是什麼？

他不是妖，就算有妖的血脈，也不過是個半妖，再強悍的人身在天雷面前都會灰飛煙滅。

如果不是一部分的力量被她身上的防禦抵消，如果不是他身上寒玉功的妖力，只怕他早就死透了。這個不知道好歹的傢伙，天道都敢挑戰，天底下還有比他更瘋狂的人嗎？

一直說他懂得權衡，知道利弊，這個時候他插進來幹什麼？她頂多就是受傷，而他是死定了的。

感應到地上的人動了動，嵐顏心頭略微放下一絲擔憂，至少他還活著。

而第二道更加猛烈的雷聲已在頭頂響起，讓她無法分神去擔憂他，嵐顏的丹田已經開始瘋狂吸收筋脈中的氣息，只差一點點，就差一點點了。

此刻的她卻發現，那地上原本重傷的人，忽然單手撐起了劍，晃晃悠悠地站了起來，朝著她的方向一步一步行來。

嵐顏急了，卻無法開口。

這個傢伙是豬嗎，剛剛才被拋出了天劫雲的範圍，他為什麼還要回來？

剛才已是幸運，依照他的狀況，他絕對不可能再抵擋第二波的天雷，他如果再瘋狂下去，下場只能是在天雷之下，成灰。

──不要，不要過來！

但是段非煙聽不到她的聲音，就算聽到，以他此刻堅定的腳步，也不會聽她的。

一個太過強勢的男人，對於強勢的女人來說，是個災難般的存在，如果嵐顏現在能起身，如果她有力氣，她會在天雷之前先劈死他。

她花費了這麼大的力氣救他，與他纏綿激情吸取他體內的寒氣，不是為了看他被劈成燒雞的。

他蹣跚著、掙扎著，紫金色的衣衫上全是焦黑的洞，髮絲凌亂地貼在臉上，唯有那髮絲後的雙瞳，堅定有力。

一步步，踏入天劫雲下，站到她的身邊，他張開雙臂，那破爛的大氅飛揚著，強大的氣勢以決絕無悔的態度，將她攬在自己的羽翼之下。

那指天之劍，更是宣告著一個男人的決心，性命算什麼，他要保護的人，就是老天都不准收走。

這個狂妄的男人！

雷電閃動，段非煙的身上飛散出白色的真氣，那是她也從未見過的寒玉功中的妖氣。

而這妖氣的散發，更加激發了雷動，那翻滾的聲音幾乎要撕裂天地。

他不知道妖氣會增加天劫的狠厲嗎？半妖之身在加重的天劫之下……

嵐顏放棄了進階，她不敢再賭下去。準確地說，她不忍心拿段非煙的命去換自己的精進。

電光在雲層中閃耀，她知道此刻他們兩個人都已在天劫雲的結界之中，就算她要他出去，他也不可能出去了。

她睜開眼睛，望進的是一雙邪魅的笑眼。這個時候還笑得出來，也只有這樣的男人了。

他手中的劍朝天，如果這天劫雷劈下，一定會被他先引走，如果他死了，妖氣一散，天劫雲就會自動消失，她也就安全了。

她知道他的想法，卻不允許他這麼做。

他是個強勢的男人，她也是個絕對自我的女人，她不答應的事，就不會讓它發生。

就在嵐顏準備強行收掉真氣，放棄的時候，段非煙的手指忽然點上她的穴道。

她心頭無數市井髒話在飆升，他居然看破了她的想法，還比她更快一步！草！草草草草！

「我一直都比妳聰明，不是嗎？」那邪魅的笑容在無限放大，他的聲音還是那麼沙沙的，性感無比。

這個時候是比誰更聰明嗎？他很自豪嗎？能猜中她的心思，比她更快一步，就這麼值得開心嗎？

「當然。」某人又一次看穿她的心思，那頭低下，在她唇角邊淺淺落下一吻，「這不算吻了唇，妳應該不會生氣吧？」

生氣，她現在快氣炸了！他居然還有閒心去管她不喜歡他吻自己的唇，這算什麼，死前的告別嗎？

電光，已落下。

他抬起頭，從容張開自己的妖氣，包裹住她。

嵐顏身上忽然飛起兩道光芒，在電光將落未落的時候，迎了上去。

一道蒼藍，一道雪白。

光芒並不刺眼，卻有著醇厚而獨特的氣息，小小的光芒迎上天雷，那天雷落勢頓時黯淡不少。

她知道，這是神獸的氣息。

是蒼麟與白羽師傅留在她身上的氣息，這氣息會降低天劫雲的威力，但是終究還有餘威落下，落在他的身上。

段非煙的身體一晃，直接跪倒在她身邊，卻終是撐住了。

他抬起笑臉，那散亂的髮絲下，一雙眼眸明亮無比，「還有一道是嗎？」

他要幹什麼？

天劫雲中的隆隆聲更重了，無數道閃電在空中舞動，兩人的衣衫被吹得獵獵飛起，段非煙極緩慢地伸出手。

她看到，他的掌心中有一道焦黑的傷口，正汩汩地淌著血。

那雙手一環，將她死死抱在懷中，他明明已經站不起來了，卻還這般固執，以全身的真氣，在她身上張開護衛的牆。

天劫雲滾動中慢慢分開，無數道閃電在中心彙聚，最終形成一道光柱，那光柱從雲層中射出，直擊兩人。

嵐顏的眼中，那無比刺眼的光線中，段非煙卻還是笑得那麼肆意，比這光芒還要刺眼萬倍。

她的身體忽然動了，反手一抱他，紅色的光牆在兩人身外撐開，那巨大的光柱與光牆碰撞著，激蕩了兩人的衣衫與髮絲，她緊緊抱著他，眉頭緊皺。

光柱越來越強，但那光牆始終沒有變黯淡，長久對抗著，明明只是幾個呼吸的事，卻彷彿千百年這麼久。

被她抱著的人，一直望著她的臉，笑著。

明亮的光線忽然一暗，那笑容在她眼前消失，嵐顏劇烈地喘息著，整個身體麻木僵硬。

剛才那沉重的壓力，讓她完全無力起身，保持著這個姿勢，等待著那強烈的麻木感過去。

雲層不知何時散去了，又恢復了那明月星空的雲淡風輕，除了兩個狼狽的人，彷彿什麼都沒有發生過。

她也終於再度看到了那張容顏，他靠在她的臂彎中，虛弱地開口：「恭喜。」

恭喜？他媽的，他劫後餘生說的是這麼兩個字？

誰要他恭喜了，她進階不進階關他屁事！嵐顏只覺得一肚子的火氣無處發洩，憤憤地憋出一句話：「你他媽的每次都這樣不顧我的意願跑來救我，每次到最後都是老子救你！」

她氣到口不擇言，又忘記了性別！

段非煙一笑，「那救命之恩，以身相許，以後我就是妳的人了。」

第二十四章 離別之吻

如果可以，她會一巴掌拍死眼前這個男人。

如果可以，她還想一腳踹死段非煙。

如果讓她重新選擇，她一定會說：「讓天雷劈死眼前這個不知死活的傢伙吧！」

但是一切都只是如果，她沒有選擇的權利，她也沒辦法真的拍死他，所以她只能當做沒聽見。

「第一次見識到妖族的天劫，原來是這個樣子啊。」他倒是很新奇的樣子，半點不在乎自己此刻的傷，「不知道我這個人類度過天劫，能不能再活五百年？」

對於這個人，嵐顏已經不知道該如何表達她的心情了，大概只能翻一個白眼。

「看來這裡我們是不能再待了。」他感慨著，似乎很有點捨不得的意思，嘆息道：「天劫這麼大的動靜，若是普通人，或許只當做是下了一場雷雨，但是在封南易那種人看來，只怕不會那麼容易被騙過去。」

嵐顏知道他說的沒錯，這裡的確不能再待下去，幸運的是，他體內的寒毒已經被驅除了，至於身上這些傷……

「皮外傷而已。」段非煙看看手，掌心那道焦黑的傷口觸目驚心。

「天劫的痕跡，不會消散。」嵐顏低聲說著，望著那道傷口。

對於妖族的人來說，如果能歷經天劫活下來，這傷痕就是榮耀，是值得炫耀的，而對於他來說，似乎有點無辜。

段非煙眉頭一挑，「居然無法消失，我竟然不知。」

他隨即笑了，「不錯，幸好沒劈在妳身上，否則毀容了，那就太讓人下不了口了。」

嵐顏終於忍不住了，一腳踢了出去，他飄身飛退，穩穩站定，看來經過一段時間的調息，他的傷沒有大礙了。

「妳要跟我去鬼城嗎？」他沉思了下，似是不想開口的話，還是問了出來。

嵐顏搖搖頭，「不。」

這個答案應該早就在他的心中，段非煙沒有任何意外，點了點頭，「那妳是要去原城了？」

嵐顏笑笑，不置可否。

「好吧，我知道我沒有權力過問，畢竟當初說好，從此只是路人。」段非煙明瞭地自嘲，「妳先走吧，我目送妳。」

又是讓她先走，自己留下。

「先走的人通常比較絕情，留下的那個才堅強。」段非煙隨意地笑著，「但是我無心，所以談不上堅強。」

這個男人的強勢她也見識過了，也不打算跟他繼續糾纏下去，她點頭接受了他的提議，兩人並肩而行，同時選擇了那個山巔的位置。

「我能問你，你的仇人是不是四大主城中的人？」這是她從他之前的話中猜測到的。也唯有四大主城的人，才會對妖丹有那麼覬覦的心，能讓花妖冰蓮都無法反抗，能讓段非煙到現在還沒能報仇。

「那是我自己的事，妳不該過問的。」段非煙忽然提醒她。

他們之間的約定，就是互相不過問、不相知。

「花妖是妖族的人，我身為妖王，有資格過問。」她的話，也讓他沒有反駁的餘地。

段非煙想了想，「下次，若妳我還有緣相見，我告訴妳。」

下次還有緣，代表彼此之間牽絆未斷，也算是天意，再將兩人間共同的事情說出。

不算長的路程，很快就到了懸崖邊。

段非煙還是那最初相見時的模樣，大氅披在肩頭，褻衣半敞，露出一抹白皙的胸膛和健朗的胸線，雙手抱著肩頭，笑望著她。

唯一不同的是，那笑容，再也不讓她覺得猥褻和邪惡。

「怎麼，捨不得嗎？」那低低性感的嗓音，也不再讓她覺得是在調情的不正經。

嵐顏笑笑，衝他勾勾手指。

那性感的眼角挑了下，閃過一絲不明白的光，「還有交代？」

當他的臉湊上的一瞬間，嵐顏單手勾上他的頸項，湊上自己的唇，吻上那兩瓣薄唇。

柔軟的唇與他緊貼，在他不及反應過來的剎那，已經將舌尖送入他的口中，輕輕滑過他的唇舌，與那溫熱糾纏了下。

段非煙竟然沒有半點反應，似乎是完全沒想到她這個動作，被她占據了主動。

嵐顏嫣然一笑，放開他轉身就走。

就在轉身的一瞬間，腰身一緊，被他狠狠地拉了回來，圈在懷抱中，炙熱的吻落下。

那唇，狂熱地占據了她所有的氣息，掠奪走她所有的呼吸，翻攪著她的唇舌，兩人的吻糾纏著，幾近吮咬，他咬疼了她的唇瓣，卻還不肯放開。直到兩人的口中，瀰漫起淡淡的血腥味，他才鬆開了放在她腰間的手。

舌尖，舔過唇，含笑。

嵐顏轉身，毫不遲疑地朝山下掠起，衣袂風聲裡，紅色的人影漸漸不見。

此刻，段非煙一貫噙在唇上的笑容才漸漸地收斂，眼神中的光彩變為深沉，他的手指撫在唇畔，望著虛空中，衣袍飛舞。

轉身，離去。

山巔，又恢復了平靜，無論什麼人來過、什麼人走過，這裡還是這般空曠，見證著愛恨別離，最終化為虛無。

嵐顏應該出城的，現在的她要離開封城一點也不難，在原城還有等待她的管輕言，在松竹禪還有與她有約的曲悠然，但是當她落在山腳下的時候，腳步卻一轉，換了方向，她要去的地方是封城。

從一開始，她就沒有打算離開。

妖族的復興，就從封城開始，她一定要破壞那層護衛著神獸靈丹的怪異之氣，若不打破那層氣息，封南易的野心就不會停止，想要讓封南易死心，就是從此讓他再也沒有指望。

妖族與封城的百年恩怨，也應該算一算了。

既然那包裹著神獸靈丹的怪異氣息，是封家百年的精魄所在，那麼唯一打破這精魄的可能，也就存在封家身上。

她現在能想到的人，只有封千寒。

他是封家的血脈，他的血一定會有用，就像她破除地下室那封印一樣破除那精魄，只是……她又要與封千寒對上了。

回到封城中，那坍塌的半壁城牆已經在修復中，而整座封城裡，處處洋溢著喜悅的氣氛，為了封城中最大的一樁喜事──少城主封千寒與依城依泠月姑娘的訂婚之喜。

這是城主在半個月前親口許諾的親事，只要少城主封千寒親自到蒼靈樓下聘，這定親之禮就算是完成了。

蒼靈樓是嗎？

據說儀式盛大，不准旁人進來參觀，蒼靈樓整個都被依泠月包了下來，百姓津津樂道的是當年依泠月樓上墜下那朵鈴蘭花落入了封千寒的手中，因此成就了這段姻緣，才將定親的地點選在了蒼靈樓。

嵐顏無聲無息地落在屋簷上，這偌大的蒼靈樓唯有一處燈火輝煌，想來是依泠月的房間，為了等待明日盛大的訂親儀式而在妝點著。

嵐顏倒也不急，她翻身跳入旁邊的一間房內，等待著時機。

睡一個飽覺，明日找個機會混入人群裡，再追蹤封千寒，這是她現在打定的主意。

可就當她跳上床榻，準備美美地睡上一覺的時候，隔壁忽然傳來了讓她從沒想到的奇怪響動。

那是兩個人低低的交談聲，卻逃不過嵐顏的耳朵。

「依姑娘，還請妳不要再勉強，取消這樁婚約。」

這聲音，清冷有餘、溫暖不足，除了封千寒還能有誰？

「千寒哥哥。」依泠月的聲音嬌嬌嗲嗲的，讓隔壁的嵐顏一個哆嗦。

「依姑娘，還請莫要如此喊我。」封千寒的聲音越發的冷了，「妳還是叫我封千寒吧。」

「為什麼她能喊，我就不能喊？」依泠月的口氣有些不好，聲音也大了，「她喊了你十年，卻在擂臺上給你難堪，只有我才是真正喜歡你的人。」

「妳喜歡的不是我，是封家少城主夫人的名頭。」封千寒的聲音，冷得不見半絲感情，「也不要再提她。」

「怎麼，連提都不准提嗎？」依泠月冷哼著，「你那麼喜歡她，可惜她卻不要你！出身旁支，江湖乞丐，這三年間也不知道與多少人同吃同睡過了，低賤的貨色。」

隔壁房間裡，那被時刻點名的人，很有點不是滋味。

雖然依泠月說的沒錯，但是為什麼她還是那麼想抽那女人嘴巴呢？

「婚約是城主親口定的，可不是我說取消就能取消的。」依泠月叫嚷著：「是城主親上依城對我父親提出的要求，你們封城城牆一夜之間被損毀，外界紛紛說是妖族的報復，如果這個時候封城沒有依城，只怕立即就要被杜、原兩家覬覦，你封城又何嘗不是在利用我的地位？」

房間內，傳來輕輕走向門口的腳步聲，「依姑娘，若妳堅持，那明日我不會出現。」

「那你就等著封城被三城圍攻吧。」依泠月一聲冷笑，「一個賤貨和一個封城，你選誰？」

嵐顏掏掏耳朵，這一口一個賤貨，實在不怎麼讓人舒服啊。

封千寒的腳步停下，「千寒無意對女人動手，也請依姑娘自重，在千寒心中，依姑娘遠不及妳口中的那個賤貨。」

封千寒轉身大步離去，而依泠月在房間裡氣結，漂亮的臉蛋滿是憤怒，「封千寒，我就不信你明天敢不來！」

忽然間窗戶外傳來詭異的響動。

「嗡……嗡……嗡……」一陣陣嗡鳴聲在窗外響起，還有越來越大的趨勢，朝著房間撲來。

依泠月的臉色忽然變了，敞開的窗臺上，不知道什麼時候一朵樂陽花暗幽幽地放在那裡，而圍繞著樂陽花轉悠的那些嗡鳴聲，正是魅蜂。

依泠月彷彿想起了什麼不好的記憶，整張臉扭曲變形，眼見著一團魅蜂朝她撲來，發出淒厲的慘叫。

頓時蒼靈樓中一片凌亂，嵐顏歎息著好不容易找了個容身之所，卻又被自己玩沒了。

看來今夜只能睡破廟了。

「看到魅蜂，我就知道是妳。」冷清的嗓音，不需要看到臉，就知道是誰。

她慢慢轉過身，黑暗的角落中，封千寒慢慢行出，「我在等妳回來。」

第二十五章

與封千寒聯手

「你就知道我一定會回來？」她輕聲開口。

封千寒一貫冰寒的臉上，忽然露出了淡淡的笑意，「妳說這個世界上，是鳳逍瞭解妳，還是我瞭解妳？」

這個問題很難回答，如果說的是對秋珞伽的瞭解，自然是鳳逍，可如果換成嵐顏，誰又能比得過封千寒？

一個在手裡捧著她十年的人，從她哭鬧開始就抱著她的人，她的一舉一動，一個眼神一個表情，都不可能逃過他的眼睛，她的心思，已不需要猜測，這是一種本能，就是知道，沒有理由。

他知道她會來，他等著她回來，而她沒有出乎他的意料之外。

「很有成就感嗎？」嵐顏不是挑釁，只是好奇，好奇此刻封千寒臉上那意味不明的釋然。

封千寒搖頭，「不是，只是安心。」

安心他依然足夠瞭解她嗎？還是安心她依然沒有改變？

「安心我還有一點點能明白妳，安心妳的內心深處，還有嵐顏的部分。」封千寒的回答讓她忽然有些說不出地感慨。

就連她自己，開心的都是找回了屬於秋珞伽的一切，更遑論鳳逍，一直在等待她的回歸，唯有封千寒，想的是她依然屬於嵐顏的一部分。

也許在他心中，只有嵐顏是屬於他的吧？

嵐顏，屬於封千寒的那個單純的少女，在他膝上長大的人，只會用一雙癡癡的眼眸望著他的人。

可惜，她已不完全是嵐顏，更不是那個單純的孩子了。

「你既然在等我回來，就知道我的目的是什麼，你現在還安心嗎？」她的口氣，略帶嘲諷。

「若我說安心，妳信嗎？」他反問。

信嗎？

嵐顏發現，自己無法判斷。

從她踏入封城的時候開始，她覺得自己就無法猜透封千寒，縱然面對、縱然以為瞭解，可一次次的結果，都讓她出了意料之外。

也許，從一開始她就不曾瞭解過他，所以她無法給答案。就算有，她也會自我懷疑，懷疑她是否猜對了，還是又一次犯錯？

她無法判斷，因為她無法面對。無法面對，就不能用一顆冷靜的心去看待眼前的人。

嵐顏垂下眼皮，他的影子在月光下拉得長長的，將她的身體籠罩。

她的心靈深處，也是這般始終存在著陰影，他的陰影。

嵐顏慢慢抬起眼皮，看著封千寒，兩雙平靜而冷清的眼眸互相對望著，她不挪開，他也不躲閃。

「為什麼？」嵐顏突然開口，「為什麼不娶依泠月？」
「為什麼要娶？」他的反問讓嵐顏被噎住了。
他是封城的少城主，未來的城主，為了他的前程，為了封城的壯大，這個答案還要去問嗎？
「其實妳要的答案，與妳來的目的是一樣的。」封千寒開口：「封家血脈。」
不愧是最為瞭解嵐顏的人，連她的想法都猜得一清二楚。
「可惜，我要告訴妳，妳要在我身上找破解的方法，註定是沒有結果的。」封千寒開口。
嵐顏並不意外，畢竟沒有人會心甘情願拿自己的血來破自家千年守護的精魄。
封千寒搖頭，「我指的是，妳的想法是錯的。」
嵐顏眉頭一皺，看著封千寒，久久沉思。
她的眉頭，越蹙越緊，臉色也越來越不好看，她有些不敢相信，不敢相信自己的猜測。
「就是妳猜的那樣。」封千寒平靜地開口：「我是封家少城主，但與妳一樣，我也不過是義子，封家的所有宮主，都是義子。」
嵐顏忽然有些恍然大悟，為什麼封千寒始終稱呼封南易為城主，而不是爹爹，原來他與自己一樣，不是封南易的親生兒子。
如果他沒騙自己，那麼她想要藉由他的血脈來破解精魄封印，就的的確確是一場空想了。
「我應該信你嗎？」嵐顏有些懷疑。
封千寒卻忽然笑了，「所以我一開始問的，就是妳是否信我。」
嵐顏不解，「那你更應該娶依泠月了，她才能徹底鞏固你在封城的地位。」
既然已經不是親生兒子，那麼娶了依泠月，有了依城做靠山，封城的天下還是他的。
「我從來都不想要封城這個天下，這麼多年為封城的付出，也只是為了報答封南易對我的養育之恩。」封千寒搖頭說道：「他要守住封城，我可以為他守護一輩子，他要這天下，我卻不能幫他爭。」

每個人都有自己的堅持，也許在封千寒的心中，這就是他的堅持。

嵐顏盯著他的眼，「是什麼讓你改變的？」

她想知道，到底從什麼時候起，他開始改變了？

「我……從未改變。」短短的幾個字，道出了太多心思，也說明白了太多。

嵐顏宮、鳳逍閣，那些被留存的紀念，頸項間的那條粗糙項鍊，都在這五個字中，真的是她誤解了他嗎？

「那我呢？」嵐顏一直不願去問，也覺得沒必要去問的話，還是問了。

如果他從未改變，那他對自己的欺騙呢？他如果真心待她，又為什麼要給她那麼多謊言？沒有答案，她無法原諒。

「鳳逍要的是妳回歸，我要的是妳平安。」封千寒的笑容中，露出一絲絲苦澀，「妳的祕密一旦被發現，妳覺得還能安然一生嗎？在鳳逍眼中，妳是妖王。在我眼中，妳是我要保護的人，我不允許妳有一絲一毫的危險，就算讓妳痛恨我，就算妳覺得我主宰了妳的命運，沒有讓妳走自己想選擇的路，我依然無悔。」

縱然他的做法，最終將兩人間的距離越推越遠，他也無悔嗎？

「如果……」她的聲音艱澀，「如果鳳逍沒有死，我是否一輩子都聽不到這些話？」

如果她不回來，他不說，他就是她一輩子恨的人。不、她連恨都懶得恨，他只是陌路人。

成為最愛之人心中的陌路人，他也無悔嗎？

「若妳一生平安，千寒……無悔。」這些話，一字字入心間。

他在用他的方式保護她，卻不是她要的，可他們之間，又有誰錯了？

「既然妳選擇了妳的路，那我也唯有盡力保妳在妳要走的路上平安。」封千寒輕聲開口。

至此刻，她嵐顏還能說什麼？千言萬語，不過兩個字，「謝謝。」

封千寒苦笑，「我最不願聽見的，就是妳對我說這兩個字。」

有一種親昵，是不需要說謝謝的，而他們之間，不夠親昵了。

「隨我來吧。」封千寒轉身前行，嵐顏跟在他身後，兩個人在小巷中穿行著。

「既然你不是封家血脈，那當初我破除你房內的結界的時候，就已經讓封南易知道了？」

封千寒點頭，「封南易二十年來能不為他人察覺地修習，豈是他人能夠隨便靠近的？現在妳知道為什麼我一定要殺劍鑾了嗎？」

「因為劍鑾是他的貼身護衛，也是替他護法的人。」嵐顏不蠢，只這一點她瞬間明白了很多，「劍鑾死了，他的護衛就殘缺了一塊，才更有機會靠近是嗎？」

封千寒點頭，「妳只猜對了一部分，卻沒那麼簡單，一會兒妳看我的動作行事。」

看他的動作？

封千寒的去向她知道，正是千寒宮的位置。

兩人一路行去，當封千寒輕輕揮手，嵐顏快速地隱沒在陰影中，就在她剛剛藏好身形的時候，一列人行來，對著封千寒恭敬行禮，封千寒面無表情，「你們去外面守護，這裡有我在。」

沒人敢反駁他，順從地走出去。

當人行過，封千寒站在大門前，等她。

嵐顏輕飄飄地落在他身邊，不露半點聲息。封千寒伸手推開了房門，走了進去。

還是那間屋子，還是一樣的動作，只是這一次站在那封印前，封千寒的手中拿出的是一截衣袖。

帶著些許乾涸血跡的破爛衣袖，嵐顏認得，這衣袖正是那日她從封南易的肩頭撕下來的。

封千寒手指結了個印，帶著那點血跡，點上封印間。

原本面前緊繃的感覺，剎那間豁然開朗，嵐顏清楚，這才是封印真正被解開的感覺，上次是她心急了，沒發覺不對勁的地方。

空蕩蕩的地下室中，封南易坐在地上，手心朝天，那空中的靈丹中，一縷淡淡的靈氣落入他的手心中，一點點地進入他身體內。

「我不給妳打眼色，妳不准動手。」封千寒傳音給她，那眼神無比嚴肅，讓嵐顏不由自主地點了下頭。

就在她點頭的一瞬間，封千寒手中的劍一閃，清冷的身體躍起，直取封南易。

嵐顏呆了。

草，這就是他的辦法？直接刺殺？

不是說好了智取嗎？他的智取就這麼個智法？

再多髒話在腦海過閃過，也來不及攔住封千寒的腳步！

第二十六章

青龍內丹

當封千寒衝上前去的時候，地上封南易的身體忽然平移開，那雙威嚴的眼睛睜開，盯著封千寒的臉，「千寒，沒想到居然是你！」

「城主大人。」封千寒還是那清冷的姿態，手中的劍卻沒有停下，反而更快更急地刺向封南易。

「你也想反我？」封南易鬚髮皆張，憤怒地瞪著封千寒。

「不算反，只是為求自保而已。」封千寒冷冷地開口：「千寒不過是城主的義子，不是封家血脈，自然也不可能從這封家血脈的靈氣中得到什麼，而城主大人您就是想讓我當您的擋箭牌，待您身上的靈氣與妖族足以讓您再延壽百年的時候，封千寒只怕也不需要存在了，您自然用您的方式，再給封城一個交代，或許是別的身分來取代封千寒，我不過是自保而已。」

封南易臉上的肌肉跳動著，那是被揭穿了心事的惱羞成怒。

「你當初要我做你的擋箭牌，所以千寒成為了無數人口中的絕世英才，成了封城當之無愧的少城主，你不敢對外說我是收養的，這是你最大的失策。」封千寒繼續冷聲開口：「為了裝得像，你將封城的劍法傳授給我，心法卻是假的，你怕的就是這一天，可惜你還是接受不了我被他人稱讚天資高，你的妒忌心讓你連我都容不下，處處提防，我若不出手，只怕要不了多久，你也該殺我了。」

這一句句，戳著嵐顏的心窩。

她在封城那麼多年，知道封千寒是如何治理封城的，以及如何擁有威望的，而這些都是封南易容不下的。

「那日城牆被毀，你見識到了更強大的力量，又害怕其他三城藉機對封城動手，你不會急著與依城聯姻，只怕成親之日，就是封千寒暴斃之時吧？你根本不敢讓我與依城搭上關係的。」封千寒一字字那麼清晰，手中的劍卻那麼急。

封南易一掌接下封千寒的劍，虎目怒瞪封千寒，「你的心法……為什麼會是封城的心法？」

封千寒冷笑，「你終於承認你給我的心法是假的了？依照你教授的方式練下去，我雖然會武功精進，但是一過二十必然會因為筋脈無法承受的血液逆流而爆體，你就自然而然地除去了我這心頭之患。」

封南易看著封千寒，「沒錯，當日選你，就是看你天資過人，我一直教你要勤練武功，要為封城長臉，就是讓你不斷練那錯亂筋脈的武功。我最討厭的，就是說什麼天分超越一切，自小封城的人就是拿著封淩寰作為練武的榜樣，什麼十歲氣道成、十五歲劍道成、十八歲創立新的劍法，但凡沒做到的人，就是駑鈍之輩。我十八歲的時候，連氣道都未成，原本以為一切不過是封家的誇大之詞，可惜你卻做到了，一個被我撿來的孩子，居然做到了封家人有精氣修煉之下都做不到的事，我不相信、不相信！」

「所以你不肯放過我了。」封千寒冷笑了聲，「就因為我做到了你做不到的事。」

「你說，你怎麼知道封家的真正心法？」封南易的眼中都是怒火。

「何止心法。」封千寒一聲冷笑，手腕一抖，無數劍招如靈蛇破山，奔湧向封南易，「看看這些劍招如何？」

那氣勢，奔湧如浪濤，移山填海之勢。

角落中的嵐顏看著那劍招，無聲地張大了嘴，這些劍招她非常熟悉，不，正確的說法是秋珞伽非常熟悉。

封南易身體飄動，艱難地躲避著，卻還是被劃下了無數道傷口，他吃驚地望著封千寒，「封淩寰的劍招，你怎麼可能會？百年來根本沒人能練會，你、你是怎麼做到的？就算你偷學劍譜，也不可能練成的。」

「封淩寰教我的。」封千寒淡然一笑，又一次揚起手。

嵐顏堅信，當初擂臺之上封千寒一定收了手，單憑他現在的武功，當初在擂臺上就不可能輸給她，就算不露出封淩寰的武功，他也是絕世天資，足以讓她難以招架。

封淩寰教他的武功？

封淩寰不就是鳳逍嗎？他與鳳逍之間，到底還有什麼是她不知道的？

嵐顏的心中，充滿了各種疑問，在此刻卻又無法問。

「放屁！」封南易氣得整個人都在抖動，他的手慢慢提了起來，狠狠地拍向封千寒。

封千寒閃身躲過，那奇詭的身法讓封南易再度一怔。

「我說過，我的武功是封淩寰教的，這身法也是他教的。」封千寒冷冷地說著，手中的劍一揮，再度以詭異的角度切入，在封南易的肩頭留下一道傷口，「封淩寰曠世天才，天分不夠的人，當然練不了他的武功，你也一樣。」

封南易一聲低吼，發出的聲音幾不像人類，整個撲了上去。

封千寒不斷地揮舞著劍，不斷地穿破封南易的攻擊，嵐顏看得出，他是故意在挑釁封南易，言語上更是。

但是這樣下去，她非常擔心封南易會再度爆發出那半妖的身體，當初她可是親身體驗過那霸道的武功。

果不其然，在幾次受傷之後，封南易當場站定，骨節發出古怪的劈啪聲，臉上一層層長出長長的毛髮，身體也變得格外雄偉。

妖氣濃烈得讓人無法忽略。

嵐顏的妖丹在丹田中跳動，被這妖氣勾動著，幾欲脫體飛出。

而封南易也似乎察覺到了什麼，他皺了下眉頭，強自支撐著，身上覆著的那一層氣息，忽淡忽明，有些駕馭不住的感覺。

封千寒手中劍越來越快，不給封南易任何機會，封南易的身體不斷被逼退，越來越朝著嵐顏的方向而來，離那精魄之處則是越來越遠。

同時，封千寒一個眼神拋向黑暗中的嵐顏。

嵐顏猛然醒悟過來，她張開唇，妖丹飛出，金紅色的光芒在空中飛舞，繞著封南易的身體一圈，又一圈，再一圈。

金紅色的光芒暴漲，而封南易身上的妖氣，則一縷一縷地被抽離，被妖丹吸附。

封南易大吼著：「你居然與妖族人聯手！」

封千寒又是一劍，將他要撲向精魄的身體逼回去，「你既不屑妖族人，為何又吸取妖氣，讓自己成為半人半妖的東西？不要打著正義的旗號去實現你的野心。」

嵐顏的妖丹不斷地吸附著，封千寒則是步步緊逼，兩個人配合無間，封南易身上的妖氣越來越淡，那剛猛霸道的氣勢也一點點地弱了下去。

終於，他腳下一軟，空門大露。

封千寒手中劍一送，直接沒入他的胸口，妖丹也同時飛回到嵐顏的口中，滑回腹中。

嵐顏的手握上封千寒的手，順勢一挑，一片血雨飛出，射向封家千年的精魄上。封千寒快速地躍起，「一會兒我會用封家的心法打開精魄，妳想辦法引動靈丹，若是靈丹不呼應妳，只怕妳帶不走它。」

嵐顏無暇回答，快速地一點頭。

封千寒的劍鋒上射出一道寒光，直刺向精魄，他閉上眼睛，顯然是以封南易的血和封家的內功心法，讓精魄以為是封家的血脈。

他的臉色越來越蒼白，手腕情不自禁地抖動，顯然那精魄上的力量也是難以突破的。

嵐顏知道，自己無法幫他。因為她體內的真氣，有著太濃烈的妖氣。

忽然間，精魄上露出一道小小的缺口，就這麼一瞬間，嵐顏的真氣射入，直接觸碰到了靈丹。

精純的氣息與她相碰，差點將她彈出。

她沒想到，這靈丹之精純，竟然會連她的妖丹都只能觸碰一下，就差點被彈飛。

喚醒靈丹嗎？該如何喚醒？

神獸的靈丹最能被觸動的是什麼？

嵐顏的腦子裡飛快地流過各種訊息，她猛提一口氣，逼出一縷始終封存在自己體內的白羽的真氣。

白羽是她師傅，當初是她無法融合而留存在身體內，當她做回秋珞伽有足夠能力的時候，卻又因為蘇逸的一席話而沒有選擇融合。

如果神獸能夠復生，那白羽呢？

她留著，只為了將來還給白羽，但是這個時候也不得不動用白羽的真氣了。

那縷氣息一入，靈丹果然跳動了一下，似乎是久違的老友見面，有些歡喜、有些雀躍，但是很快又沉寂了下去。

就算是老友相逢，也不能讓靈丹徹底激動起來嗎？

曾經神獸們對人類的絕望，讓牠們放棄了神獸的身分，墮入轉世輪迴中，這樣的絕望，縱然是老友探望，只怕也無法改變意志。

那還有什麼辦法？

嵐顏忽然想起一個人，具體說，一個有人的聲音的黃龍，想起了那蒼藍色的火焰。

「蒼麟，醒醒。」她在心中呼喚著。

沒有反應，沒有任何聲音，那以前最讓她討厭的人，現在半點也感應不到。

怎麼辦？

再看封千寒，額頭上涔涔的汗落下，握劍的手已被震裂，不斷滴著血。

不行，她必須快。

嵐顏心一橫，她狠狠地逼出一股妖氣，以毀滅的方式擊向靈丹。

果不其然，靈丹上爆發出一股巨大的反擊力，狂烈地將妖氣打回，更帶著一股不容抗衡的靈氣。

這是靈丹之怒，是不容許被侵犯的怒意。

嵐顏沒有躲，她直接敞開了自己的筋脈，讓那狂烈的靈氣進入自己的身體內，那撕裂的疼痛瞬間在筋脈中蔓延。

從血脈中，一直到丹田，嵐顏唯有賭。

如果蒼麟感應不到，只怕她的丹田，會在瞬間被這靈氣擊穿。

就在那靈氣流入丹田的一瞬間，她的身體深處升騰起一股強大的暖流，以睥睨之態包裹上那靈氣，轉眼間被吸收。

「青龍之氣，竟然與本尊抗衡嗎？」睥睨之聲響起。

那靈丹開始跳動，瘋狂地跳動，而嵐顏身體裡的暖意，也藉著嵐顏的手，彈出。

封家的精魄力量，剎那瓦解。

當那精魄崩碎的瞬間，封千寒跪倒在地，全身猶如水洗，而那靈丹猶如解脫了般，在空中飛舞著。

而嵐顏的面前，居然若隱若現地出現了一道人影，金色的衣衫、紅色的長髮，還有一雙琥珀般的眸子，威嚴而俊美，「青龍，當年你擅自離開，違背天意，這個帳本尊他日再算，還不快尋找你的魂魄？」那聲音，在空中迴蕩著。

青色的靈丹飛舞著，卻不肯離開這小小的地下室。

它的光芒越來越亮，亮到刺眼。嵐顏下意識地伸手遮擋，卻發現那光芒的中心是一個人——封千寒。

不、不會吧？

她忽然想起在酒樓中與蘇逸的一段對話。

——我如果放出靈丹，會怎麼樣？

——不用妳管，它自會尋找魂魄的轉世。

——難道還飛去千萬里尋找？

——怎麼可能，靈丹與魂魄本就互相吸引，即便入了輪迴，他們也是彼此感應的，無論什麼原因，那人一定會為了靈丹回來。

為了靈丹回來！原來封千寒在封城的堅守，就是為了等待這靈丹，無論他是不是記得，他也會來到這裡。

就像她，為了妖丹和妖霞衣。

冥冥中自有天意，無法抵抗、無法違背。

金色的人影就像是水波中的影子，明明能看到，卻無法觸及。他的眼角一掃嵐顏，「女人，妳居然用這樣的方法喚本尊出來，可知罪？」

嵐顏看著他，這是她第一次見到藏在自己身體內的他，果然如她想像，一張臭屁的臉，一臉不耐煩的表情。

「不知。」嵐顏要笑不笑，「你還要命令我不成？」

「愚蠢的妖，居然敢這般對本尊說話。」那眼眸無比驕傲，看著嵐顏時是完全地不屑與鄙夷。

「那要怎麼說？」嵐顏冷嗤了聲，「跪下來喊大王嗎？要舔你的腳趾頭嗎？」

那蒼麟顯然被這句話激怒了，「女人，妳竟然敢這般不知尊卑，妳可是妖族，本尊……」

「你再偉大，也在我身體裡，有本事別回來。」嵐顏看著他漸漸變淡的身體，更加嘲諷地回了一句。

如果蒼麟的臉有顏色，現在只怕變綠了，這是嵐顏從他表情上讀到的，那飄揚的紅髮，顯然告訴她他不是個好相處的人，以後在她身體裡，還不知道怎麼折騰呢。

不過她不在乎，誰讓這個混蛋在她身體裡喊了那麼多年愚蠢的女人，剛才還說什麼愚蠢的妖，不報復兩句實在對不起他這麼多年的偷窺加蠻橫的鄙視。

「妳！」蒼麟留給她的最後一抹印象，是那雙爆發著火焰的琥珀色眼眸，那身形就慢慢地消失不見了。

不過，不代表身體裡的他會善罷甘休：「愚蠢而無知的妖，待本尊徹底覺醒之日，再來與妳算這犯上之罪。」

對於這話，嵐顏依然只是報以一聲冷嗤，不過蒼麟顯然又進入了沉睡中，沒有再和她計較。

第二十七章 封千寒的追求

一夜之間，封城城主封南易暴斃，這對封城來說不啻是一個巨大的噩耗。

但是在這個崇尚武力的時代，封千寒的威望以及執掌封城這麼多年的能力，並未讓人對城主的離世而擔憂封城的未來。

面對依泠月蒼白的臉，封千寒有禮卻疏離，「泠月姑娘，千寒有喪在身，三年守喪是身為人子應守的孝道，姑娘與千寒的婚約，只怕不能繼續，千寒更不敢耽誤姑娘年華，還請泠月姑娘回稟依城主，為泠月姑娘另尋好人家。」

依泠月的眼神是滿滿憤恨，她的目光盯的不是封千寒，而是封千寒身後那個滿臉無聊的某個女人。

嵐顏也不明白，為什麼封千寒要帶她來，難道和女人談判帶另外一個女人比較方便？還是拿她做擋箭牌，暗示什麼？

不管怎麼說，她來了。

而她來的原因……嵐顏看著手中捧著的綠豆糕，忽然覺得在這樣的場面下埋頭苦吃似乎不對，不過她已經吃完了。

嘆了口氣，她把手中的紙包揉了揉，無聊地在手中拋著，努力做出一副「這不關我的事，我只是來看熱鬧」的姿態。

「別動。」封千寒忽然開口，他的命令對於嵐顏來說，有一種難以抗拒的無形力量，嵐顏果然沒有動。

當他的手擦過她的唇角，擦下一抹綠豆粉的時候，嵐顏才知道他幹了什麼。

這下，恐怕就算她大喊「這個男人和我沒關係」，依泠月也不會相信了。更何況，她都已經是依泠月口中的賤人了，不賤到底，似乎對不起人家。

「擦乾淨了嗎？」嵐顏笑得甜膩，「擦不乾淨你給我舔乾淨。」

示威的眼神瞪著依泠月。

賤人就該有賤人的姿態不是嗎？

依泠月的臉色，慘白如紙，「千寒……」

那柔弱的姿態、楚楚可憐的表情、盈盈欲滴的眼淚，都彷彿在說著她是被迫害的可憐人，而嵐顏就是天底下最壞的女人。

忽然唇角一暖，嵐顏全身的汗毛頓時豎了起來。

什麼，發生什麼事了？

她剛才只顧著向依泠月示威，居然沒注意一旁的封千寒，他、他、他居然真的吻了她的唇角。

賤女人都是配渣男的，封千寒還真是親自把這個名頭戴在了自己腦袋上，這麼主動的渣男，天底下只怕也不多了。

依泠月的眼中滿是絕望，她知道之前還有封南易的壓制，如今封南易一死，封千寒就是封城的主人，他說不娶自己，就不會娶自己，即便所謂的三年守喪期滿，他也不會娶她。

「千寒。」依泠月還是有些不甘心，「我等了你這麼多年，你為何這般負我？」

「泠月姑娘，我從未對妳有過承諾，更沒有始亂終棄，何來負妳之說？」封千寒的手緊緊抓著嵐顏，而某個努力反抗的人，只能以指甲摳著他的皮肉，想要掙開，「若說等待，我等待了她十幾年……」封千寒的臉低下，望著嵐顏，「妳是否也不能負我了？」

嵐顏乾笑了下，不回應。

早知道她該在他吸收神獸靈丹的時候就溜之大吉，何必為了那一點點擔心留下守護他，結果現在想跑，卻跑不了了。

論武功，封千寒本就在她之上。

論真氣，人家現在是青龍神獸，她是啥，九尾妖狐而已。

還有一點非常可怕，就是她強行拿妖氣逼青龍靈氣的時候，那縷妖氣嵌入靈氣中，導致他對她的妖氣感應到了她只要一動逃跑的念頭，他幾乎就能察覺到。

標準的她一蹶屁股，他就知道她要放屁還是拉屎。

偏偏她的妖霞衣還有十餘日才能使用，這些日子她除了待在封城，還能去哪兒？

她一個妖王，覺醒了這麼久，居然還沒回過妖界，真是瀆職啊！

不過……就算她逃跑回妖界，身為神獸之一的他，就追不到妖界嗎？

嵐顏的頭很疼，真的很疼。

現在的她，彷彿又回到了當年封城裡那個九宮主，封千寒就是她唯一的死穴，她毫無辦法。

而現在的封千寒，是一城之主，比當年的少城主更受人矚目、更遭人關注，他的一舉一動、一言一行，都是百姓津津樂道的談資。

當他帶著她走出蒼靈樓的時候，兩邊的百姓自動讓出道，俯身垂首以示對他們的尊敬。

「你就不能像封南易一樣，坐車以示威嚴嗎？」嵐顏看著面前的一匹馬，努力掙扎著。

「我在封城這麼多年，都是這般對百姓以示親近的。」封千寒拍了拍火浪馬，「幸虧這匹馬是妳當年抓的，否則妳只怕不能與我共乘一騎了。」

誰要與他共乘一騎啊？誰要跟他一起與百姓以示親近啊？她都不是封城的人了，這裡的事與她有什麼關係啊？

嵐顏剛要反抗，一股濃重的威壓從他身上發出，她體內的妖氣剎那被逼了下去。

威壓！他居然對她使用神獸威壓！

這對於妖族來說，尤其對於一位妖王來說，情何以堪啊！

更讓她覺得情何以堪的是：來的時候這樣，走的時候還是這樣，一天兩次地遊街，那一雙雙目光，讓她無地自容啊。

「妳這是接受祝福，不是淫婦浸豬籠，不必露出這樣的表情。」嵐顏身體一瞬間的無法動彈裡，封千寒雙手撐在她的肋下，將她抱上馬背，轉身瀟灑上馬，那聲音就這麼傳入了她的耳朵裡。

封千寒可以冰冷、可以孤傲，也可以偶爾的溫柔，但是這樣的調戲，就太可怕了。

試著想像一下，一個全身寫著不要靠近三丈之內的冰冷男人，用幾乎凍住的表情、凍住的聲音說著這麼可怕的字眼。來道天雷劈死她吧！她為什麼不死在那天雷劫之下？

火浪馬蹄聲點地，慢慢地在街頭行過，兩邊的百姓佇立，有人情不自禁地跪了下來，朝著他們的方向跪拜。

嵐顏忽然覺得封千寒的做法沒有錯，她最初的想法是想毀掉封城、毀掉這對於妖族來說幾乎災難的存在。但是封千寒告訴他，封城的確對不起妖族，但如果毀掉封城就能解決人類與妖族之間的爭鬥了嗎？如果沒有律法與制度，那鬥爭只會更加慘烈，殺戮只會更多。為什麼不保留封城，將壓制妖族改變做法，日後如果有人擅自奪取妖族靈丹，將會受到封城嚴厲的懲罰。只有律法，才能真正約束人。

她想到了在段非煙統治之下的鬼城，一個完全沒有章法、全是盜賊橫行的地方，都可以變為嚴格秩序的城市，那封城也一樣可以。

她選擇相信封千寒。因為封千寒不僅僅是青龍，還是一個統治封城十幾年的少城主。現在的他，擁有更多的是人類的性格，他會明白如何避免當年的錯誤再發生。

「跑這麼慢，對不起你蓋世無雙的寶駒，對不對？」嵐顏看著自己身側有力的臂彎，感受著自己後背與他胸膛緊緊相貼的熱度，在苦笑中努力說服他。

「這裡是城中，跑快了傷著百姓怎麼辦？」他的回答冠冕堂皇，繼續慢悠悠地讓馬兒散步回他的千寒宮。

那一雙雙熱切的目光，看得嵐顏很是難受。

當馬兒停在千寒宮門前的時候，嵐顏一步跳下馬背，跳離他的範圍，快步跑上臺階。

「少爺啊！」一聲呼喚，嵐顏的腳步慢了，心頭咯噔一下，不是吧……

果然，門內蹣跚而出老淚縱橫的人，不是沙良又是誰？

「少爺啊，我就知道你不會那麼狠心丟下我們再也不回來，就算你捨得老奴，又怎麼能捨得不理少城主呢。」沙良一邊激動地抹淚，一邊又是開懷地笑著說道：「也只有我的少爺才配得上少城主啊！」

嚎了半天，沙良才猛然想起什麼，「是我的小姐啊，只有我的小姐才配得上少城主啊！」

嵐顏呆若木雞，笑也不是哭也不是，只能無奈地看著沙良，「沙、沙管家啊。」

「小姐啊，您上次怎麼那麼狠心啊，老奴還以為有生之年再也見不到您了，幸虧您捨不得少城主啊……不對，幸虧您捨不得城主大人啊！」

封千寒的確是世界上最瞭解嵐顏的人，什麼人能制住她，他是一清二楚。

果不其然，她回頭間看到的就是封千寒臉上那頗有些得意的笑容，心頭火氣，嵐顏雙手一扠腰，「封千寒，老娘等了你這麼多天，我們之間的帳是不是該算了？」

之前是封南易的喪事，之後是封城的穩固，再之後是他繼承封城城主之位，現在是取消婚約，他媽的該做的、不該做的，都做完了，也該解決解決他們之間的事情了吧？

「什麼事情？」開口的，不是封千寒，卻是那原本在嚎啕著的沙良，那雙老眼渾濁卻閃動著精明的光芒，「是婚事嗎？」

嵐顏再是滿嘴髒話，也不能對沙良發洩，她只能惡狠狠地瞪著封千寒，「我，在房間裡等你，誰都不准靠近！」

「嗯。」封千寒的聲音慢慢地重複著，「我和她單獨進房，誰都不准靠近。」

為什麼這話從他口中說出來，味道都變了呢？

嵐顏不願再多話，一轉身進了大門，封千寒跟隨著她的腳步，也跨進了門。

而她身後，則傳來了沙良激動中嚎啕的聲音，「小姐啊，我就知道您一定會是城主夫人啊，老奴有生之年終於看見了！」

第二十八章

兩個男人當年的約定

嵐顏覺得自己就像是當年那個任性的孩子，在他的宮殿裡肆意地發著脾氣。不過當年是真的任性，現在是被逼的，被封千寒的混蛋行為逼的。

一腳踹開他房間的大門，嵐顏一屁股坐在那雪白的軟床上，胸口劇烈地起伏著，這幾天，她憋了太多火，也有太多帳要算。

帳太多，一時間她都不知道該從哪裡算起了。

封千寒跟著她進屋，倒懶得把門關上，反正他是城主，有他的命令之下，誰還敢胡亂闖進宮殿裡？

看著那個臉色緊繃的女子，那雙嬌媚妖嬈的眼眸裡滿滿都是怒火，閃爍著靈動的光芒，他輕輕走上前，從懷中掏出一個小紙包打開，拈起一塊糕點送到她的嘴邊。

有些習慣，不因年齡而改變，不因時間而生疏，當那白玉般的手指拈著糕點送到她嘴邊的時候，她下意識地張開了嘴。

當甜甜的糕點入口，嵐顏才猛然反應過來，狠狠地一咬，他也不抽手，由她咬著。

咬，用力咬，再用力咬，再再……用不下力了。

因為口中，有了淡淡的血腥味。

「氣可消了？」他的聲音，一如當年哄她時候那般溫柔。

心中某個位置，乍然被打開。

又是這招，剛才他帶著她招搖過市去蒼靈樓退婚的時候，就是這樣對她，現在也是，可她就是吃這一套。

混蛋封千寒。

「妳要問什麼，就問吧。」封千寒拈起一塊糕點，再度送到她的嘴邊。

「為什麼要這麼做？」嵐顏的眼中滿滿的都是指責，「我感激你為妖族做的一切，我感謝你廢除了封城對妖族的追殺令，我也感恩你對我做出的承諾，對妖族永不相傷，還妖族太平的許諾，可是我……」

她搖著頭，「你為什麼要給封城百姓留下這樣的印象？」

他還當她是當年的那個孩子嗎？以流言蜚語讓她心中歡喜，以為他愛著自己，一心一意地愛著他了嗎？

「妳在怪我沒有表白嗎？」封千寒忽然反問她：「就像當年，我什麼都不說，讓妳覺得所有的愛都是妳的自以為是？」他，居然一直都知道她的心結？

「這個不是重點啊。」嵐顏無奈了，當年的事再糾結，也都過去了，很多事情改變了，就無法回到原點，「你明明知道我與鳳逍之間的事，為什麼還要讓他人誤解？」

她的夫婿是鳳逍，她是真正拜過天地、嫁過人的。

她不能背叛鳳逍，不能與封千寒之間再有牽扯，無論她是否誤會了封千寒、無論那些虧欠讓她有多少內疚，已經發生的事不可改變，她許了鳳逍，就是鳳逍的妻子。

「妳不好奇我與鳳逍之間的事嗎？」封千寒的一句話，讓她忽然想起在心裡壓了許多天的疑問。

她的目光探視著封千寒，「你知道鳳逍的身分？」

「之前不知道，直到我找到妳的時候。」封千寒篤定地開口：「八脈絕陰，天下間唯有妖族至高至純的血脈會有，但是妖族的妖王質子已經在封城，這讓我非常好奇妳的身分，我曾想，如果妳是妖王，那鳳逍又是誰？」

是的，封千寒知道她的體質，也就更容易對她產生懷疑，當他這樣的人產生了懷疑，還有什麼是他查不出的？

「最早讓我產生懷疑的，是鳳逍的筆跡。」封千寒聲音柔柔的，手中拈著糕點，一塊塊地餵給她，偶爾放下，卻是拿過一旁的茶水餵她，那無微不至的習慣，與當年一模一樣。

看著嵐顏喝了水，吃著糕點一派乖巧的樣子，封千寒才繼續說著：「封城雖然將封淩寰視為禁忌，但是封淩寰的武學卻是封家的至高寶典，我身為名義上的少城主，自然能看到他留下的武學，那字跡竟然與鳳逍一模一樣。當我在他面前練習的時候，他的表情終會有變化，那時候我就知道了。」

「你試探鳳逍，他那般聰明，又如何不知道？」嵐顏嘆息著。

封千寒與鳳逍，均是天底下一等一的男兒，他們若要聯手隱瞞什麼，誰又能猜到？誰又能看破？

封千寒點頭道：「所以他告訴我，他就是封淩寰，他將封家真正的武學教給我，條件只有一個，保妳平安無事。」

嵐顏咕噥著，「所以你答應了。」

「沒有他的條件，我也會答應。」封千寒笑笑，「他又何嘗不懂，不過是個順水人情，讓我虧欠了他的。」

「所以，你與他的交好，都是他在傳授你武功？你故意在城主面前讓他帶著火碎珠，也是為了讓城主不起疑你們的交好？」嵐顏恍然明白了什麼，虧她當年居然以為他們之間有姦情，居然、居然是這樣的內幕。

「那為什麼你們還要聯手騙我？還要將我送出封城？」嵐顏很受傷。

如果她不回到封家，就不會流落江湖，更不會讓鳳逍不顧一切地出城找她，最後落得那樣的結局。

她心中永遠的痛，也是她無法原諒封千寒的地方。

「我能短暫封印妳的妖氣，一旦妳成年，妳的妖氣就連我都無法壓制，還等不到妳覺醒就會被封南易察覺到，於是我與鳳逍商議，將妳送出封城。秦仙鎮封家偏遠，沒有人知道妳的身分，妳活著的機會比在封城大很多。」

她無法想像，當初自己做的那一切，居然都是在封千寒和鳳逍的算計中！

她真誠的求婚，發誓的賭約，努力地修習！都他媽的是因為他們兩個的計畫。

「你們兩個！」嵐顏更氣了，她覺得自己就像是掌中的核桃，被轉來轉去轉暈了腦袋。

「不過我們也沒想到秦仙鎮封家居然會被滅門，而妳不知所蹤。」封千寒的口氣也有些沉重，「那時的鳳逍對我提出，他要親自出去找妳，因為他的身體已經支撐不了多久，油盡燈枯之前，他要找到妳，他要我放他出封城。」

的確，找到她才能喚醒她，喚醒了她，縱然鳳逍死去，她也會去尋找他的魂魄，一切就還有希望。

「所以那時候，我也提了一個條件，而他答應了。」封千寒慢悠悠地說出一句話。

嵐顏眨巴著眼睛，傻傻地望著他，「什麼條件？」

「若妳再回到封城，上了擂臺贏了賭約，無論妳是否與他有過姻緣，我都會讓妳履行賭約，做我的妻。」封千寒的一塊糕點餵入嵐顏的口中，「他答應了。」

嵐顏的嘴巴張大，剛剛被放入口中的那塊糕點掉了出來，落在衣衫上，骨碌碌地滾到了地上，跌得粉碎。

粉碎的何止糕點，還有嵐顏的那顆心。

她相信封千寒不必騙她，因為鳳逍的魂魄一旦回歸，是謊言也必然被揭穿，而他也沒有騙她的理由，這是他與鳳逍之間的博弈，用謊言來證明自己的成就，那絕不是封千寒的風格。

「答應了……」

嵐顏喃喃著，不斷地重複著這三個字，因為她很清楚以鳳逍對自己的瞭解，這樣的事情是必然發生的，而他居然答應了。

也就是說，鳳逍親口允諾了自己與封千寒的婚事？

她、她、她、她去他們兩個混蛋的！

在她一無所知的時候，她就這麼被賣了？被自己的丈夫賣了，在她還沒成年的時候，兩個厚顏無恥的男人，就把她的終生定了，還把她瓜分了？

嵐顏想也不想，一拳頭對著封千寒的臉就揮了過去，「我去你個王八蛋！」

現在的她一肚子的火氣，他們把自己當什麼了？手中的糕點還是杯子裡的茶，你一口我一口地分了？

才管不了封千寒此刻什麼神獸的身分，她現在只想一拳打扁這張俊美無儔的臉蛋，就像那封城被轟掉的半壁城牆，狠狠地打得粉碎。

拳頭在空中，就被一張大掌包裹住，封千寒的手攏著她的拳頭，「妳似乎該打的人不是我，我只是提出想法，妳最多怪我缺德趁人之危。答應的人可是他，真正把妳賣了的人是鳳逍。」

嵐顏的眼前，彷彿又看到了那張慵懶的狐狸眼，挑著風情萬千的姿態，望著她。

沒錯，真正把她賣了的人，是鳳逍。

「所以，妳要做的事是回到妖族找到他的魂魄之後，再找他算帳。」封千寒無恥地遊說她：「而且，我相信鳳逍一定還藏著祕密沒有告訴我。」

「還藏著祕密？」嵐顏蹙了下眉頭。

「當然。」封千寒篤定地開口：「妳想，封淩寰是封家人，縱然與妳有血誓之盟，他仍不是妖族的人，為何會以九尾妖王的身分混跡在封城中，難道不奇怪嗎？」

是的，這一點她也始終未想通，而鳳逍與她在一起的時候，也未曾告訴過她，想要知道答案，那就只能回到妖族，找到鳳逍的魂魄，才能明白一切。

「所以始作俑者一直都是鳳逍。」封千寒更加壞心地火上澆油。

嵐顏咬牙切齒，「我知道了。」

「而我，只是履行當年的約定，現在還覺得帶妳招搖過市是我的錯嗎？」封千寒的手輕輕撫上她的臉頰，「顏兒。」

多少年未再聽到這樣溫柔的呼喚，嵐顏的表情一下子柔軟了，被封千寒的手從身後攬上腰身，一如當年她坐在他的膝上窩在他的懷裡一般。

嵐顏的胳膊一動，恨恨地撞上封千寒的小腹，從他懷中飄出三尺，扠腰站定在他面前，「你沒錯？你們問過我的意見沒有？你們和我商量過沒有？當老子是什麼，說分就分了是嗎？我告訴你，我會把鳳逍的魂魄找回來，然後你們兩個混蛋相親相愛成親過日子去吧！老子我嫁段非煙、嫁管輕言、嫁蘇逸，就算嫁給絕塵那個和尚，都不嫁給你們兩個！」

一腳踹翻旁邊的凳子，某人火氣沖天地衝出房間，走到庭院中，看到偌大的假山巨石，想也不想一掌拍了過去。

假山粉碎，石頭崩亂，轟隆隆的巨響裡封千寒的手捂著小腹，臉上卻是溫柔滿滿的笑意。

而大門外，沙良一臉激動，「不愧是我帶大的小姐，這麼大的氣勢才配得上我們封城城主夫人的地位啊！」

第二十九章

蒼麟覺醒

「千寒哥哥。」低聲的呢喃，帶著無比的撒嬌。

「顏兒。」溫柔的嗓音，輕柔的撫摸，暖暖的吻落在她的額頭、臉頰，慢慢地貼上她的唇。

她的心跳得好快，目光被那雙溫柔的眸子吸引，沉溺。

那唇越來越近、越來越近，她無力掙脫，只能看著他的接近，渾身癱軟……

「愚蠢的女人！」一聲怒吼，嵐顏身體猛地一抖，忽然睜開了眼睛。

窗半開，窗外的微風吹入，舒爽地擦過身體。窗下蟲兒鳴叫，眼前星空遙遙，好一派靜夜悠閒。

但是嵐顏的心，卻撲通撲通地跳著，好快！

她捂著胸口，大口地喘著氣，摸摸自己的臉頰，好燙。

她剛才，居然夢到和封千寒……

哪怕只是一個吻，也是讓她覺得不可思議的。

「愚蠢的女人。」充滿嘲諷的聲音在她心底響起，帶著濃濃的不屑，「妳做春夢了吧？心跳那麼快。」

「關你屁事。」嵐顏直覺低聲罵著：「大半夜的不睡覺，吵什麼吵，你管我做什麼夢。」

身體裡藏著另外一個靈魂，真不是讓人高興的事，就連心跳加速都能被人發現，要是這東西長久地住下去，她還怎麼和人親熱啊？

幸虧，她與鳳逍和段非煙在一起纏綿的時候，這個傢伙都是沉睡著的，不然她真的得煩死。

「快起來練功。」那聲音比她還不耐煩，「本尊要吸收足夠的靈氣，幻化出真身。」

「他媽的現在什麼時辰？」嵐顏看了眼天空，此刻月上中天，只怕才剛剛過子時吧。

她身體一倒，把自己埋入被子裡，「明天再說。」

「不行！」那聲音強勢地命令著，「快點練功，本尊不要再待在妳這個愚蠢的軀殼裡。」

軀殼還分愚蠢的和聰明的？她這輩子還第一次聽說。

「你不樂意待你出去啊。」嵐顏冷笑了聲，埋頭繼續睡，「別吵我睡覺。」

「起來，妳這個愚蠢的女人。」

「不准睡覺，妳這個愚蠢的妖人。」

「快練功，妳這個愚蠢又懶惰的東西。」

那聲音一遍又一遍地叫嚷著，偏偏他是存在於她的身體裡，她就算堵住耳朵，也堵不住那吵嚷的聲音。

嵐顏越來越不耐煩、越來越煩躁，所有的睡意都被他吵沒了，尤其是他那一口一個命令的語氣，一句一個愚蠢的女人，嵐顏的火氣就往上躥。

「你這個自大狂妄的傢伙，給老子閉嘴！」嵐顏一聲低吼，懊惱地掀開被子坐了起來，「你他媽的精神怎麼這麼好？」

他不是一直在沉睡的嗎？怎麼突然間活了過來，大半夜卻唧唧歪歪的。

「青龍的真氣讓本尊的內丹得到了很好的增長，所以妳要趁現在趕緊練功，本尊從現在開始，每天督促妳練功，為了讓本尊能夠儘快幻化成形。」

他督促她練功，為了他能早日成形，還這麼自大的口吻，如此不要臉的行徑，全天下就他一個了吧？

「你要我好好練功，麻煩你用請求的口氣，現在是你請我練功讓你早日幻化，不是你命令我，現在我告訴你，我要睡覺，再囉嗦一句，老子明天都不練。」嵐顏沒好氣地回答。

如此舒服的夜晚，她居然跟一個魂魄在吵架，不知道的人還以為她中邪了呢。

不，她是妖，她不會中邪。

「妳敢！」那聲音在她耳邊怒道：「如此孱弱的身軀，不知道練功只知道睡覺，難怪妖族會有今日這般結果。」

嵐顏怒了，她雖然懶，但是她還是妖王，她不能夠接受別人如此貶低妖族，即便對方是天下至尊的中央之神。

「現在必須練是嗎？」她冷聲問著。

「必須！」那聲音自大而傲慢。

「不准我睡覺了是嗎？」

那聲音冷哼著，「沒有人能違背本尊的命令，妳今日的冒犯之罪本尊記下了，他日再來算妳的罪名。」

嵐顏看到桌子上的鏡子裡，一張扭曲的臉。

此刻的她披頭散髮，表情極度不滿，那聲音卻依然倨傲著，彷彿無形中有一雙眼睛，睥睨著天下萬物，她也只是其中的螻蟻而已。

她覺得自己就像是一個被寄生的房子，而他還在嫌棄這房子破舊不堪，偏偏房子的主人，還不能趕他出去。

「青龍的靈氣是不是能給你很大助益？」她的聲音忽然平靜了，若無其事地問著。

蒼麟嗯了聲，「不錯，青龍是神獸，他的靈氣對本尊的確有很大助益，也正是因為青龍的靈氣，才讓本尊甦醒。所以女人妳要牢記，儘快找到白虎、朱雀、玄武的靈丹，才能讓本尊加速幻化成形。」

那些傢伙的靈丹關她屁事啊？她介入封城的事中，只是因為封城與妖族有著宿命的淵源，她不過是為了妖族謀利益而已，和他們神獸之間的事有啥關係？

蘇逸的請求，她當初也未答應。只是機緣巧合，為了鳳逍的靈根而不得不捲入了封城神獸事件中，偏偏這神獸的轉世又是封千寒，她才暫時留在了封城。

可不代表她心甘情願再找什麼白虎、朱雀、玄武的靈丹，她是個妖，還是個愚蠢又懶惰的妖，為什麼要幫他？

「好啊，我練功。」嵐顏懶懶地笑了下，起身下地，轉身出了門。

「女人，妳去哪裡？」

她現在真的很煩，身體裡這個貨不僅自大狂妄，還事多，她練不練功，在哪裡練功，他什麼都要過問。

「練功。」她隨口回了一句，朝著某間屋子走去。

「女人！」那聲音又一次響起，「妳待在自己屋子裡練功就行了，半夜衣衫不整地跑去青龍房內幹什麼？」

他居然知道眼前這屋子是屬於封千寒的，看來在她身體裡偷窺了不少東西吧？

「練功啊。」嵐顏有些壞地開口：「你不是要儘快幻化嗎，我找不到那個什麼狗屁白虎、朱雀、玄武，身為愚蠢又懶惰的妖人，我能想到的辦法，當然是找青龍啊。」

嵐顏的手剛貼在門上，那原本閉合的門板就忽然被打開，封千寒衣衫半開，只著褻衣地站在她面前，「妳睡不著？」

「我被吵醒了。」嵐顏黑著臉開口。

「吵醒？」封千寒皺起了眉頭，「有誰在千寒宮中喧嘩？為什麼我沒聽見？」

他當然聽不見，因為那個吵嚷的傢伙，在她身體裡。

嵐顏二話不說，直接將手貼在封千寒的胸口，「給我！」

封千寒萬年冷靜的表情也架不住變了顏色，「顏兒，妳說什麼？」

「愚蠢的女人，我讓妳練功，不是讓妳找青龍！」那聲音在她耳邊叫嚷著，非常不滿。

嵐顏直接忽略掉蒼麟的聲音，繼續對著封千寒開口：「我要你……」

不等她話說完，兩個聲音同時出聲：「妳說什麼？」

尤其耳邊的那個聲音，幾乎震得她發暈，「妳說什麼？」

嵐顏聲音一頓，才慢悠悠地繼續說道：「我要你的精氣。」

封千寒一笑，「我的精氣，妳知道用什麼方法拿到嗎？」

她是妖，還是個狐妖，她怎麼會不知道？

不過她還沒說話，身體裡的某個聲音已經瘋狂地叫嚷了起來，「愚蠢的女人，妳怎麼可以這麼做，妳的身體與我相關，妳這樣跟青龍要精氣，豈不是要本尊感受與他……」

「要麼你就接受，要麼你就閉嘴，老娘和誰上床，還要看你臉色？」嵐顏一聲低吼，耳邊的聲音頓時閉嘴。

「還有，你以後不准半夜要我練功。」嵐顏繼續說著。

「妳威脅本尊？」蒼麟不滿的聲音又傳來，但是顯然已經氣弱了不少。

「不准再吵醒我睡覺。」嵐顏再度命令。

「本尊知道了。」那聲音顯然憋氣已極，悶哼了聲。

嵐顏總算平息了一點氣憤，「你以後別再喊什麼愚蠢的女人、懶惰的妖人，小心老娘火起，沒事就找男人消消火。」

「妳這個……女人，還有完沒完？」那聲音徹底沒了氣勢。

嵐顏出了一口氣，拍拍屁股，「沒了。」

解決了蒼麟，嵐顏也準備滾蛋，卻看到封千寒驚詫的眼睛，「顏兒，妳怎麼了？」

「沒什麼，在和一個人說話。」

「人？」封千寒的視線四下看了看，眉頭深深地皺了起來。

依他的性格，不會馬上詢問，而是深深地思考，現在的他顯然正在尋找與嵐顏的話有關的人。

很快，他就篤定地開口：「是不是蒼麟？」

他知道蒼麟？嵐顏忽然想起，現在的封千寒是青龍，當初在地下室中，蒼麟只是一抹淡淡的影子，但是當初黃龍現身毀掉城牆，之後又激起青龍靈丹，封千寒不可能不知道。

「是！」嵐顏苦笑了下，「他寄居在我的身體裡。」

封千寒沉思了，而嵐顏卻越發壞心了，「因為你的靈丹回歸，原本沉睡的他覺醒了，也就是說，你調戲我、勾引我，他都看得清清楚楚，而且……他還能感同身受。」

她忽然投入封千寒的懷抱，笑道：「我很想知道，身為四方神獸的你，想不想草一下中央之神黃龍？」

「顏兒！」

「無恥的女人！」

兩個聲音同時響徹耳邊，嵐顏在兩個男人的聲音裡，大笑著離去。

一夜的鬱悶，終於得到了解脫，順道把封千寒給她的鬱悶，也一併發洩乾淨了，現在的她舒心快樂，哼著小調爬回床上，舒舒服服地睡了過去。

第三十章
尷尬相處

一泓清泉，從世外引入室內，散發著暖暖的蒸汽，整個偌大的房間裡，都是霧氣騰騰的。

這是封千寒特地修建的浴池，引來的是溫泉水，看著就讓人想要撲入其中，好好享受一番。

嵐顏伸手掬起一捧水拍上臉頰，舒服地讓她直歎息。直起身體的她，伸手解開衣衫，柔順的衣衫順著肩頭滑下，落在腳邊。

就在她的手剛剛背到身後摸索著兜衣繫帶的時候，她的耳邊忽然傳來了一聲震驚的話語：

「女人，妳幹什麼！」

嵐顏嚇得手一哆嗦，兜衣的繫帶被拉開，小小的肚兜飄飄蕩蕩地落了地。

嵐顏一伸手，把衣服扯了起來，擋在身前，「蒼麟，你幹什麼？」

那聲音比她還要大：「女人，不准脫。」

不准脫？

「為什麼？」嵐顏抓著衣服，非常不爽地開口。

「因為……」那聲音傲慢中又有些窘迫，「因為我能看到。」

「你可以不看！」嵐顏怒了，「你在我的身體裡，我做什麼還要受你指揮？難道因為你不想看，我就不要洗澡、不要出恭、不要換衣服了？」

「本尊也不想看，但是本尊就是能看到，本尊也沒有辦法。」那聲音比她還要鬱悶，沒好氣地回答。

是感知力嗎？

因為蒼麟是靈體，所以不像人類一樣閉上眼睛就看不到，而是靈識讓他能夠將她所有的一舉一動浮現眼前，根本躲都躲不掉。

現在嵐顏也鬱悶了，因為她不可能在明知道對方看得到她的情況下，脫衣服洗澡、出恭、換衣服了。

就算她能憋著不洗澡、不換衣服，難道不出恭？

嵐顏現在非常想掐死這個叫蒼麟的傢伙，不管他是不是所謂的中央之神，為了她自己的幸福，她也必須要把這個東西弄出去。

「你就不能沉睡一會兒？」她努力地想著辦法。

「本尊只有靈氣不夠的時候才需要沉睡，如今靈氣充沛，不會進入沉睡狀態。」那聲音已經沒有了氣勢，比她還要懊惱。

嵐顏撇撇嘴，「勉強睡一會兒不行嗎？」

那聲音驟然大了，「妳以為本尊是妳這種懶惰的女人嗎，整天就只知道吃喝睡。」

「那你前幾日，也什麼都看到了？」嵐顏想到了什麼不好的事情。

那聲音悶悶的，「沒有，本尊前幾日要吸收靈氣，不是時刻清醒著，但是從今日開始，本尊基本都是清醒著的了。」

那也就是說，從現在開始，她十二個時辰都活在他的目光之下了。

「那就是說你靈氣充沛到可以幻化了？」嵐顏的心中閃過一點希望。

「不可以。」蒼麟的聲音裡也滿是無奈，「本尊現在只能幻化很短的一段時間，若要我的靈氣能夠完全幻化，則需要妳找到白虎、朱雀、玄武的靈丹。」

好嘛，本來是不關她的事，現在也不得不關她的事了，難道她要帶著這個拖油瓶一輩子？

忽然，她心頭靈光一閃，「你能幻化多久？」

蒼麟沉吟了下，「大概一炷香的時間。」

「一天能幻化多少次？」嵐顏繼續追問著。

「至多三次。」蒼麟想了想，「這是極限。」

「那能離開我身邊多遠？」

「妳這個囉嗦的女人。」蒼麟顯然不耐煩了，「本尊的內丹在妳身體裡，本尊怎麼可能離開太遠，不超過三步。」

嵐顏沒辦法了，她掙扎著提出一個建議，「喂，如果你幻化成形，是不是閉上眼睛就可以看不到了？」

蒼麟的聲音忽然沒了，在嵐顏等得都快涼了的時候，他才不確定地開口：「不清楚，但本尊可以試試。」

身體裡熱流湧動，依稀有什麼東西從身體中飛出，在她身邊慢慢彙聚，最終形成一個清晰的人影。

說清晰，是她可以清楚地看到他的形態、容貌、身姿，比上一次在青龍靈丹下出現還要清楚得多。說是人影，是因為還能判斷出，這個影子不是完全的人形，而是有些虛幻的，光線可以透過他的身體打在地面上。

如果有人此刻看到他，一定會以為撞鬼了。

金色的長袍拖曳在地，紅髮在身後飄搖，他雙手背負在身後，抬著他高傲的頭，「可以。」

嵐顏終於吁了一口氣，「那你別轉身，我沐浴。」

那人影冷哼一聲，「妳以為本尊是偷窺的小人嗎？妳這個低賤的女人，有什麼地方值得本尊轉身看妳。」

嵐顏翻了個白眼，這個傢伙活了幾千幾萬年，所有學的詞彙都是怎麼貶低人吧？愚蠢和懶惰在她的威脅下總算是越來越少了，不過他看來是很快找到了替代詞，什麼低賤的、囉嗦的，要不了幾日只怕又有新的詞彙來諷刺她了。

「你又想被草了？」嵐顏沉入水中，舒服地直想歎息，卻沒忘記繼續回嘴，這個自大狂妄的人，實在太激起她的鬥志了。

「粗俗的女人，沒有一點女子的矜持高貴。」蒼麟哼了聲，氣勢倒是弱了幾分。

嵐顏也頗為不自在，畢竟就在自己三步遠的地方，還站著一個男人呢。

她將水淋上自己的肩頭，努力讓自己忽略掉那個人影的存在，撩起一捧水，又撩起一捧水，嬉戲著。

「卑微的女人，如果妳肯勤於修煉，早就不必沾染風塵，又何須沐浴。」冷不防耳邊又傳來蒼麟的聲音，打破了嵐顏的好興致。

「喂，我終於知道為什麼四方神獸寧可轉世，也不要做什麼神獸了。」嵐顏冷哼著，「每日和你這樣的傢伙相處，是我我也自殺了，活著就是折磨。」

「無知的女人，神獸的職責是為了守護人類，與我有什麼關係，他們要放棄自己的職責，導致天地失衡，人間不再太平，他日待我幻化真身，再定他們罪責。」

嵐顏忽然笑出聲，「你還要定他們的罪？我要是他們，那真是死也不覺醒了，突然多了什麼鳥責任，還多了什麼狗屁罪名，傻子才覺醒。而且，你不覺得他們的離開，你有很大責任嗎？」

那影子狠狠地晃動了下，大概是被嵐顏的話震動，影響了氣息的平穩。

蒼麟一聲冷哼，「不分尊卑的女人，妳有什麼資格指責本尊？神界的事豈有妳置喙的餘地？他們不顧身分，放棄職守，就是他們的錯。」

「就是他們的錯？」嵐顏呼啦一下從水池裡站了起來，「你有沒有腦子？明明是人類的慾望讓他們開始覬覦神獸的靈丹，神獸既要遭受人類的戕害，還要守護人類？你不去想如何解決這問題，只一心讓神獸守護人類，才讓神獸絕望，最終放棄身分。而你自己也是，你一句句愚蠢的人類、粗俗的人類、卑微的人類，別以為我不知道你心裡根本是恨極了那些充滿慾望和覬覦之念的人，又何必去指責神獸們？」

「妳！」心思被揭穿，某人怒到了極點，突然轉身瞪著嵐顏。

而嵐顏站在水中，全身赤裸，滴滴答答的水珠從身上落入水中，她完全忘記了自己的衝動，而他也忘記了自己的承諾。

兩個人，大眼瞪小眼，互相看著對方。

時間，停止。

兩人，呆滯。

突然間，蒼麟猛地轉身，嵐顏一屁股坐回水裡，氣氛一時間尷尬了起來。

「女人妳幹什麼要站起來！」他率先開口，滿滿的都是指責。

他、他居然惡人先告狀？

「誰他媽的要你轉過來的？不是說好了嗎？」嵐顏更加憤怒，雖然她那一瞬間看到了他爆紅的臉龐。

幻影也能臉紅？真是邪門，嵐顏在心裡咕噥著。

「誰讓妳挑釁天道的？」蒼麟的嘴硬裡，多少有些心虛的成分。

「再恨，也不能違背自己的身分，我們是神界的人，就應該遵守天道。」蒼麟冷硬地說著。

其實嵐顏與他，身體共存魂魄相依，他的波動嵐顏也是感覺到的，嵐顏知道他也恨人類對他靈丹的瘋狂追逐，但是他自恃身分，牢記著自己的職責。

「嗤。」嵐顏不屑地回答，「天道要你們守護人類，是讓你們守護人類的善良，給人類和平，誰要你們守護人類的壞心了？如果你們放縱了人類的燒殺搶掠、互相爭鬥，又怎麼守護和平，這根本就是矛盾的，天道沒有錯，你就沒想過是你錯了？還用你錯誤的想法去命令神獸，才導致了這不可收拾的局面？」

蒼麟的聲音忽然嚴厲起來：「妳居然敢指責本尊？妳這個放肆的女人。」

「你這條愚蠢的黃龍。」嵐顏毫不示弱與他對罵，「不僅愚蠢，還狂妄自大，目中無人，好人應當守護，壞人呢？放任他們做惡還守護他們，那活該你肉身被毀，靈丹被搶！」

嵐顏想起為了保護他的靈丹，讓自己不斷受傷的白羽師傅，氣不打一處來，「你繼續這樣自我下去，就算你幻化成形，人間一樣不可改變，事情還是和千年前一樣，最終陷入同樣的境地中，去你媽的職責！」

她越說越激動，「你自己看到了封城是什麼樣的，當年神獸的靈丹給了他們又是什麼結果，他們滿足了嗎？他們就安於現狀了嗎？沒有，他們只覺得有靈氣的修煉，他們可以更加長壽，可以武學精進，於是他們更加瘋狂地掠奪，欺壓妖界，搶奪妖丹。你說我是卑微的妖族，天道有告訴你，妖族就活該被人殺死拿走妖丹供他們修煉嗎？你所謂的守護裡，有守護好妖界嗎？」

這一次，蒼麟沒有再說話，而是陷入了長長的沉思中。

嵐顏窩火，洗澡洗得劈里啪啦，水花四濺。

如果她幫他幻化成形之後還是這樣，那她寧可不要幫他，至少她身為妖王，敢於報復人族，敢於去制裁那些混帳的人類，如果他要讓整個天下變成強者為尊的世界，那她就做那個最強者。

「妳，洗完了沒？」當這個聲音忽然出現的時候，嵐顏都有點不敢相信自己的耳朵。

不是狂妄的、不是霸道的語氣，幾乎不像他了。

「幹什麼？」嵐顏沒好氣地反問，「沒有。」

「我的靈氣快撐不住幻化了。」那聲音沒有了氣勢，第一次讓她聽到了平等的語調。

「喔，就快好了。」嵐顏快手快腳地爬上浴池，趕緊將衣衫披上肩頭，而就在這一瞬間，那道人影也慢慢變淡，消失。

她開口：「喂。」

沒有回應。

嵐顏又一次加重了口氣，「蒼麟。」

還是沒有回應。

嵐顏無奈，「尊貴的黃龍大人，請問您還活著嗎？」

悶悶的聲音回答著：「什麼事？」

「你下一次幻化要多久？」嵐顏的口氣也軟了，與他商量著。

「妳要做什麼？」聲音還是很悶，有些無力。

「我要出恭！」嵐顏擠出四個字。

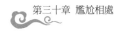

身體裡的聲音停了停，「給我一個時辰，憋著。」

「一個時辰？」嵐顏驚叫，「你當我是王八嗎？說憋就憋？」

「那半個時辰。」

「不行，只能半炷香。」

「一炷香！」

「就半炷香！不然拉身上了。」

「妳這個沒用的女人。」那聲音怒吼著：「給本尊半炷香時間。」

嵐顏的臉上，露出勝利者的微笑，看來逗弄這個傢伙，還是挺好玩的。

第三十一章

驕傲的中央主神

「我要去原城。」嵐顏在幾番思量後，終於對封千寒開口。

「為什麼？」封千寒直覺地問她。

嵐顏的手指指著自己，「因為蒼麟啊，我可不想自己隨時洗澡、出恭、換衣服時，有一個男人在一旁看著。」

封千寒憋著笑，「這的確是件大事，我也不想褻瀆中央之神呢。」

他腦子裡想什麼呢，什麼叫褻瀆中央之神？

嵐顏瞪著封千寒，耳邊則傳來某人非常不爽的聲音：「青龍居然敢藐視本尊的威嚴，這帳本尊記下了。」

「我隨妳去。」封千寒表情深沉，「上次與原城少主相見恨晚，未能長談，這一次理當拜訪原城，與原城少主好好聚聚。」

好好聚聚？打死嵐顏也不相信。

看那副陰沉沉的表情，她也不會相信封千寒會對管輕言有什麼好感到惺惺相惜，要千里迢迢去結交友情。看這樣子，若不是去擄袖子打架，她切腦袋。

封千寒的手撫著她的髮絲，「聽說原輕言是妳流浪江湖時結交的朋友？」

嵐顏皮笑肉不笑，「多虧你的說明，我才認識了輕言。要是沒有輕言，只怕你現在只能燒香祭拜我了。」

封千寒被嵐顏噎得憋住，嵐顏哼哼著，「你是封城城主，城主位置還沒坐熱呢，老老實實地治理好封城吧，就別想著到處亂跑了。」

封千寒就像沒聽到她的話，「他為妳行及笄禮？」

這個男人到底有沒有聽她在說什麼？誰為她行及笄禮，關他什麼事？

「是啊。」

「他髮間的那柄簪子，是妳贈送的？」封千寒再度追問。

嵐顏記得，見到管輕言的時候，他髮間的簪子正是自己贈的那柄，而當初管輕言贈她的那柄簪子，還在自己手中。

她的沉吟，似乎已經給了封千寒答案了。

封千寒不再堅持，「半個月後，我去找妳，我們一同去妖族。」

嵐顏警惕地看著他，「幹什麼？」

封千寒笑笑，「迎接我的老友魂魄回歸。」

迎接鳳逍魂魄回歸？她才不相信，封千寒那看戲的眼神，任誰都讀得出來。

鳳逍啊鳳逍，魂魄還未找到，居然有了那麼多想要陪她一起找他魂魄的人，前有管輕言，後有封千寒，她彷彿看到了一場慘烈的鬥爭即將爆發。

封千寒忽然伸手，將她的身體抵在他與牆壁之間，那臉頰慢慢靠近，俊美的容顏散發著讓人難以靠近的氣息。

「答應我一件事，好不好？」封千寒的聲音溫柔又溫暖，正是昔日對付她時最佳的態度，曾經她只要聽到這樣的聲音、看到這樣的表情，頓時整個人都酥了，大腦一片空白。

就算是現在，也依然。

嵐顏不小心就失了神，「什麼事？」

封千寒的手指勾上她的下巴，輕輕將她的臉抬了起來，「不准被管輕言勾引，我能容鳳逍，可容不了他人。」

他說什麼？

嵐顏的腦子還在消化著他的話，封千寒已經無聲地低下了頭，在她的唇角邊一吻，「我與鳳逍鬥了十幾年，才鬥來這麼個結果，他只怕也容不下吧？所以，妳乖乖的。」

直到他的唇放開她，人影轉身離去，嵐顏的腦子才漸漸活了過來，隨後就是一腦子的髒話。

——我是否被人勾引，為什麼要你容不容得下？

——你和鳳逍什麼關係我不管，但是我沒答應啊，什麼叫他容不下？

——為什麼我要聽你的話乖乖的？

還有……

「該死的青龍，居然膽敢褻瀆本尊主。」某個聲音怒吼著。

嵐顏沒好氣地開口：「他哪裡褻瀆你了，他褻瀆的明明是我！」

「妳這個淫蕩的女人。」那個聲音叫嚷著：「臉紅心跳加速，妳根本是興奮，哪有被褻瀆的氣憤？」

「關你屁事！」嵐顏回嘴。

那聲音先是老實地閉嘴，隨後又不甘心地開口：「他其實說的沒錯，妳不要亂勾引人，也不要亂被人勾引，本尊絕不能容忍被男人隨便亂碰，妳知道嗎？女人！」

「閉嘴！」嵐顏怒了，「再囉嗦我去上了封千寒。」

那唧唧歪歪的聲音頓時沒了聲響，過了一會兒，嵐顏耳邊傳來冷哼聲，過一會兒，又一聲哼，再過一會兒，還是一聲哼。

什麼叫憋到內傷還不敢反擊，什麼叫身為尊主卻被人威脅，除了這樣，再沒有辦法發洩自己內心的鬱悶。

「喂，你出去，我要換衣服。」嵐顏喊著。

回答她的只有一聲冷哼，某人看來是決定和她鬥到底，堅決不理她了。

「出來。」嵐顏再度叫著。

那冷哼更響，就是不見那金色的人影。

不出來是嗎？嵐顏眉頭一挑，嬌滴滴的聲音出口：「千寒哥哥……」

「咻。」身邊不遠處，多了一道淡金色的人影，雙手背在身後，正滿面寒霜，雙目噴火地瞪著她。

龍威啊，強大地壓制著她，但是不知道為什麼，嵐顏卻完全不覺得可怕，因為他眼神裡的委屈，分明有些像個被欺負了的孩子。

封千寒見到的是她，調戲的也是她，根本不在乎蒼麟的感受，反正封千寒感受不到他。

但是蒼麟可不一樣，她的感受就是他的感受，他顯然不願意被一個男人親親摸摸抱抱草草。

他是黃龍大人，他是中央之神，居然落魄到被一個妖人威脅，簡直太過分了。

「轉身。」嵐顏命令著。

可憐的蒼麟咬牙切齒，轉身間心不甘情不願地說著：「女人，將來本尊幻化真身後，定要治妳之罪。」

「呵呵。」嵐顏不屑地笑著，「反正都要被治罪了，那不如做徹底好了，你不喜歡青龍，那我換一個好了。」

「妳這個沒臉沒皮的女人！」蒼麟重重地哼了聲，不再言語，那高貴的頭顱昂著，一副誓死不屈的姿態。

原來欺負比自己地位尊貴的人，是這麼快樂的事啊！

嵐顏拒絕了封千寒要派人護送的要求，她知道，若讓封千寒護送，只怕才出城門，全天下都知道什麼封城城主夫人出巡，這可不是她想看到的。

她不屬於誰，也不是誰的人，她就是自由自在的，屬於山林之間，屬於天地之下的一隻狐狸精而已。

只要這一次找到原城占據的靈丹，蒼麟大概就能幻化出實體了吧？她也就能安安心心地回到妖族，剩下的都是蒼麟的事，她的鳳逍還等著她……算帳呢。

她沒有在人多城市中行走，而是在山林間快樂地玩耍，因為山林間人煙稀少，靈氣自然也就厚重些，對於妖族人來說，濃郁的靈氣才是最吸引人的。

嵐顏回到了一處她昔日在人間封印的山林小屋中，這裡幽靜而安謐，湖面倒映著月色彎彎，湖面上飄起淡淡的薄霧。

她在石頭上坐下，妖丹升起，慢慢地飛舞在月光之下，山林間縹緲的靈氣慢慢地融入妖丹之中。

「喂，別說我沒練功啊。」她居然還沒忘記蒼麟，忍不住地調侃了句。

自從那天在封城之後，蒼麟就再沒理過她，只有她喊著讓他迴避的時候，那身影才顯現身形，一如既往背對著她，倨傲著。

一個大男人，還是萬年中央之神呢，居然這麼小氣。

她知道他醒著，就是賭氣不理她而已。

她也懶得跟他廢話，自己練自己的功，感受著丹田內的充盈，全身舒坦至極。

忽然間，她感受到了結界上的一陣波動，似乎有人正在強行突破她妖族的封印，而對方的能力似乎並不低，沒多久，妖族的封印就被打開。

嵐顏連頭都沒回，繼續指揮著自己的妖丹，吸收著天地間的靈氣。

身後，腳步聲響起，隨即傳來怪笑聲，「哈哈，老子今天運氣真好，居然抓到一隻正在修行的妖物。」

嵐顏依然不動，那妖丹在空中滴溜溜地轉著，光芒跳動暴漲。

「妖怪，今日算妳倒楣，被道爺我撞見了。」那聲音充滿了興奮，「妖丹離體，正是妳最脆弱的時候，修煉不結束妳根本無法動彈，看來我今日得來真不費吹灰之力，這麼大的內丹，足夠讓我的道行飛漲了，哈哈哈！」

嵐顏似乎真的無暇顧及，始終沒有開口也沒有動彈，一任那人靠近。

月光下，一柄劍揚起，只聽到那人冷酷的聲音在靜謐中迴蕩：「妖怪，妳的妖丹這麼大，我是定然不能放過的，為了不給妳重生的機會，道爺我今天只能打得妳魂飛魄散再慢慢吸收妳的妖力了。」

那劍帶著奇異的紅光，直撲嵐顏的後心。

第三十二章 黃龍的悔恨

背對著他的嵐顏，紋絲不動，像是完全沒有反抗之力。

那人的臉上，寫滿貪戀，眼中淨是驚喜之色，現在的他滿腦子想的是如何殺了眼前這個妖物，取得她的內丹，好讓自己的功力精進。

「叮。」那劍刺到她後心，卻也只能停留在背心處，就再也推不進去了。

金色的人影浮現，周身籠罩著蒼藍色的氣息，他就站在嵐顏身邊，那蒼藍色的氣息連那石上的女子身影，也一併籠罩進去。

就像她在他的羽翼衛護之下一樣。

「你是什麼東西？」道人的臉上滿是不解，警惕地看著蒼麟，「你是人？妖？鬼？還是她的守護獸？」

地上的嵐顏情不自禁地露出一絲笑意，差點沒憋住笑出聲。

「守護獸？」蒼麟顯然對這個稱呼非常不滿，「你居然敢如此稱呼本尊？」

「道爺才不管你是什麼東西。」那道人眼中的貪婪之色更濃，「你的靈氣也很充沛，道爺我一併收了。」

「本尊不是妖，你為何要收我？」蒼麟的聲音低沉而充滿威嚴。

那道士呵地一聲笑了，「是不是妖不是你說了算，是我說了算，我說你是就是，待我除了你，拿了你的內丹，只怕外面的人還要感激我為他們除了害呢。」

「你知道我是誰嗎？」蒼麟冷然開口。

那道士不耐煩地舉起手，手中是一張道符，口中一邊喃喃地念著咒語，一邊回道：「道爺我說了懶得管你是誰。」

蒼麟冷笑，「只要能讓你得到靈氣，不管好壞，都要殺是嗎？」

那道士被他揭穿心思，一聲冷哼裡，手中的道符飛出，帶著火焰打上蒼麟的身體。

不，確切的說，是那半模糊的影子身體。

那火焰道符飛上蒼麟身體外蒼藍色的靈氣上，轉眼間熄滅，墜地。

蒼麟的臉色更加緊繃，「愚蠢的人類。」

那道士顯然並不死心，「沒想到你居然還有點道行，看來道爺小看你了。」

「我不是妖，也不是鬼，你這些鎮鬼的東西對我來說沒用。」蒼麟冷冷地說著，厭惡地拂了下身前被道符打中的地方。

「不管你是什麼，今天道爺我看上你的靈氣了，人也好、妖也好、神也罷、仙也無所謂，道爺只要打得過你，你的靈氣就是我的！」

那狂妄的聲音，說出了他所有的心思——他根本不在意面對的是什麼身分的人，他只要看上了，就搶來。

「強取豪奪。」蒼麟搖著頭，「什麼除妖，根本就是藉口。你既是玄門中人，就應該好好修煉，妄圖用妖丹提升自己的修為本就是錯的，更何況還不是妖，你這樣的人，根本不該修道。」

「哈哈哈。」那道士狂笑著，「道爺我入玄門，就是為了這個身分。誰他媽的不是為了搶妖丹修煉啊！什麼修道都是狗屁。別說我搶一個妖的，就算今天我走出去，被其他人發現我身上有妖丹，還不是一樣殺了我搶走。」

蒼麟的眼神，深沉而複雜。

「現在我看上你的了，你連個實體都沒有，想來也不是本道爺的對手。」那道士狂妄地笑著，「我為什麼做道士，不就是為了可以名正言順地收妖？玄門是什麼，那可是受神祇保護的，無論我殺了誰，都會受那些愚蠢的百姓景仰。」

他手腕一抖，低吼著：「等我殺了你，再殺了那妖女，今日我就發大財了。」

手中劍一晃，他瘋狂地刺向蒼麟，蒼麟衣袖一拂，無形的氣息將那道士的劍打向一旁，「本尊乃中央主神，你也敢冒犯？」

那道士一愣，定定地看著蒼麟。

蒼麟威嚴開口：「本尊以中央主神的名義，命令你立即離開。」

那道士喃喃著：「中央主神，黃龍嗎？」

才不過一瞬間，他就瘋狂地笑了出來，「黃龍，傳說中的神獸嗎？別說這東西從來沒人見過，就算你是那又如何，剛才你那功力我已經知道了，你根本不可能是我的對手，就算你是中央主神，我若拿到了中央主神的內丹，我豈不是可以瞬間成神，統領三界了？」

蒼麟看著對方，不斷地搖頭，眼中是無盡悲哀。

那道士抬起手中的劍，突然射向蒼麟，劍尖不斷抖動，笑聲也是一聲接著一聲，彷彿看到了自己統領三界的場面。

蒼麟的手一揮，金色的衣袖捲上那道士的劍，掌心帶過處，道士的劍脫手飛出，飛向一邊。

道士跌跌撞撞地衝出幾步，好不容易才穩住身形，看著空蕩蕩的掌心，不敢相信自己的眼睛。

「這、這怎麼可能？」他的手撐在地上，看著蒼麟一步步走近自己，突然間翻身一趴，跪伏在地，「爺爺饒命、爺爺饒命。」

蒼麟看著他，眼中滿是厭惡之色。

那道士不斷地磕著頭，「我有眼無珠，不該冒犯爺爺您。」

「誰是你爺爺。」蒼麟冷哼著，不屑地別開臉。

「您說您是中央主神，中央主神是保護人的，您可不能殺我啊。」那道士咚咚磕著頭。

蒼麟嘆氣，臉轉向一邊，「滾。」

那道士繼續磕著頭，「這就滾，謝主神饒命、謝主神饒命。」

蒼麟根本不願意看他，冷冷地轉開眼神。

那道士忽然抬起頭，眼睛骨碌碌地轉著，看到了一旁依然淡定著吸收靈氣的嵐顏，口中唯唯諾諾，「小的滾、小的滾。」

突然間，他的身體一彈，飛快地掠向嵐顏，手指一掐，直接捏住了嵐顏的咽喉，轉向了蒼麟，嘿嘿怪笑著。

「主神，你這麼在意這個妖女，想必有不尋常的關係吧？小道士我也沒什麼本事，但是要捏死一隻妖物的能力還是有的，她現在還在修煉，可是完全不能反抗。不如這樣，你給我個千年靈氣，我就放了她，怎麼樣？」

蒼麟眼中殺氣頓顯，威壓一陣陣地從身上散發出來，直逼那道士。

道士在威壓之下艱難地站著，臉色猙獰中，越發緊捏住嵐顏的咽喉，眼見著嵐顏的臉色漸漸蒼白，呼吸漸漸不穩，蒼麟終於開口：「好。」

那道士又笑了，「看來你與這妖女的關係匪淺啊，道士我只要千年的靈氣是不是有點少了，你可是中央主神呢，功力萬年，若是我放了她，你就會殺我，我也沒辦法，不如這樣，你把你的靈氣勻一半給我，這樣我也不用擔心你報復我，怎麼樣？」

「貪得無厭。」蒼麟憤怒地說著。

「小小人類，脆弱又無能，老天本就對我們不公平，我只是要一點公平而已，怎麼能說我貪得無厭呢？」那道士繼續說著，手中繼續用力，「你若不給，信不信我捏死她？」

當他手中用力的時候，他忽然覺得掌中一輕，那原本捏在手心裡的女子脆弱頸項，消失了。

被他鉗制著的女子，消失了。

他不敢置信地看去，就在不遠處，那女子站在一旁，妖丹就在她頭頂上方飛舞著，依然吸取著天地靈氣。

「這，怎麼可能？」那道士發出不可置信的聲音，「妖丹未歸位，怎麼可能移動身體？我靠這個方法殺了無數妖物，從來沒發生過這樣的事情。」

「既然你殺了無數妖族人，想來今天我是饒你不得了。」女子冷冷地開口：「我不是神，我是妖，我不介意手中沾染貪戀人類的血液，也算是為我妖族子民復仇了。」

嵐顏的手伸出，一縷妖氣從指尖彈出，直取男子的心口。

那勁氣在空中，道士癱軟在地，可就在那勁氣即將打上道士心口的一瞬間，另外一股醇厚的力量推來，將她的勁氣打偏。

嵐顏心中嘆了口氣，以不可救藥的眼神看著蒼麟。

「我是中央主神，守護人類是我的職責。」還是那堅持的話語，嵐顏已經不想再說什麼，她只是漠然地轉身，離開。

千萬年深入腦海的執著，又豈是她能改變的？有他的保護，她也不可能說殺就殺，今日註定是無法出手了。

「啊！」一聲慘叫，然後又戛然而止，嵐顏驚訝回頭。

那道士手捂著胸口，指縫中汩汩流著血，眼中原本的興奮還沒散去，就變成了驚恐，身體慢慢地倒地，最終氣息全無。

「就算懲罰，也應該由我出手，這樣即便天道將來要懲罰，也是懲罰我。」蒼麟平靜地開口：「我知道妳今天是故意的，所有的一切不過是讓我看清人類的貪欲而已。」

話丟下，蒼麟的身影瞬間不見，丟下嵐顏面對著空蕩蕩的湖水和那彎新月，慢慢地露出了笑容。

其實蒼麟也不是那麼臭到無可挽救。

她笑笑，枕著胳膊躺下，望著天空，閉上了眼睛。

第三十三章 傲嬌的尊主

這一次，蒼麟沉默得更久，就連嵐顏說要換衣服，他也沒出現。幾次之後，嵐顏幾乎以為身體裡的他又一次陷入沉睡之中。

就在某個夜晚，嵐顏睡得迷迷糊糊，瞇著眼睛懶懶地翻了個身，卻忽然看到身邊出現一道人影，就貼在她的身邊，坐在一旁。

嵐顏一驚，瞌睡頓時飛到九霄雲外，定睛看去，卻發現是蒼麟。

「我草，大半夜的你別嚇人好不好？」嵐顏捂著自己的心口，沒好氣地說著。

這蒼麟還沒有實體，自然也就讓人感應不到他的氣息，突然間睜開眼睛看到，嚇得魂魄都飛了好不好。

蒼麟也不說話，直勾勾地看著她，那眼神看得嵐顏心裡毛毛的，忍不住伸手摸著自己的臉。沒傷沒疤更沒有開花，她應該也不算醜，不至於用這樣看怪物的眼神看她吧？

「尊主大人，您還好吧？」幾日不見，突然出現雖然嚇人，不過看到他似乎還挺好的樣子，嵐顏也算放下了心。

如果他不好，就不知道要在她的身體裡待多久，這沒完沒了的日子，她可不願意過的。

「好。」蒼麟終於開口了，回答了她的提問。

嵐顏卻慌了，這樣的口氣、這樣的語調，與她記憶裡的他完全不符啊，難道他中邪了？被鬼附身了？還是走火入魔了？不對，他是中央之神，不可能中邪不可能被鬼附身，更不可能走火入魔。

那就是，腦子出問題了？

一個腦子出問題的中央之神，她該怎麼面對？

「我沒問題，女人！」那倨傲的聲音回歸，很不客氣地開口，卻讓嵐顏放下了心。

嵐顏笑笑，「沒問題就好、沒問題就好，睡覺、睡覺！」

沒有一貫罵人的發語詞，還是有點不正常，不過好歹語氣和往常一樣，她就勉強當他沒問題吧。就在嵐顏閉上眼睛準備繼續睡覺的時候，怪兮兮的蒼麟突然又說話了：「也許妳上次說得有道理，女人。」

睡意讓腦子仍有些迷糊的嵐顏，不知道他說的是什麼，「什麼上次，能說得具體點嗎？」

「沒有腦子的女人！」蒼麟非常不滿地說著，眼睛瞪著她，不過那髮絲沒有飄蕩，看來不是很生氣。

嵐顏只想睡覺，懶得跟他計較，「嗯嗯，我沒有腦子，現在您能讓沒腦子的我睡覺嗎？」

「妳這個懶惰的女人！」蒼麟的聲音高了，嵐顏揮揮手，猶如趕蒼蠅一樣。

「妳這個愚蠢懶惰自大狂妄厚臉皮的淫蕩女人！」一口氣的聲音爆發，在她的耳邊震響，把嵐顏驚得差點跳起來。她到底哪裡招他惹他了，能不能不要這麼折磨她啊？

算了，他是主神大人，她是小妖精，聆聽教誨才是妖應該做的。

嵐顏懶懶地爬了起來，睏頓中努力做出恭順的姿態，「主神大人請賜教，小的洗耳恭聽。」

蒼麟瞪著她，嵐顏努力表現出清醒的樣子，看著他的臉，結果他卻又不吭聲了，等待中，嵐顏的腦袋又一次開始點點點，再度瞌睡來襲。

就在她即將睡過去的時候，耳邊傳來了蒼麟的聲音，「或許我以前真的錯了，有些野心與貪婪，是不應該被維護的。」

嵐顏恍然明白了，她挑了挑身邊的火堆，她喜歡光明，即便不需要火堆取暖，但是這火焰的跳動，總會給她希望的感覺，所以她養成了即便是一個人也會燃上火堆的習慣。

火光中，今夜的蒼麟身影格外的清晰，那面龐在她的眼中，也分外明朗。

他有一張俊朗的面容，深邃而雋永，俊美得讓人找不到半點瑕疵，與白羽師傅的柔美不同，他更加剛毅，也彷彿是一種心境的體現。

從他的臉上，她讀到了一種悲涼。

也是，放棄了堅持千載萬年的信念，任誰也無法平靜，那日的出手或許是帶著怒意，所以他需要平靜，需要面對自己的心，需要面對自己始終堅持的原則。

能讓這樣的人認錯，本身就是極難的，嵐顏甚至以為，他如此自負自大的人，是永遠不可能認錯的。

「是不是因為我的剛愎自用，才讓神獸們放棄的？」他似乎是想自嘲，嘴角流露的卻是一抹苦澀，「那日妳說的，他們無法抗拒我的命令，又不願意再這麼做下去，所以選擇放棄，連神獸的身分都不要，寧可做一個普普通通的人，因為人得到的眷顧實在太多了，他們是在用自己的行為來向我抗議，而人界的紛爭，所有的一切都是我導致的，對不對？」

那深深的自責，那無奈的嘆息，讓嵐顏再也說不出任何指責的話語。以她對他的瞭解，蒼麟應該是驕傲而高傲的存在，他的決定就是所有人界、妖族、神獸的命運，而如今這紛亂的塵世，絕不是他想要看到的。

「其實和你也沒關係。」嵐顏努力安撫著他，「你的職責是守護，人類在你眼中是被保護的存在，若你真的錯了，那又怎麼可能會有人間百姓膜拜信仰著你們？正因為你帶來福祉，為人類擋去過災難，才會被人尊重。你只是沒有想過人心的險惡，但是這些人終究只是少部分，不是所有的人都存著惡意的，不是嗎？」

蒼麟望著天空，眼神虛無縹緲，她不知道他是在追憶過去，還是在問著蒼天？

「神也會犯錯，你唯一的錯在於你沒有想過如何懲戒那些犯錯的人，讓他們沒有顧忌地任意妄為，如果天道真的覺得你沒有做好中央主神，就不會讓你轉世，也不會讓神獸們回歸，天道要的是看你如何糾正自己的錯誤。」

嵐顏順著他的目光看著天空，忽然明白了什麼，「如果神獸們真的完全絕望，就不會回歸。比如千寒，他是青龍，他可以不回歸，但是他並沒有抗拒，他只是做出了新的決定、新的應對辦法。如果真覺得你錯，白羽師傅就不會守護你這麼多年，為了你而堅持著。」

蒼麟神色一動，口中飄出兩個字：「翎凰……」

這是白羽師傅的名字吧？她記得蒼麟也曾經提及過，而且她記得蒼麟對白羽師傅有一種特別的保護慾。

難道……她的眼睛偷偷地觀察著蒼麟的表情，想起白羽師傅提及蒼麟時的神色，她頓時覺得自己明白了什麼。

白羽師傅與蒼麟之間，一定有姦情，一定！

蒼麟忽然看著她，那眼神直勾勾的，讓她覺得很不自在。

他的手托向她的臉，一股醇厚的勁氣中，她不由自主地抬頭。在這樣的情形下，她是沒有辦法對神的威壓產生反抗心。

「翎凰……翎凰……」蒼麟的口中翻來覆去，始終是這兩個字，眼中不僅有追憶，還有著一縷詭異的情思。

他在思念白羽師傅？可為什麼要看她？還露出這樣的神情？

嵐顏略微一思索，就給他找到了藉口。

一定是因為她體內白羽師傅的真氣，讓他有了追念的心，所以才有了這種看情人的表情。想來他與白羽師傅也是可憐，一個千年沉睡，一個守護千年。一個剛剛消散，另外一個就覺醒。始終不能見面的愛人，多麼堅貞的愛情啊！

「這眉眼，真像。」蒼麟又喃喃著。

像？她像白羽師傅嗎？

白羽師傅縹緲如仙，她妖裡妖氣，更何況一個是男人、一個是女人，會像嗎？

嵐顏的疑惑中，很快又為蒼麟的行為找到了藉口。

身為神，又怎麼可能只看臉呢？一定是氣息，讓蒼麟思念成疾，才會這麼說。只是氣息像，和臉沒關係。

想來也是滿滿的同情，嵐顏也就不再反抗，神也有脆弱的時候，就讓他好好思念自己的情人吧，她就暫時當個替代品好了。

「我真的還能扭轉一切嗎？」蒼麟彷彿是在問她，又彷彿是在問自己。

「當然可以。」嵐顏的下巴始終保持上揚的姿勢，已經開始覺得痠了，她唯有安撫這個自我糾結的龍，「既然人心不能讓他們自我約束，為什麼神祇的存在不能震懾他們呢？貪婪的人受到天道的懲罰，人間用律法去約束，就能讓他們不再肆無忌憚。」

「是啊，若我再幻化出身形，必然不能再走昔日的路，是時候該改變了。」蒼麟忽然露出一絲微笑，「翎凰看到，也會開心的吧？」

他果然真的好愛白羽師傅呢，她說什麼都無法安撫他，可只要提到白羽師傅，他的情緒一瞬間就被安撫了。

真愛啊！

嵐顏忍不住地伸出手，撫上了他的髮頂，「為了你的職責，為了你深愛的白羽師傅，你這中央之神一定會重新為人間立下新的規矩，做到真正的太平。」

嵐顏忽然發現，原本一直虛幻的蒼麟，居然被她摸到了，手心下那柔軟的觸感，細潤順滑流過她的手指縫。

這髮絲，與他的性格完全不合嘛，要粗糲如鋼絲一樣才符合他的脾氣不是嗎？不過這手感，實在太好摸了。

嵐顏手賤地摸了摸，不過癮地又摸了摸，忍不住地加重了力量，再摸……

蒼麟的腦袋在她手心裡蹭了蹭，感受著她的溫度與力量，剛毅的眼神瞇了起來，似乎是在享受。

「妳這個不分尊卑的女人，居然敢隨意觸碰本尊？」一聲低吼中，嵐顏快速地縮回手。

「小小妖女，本尊容妳見我不跪，妳居然對我用這般動作，妳以為本尊是狗嗎？」那聲音極度不滿。

嵐顏看著自己的手心，呵呵乾笑。

心裡頭卻是無數髒話飄過，剛才是誰一臉舒坦的表情？剛才是誰如貓兒一樣享受的？人爽了就翻臉？

而且，她分明看到了蒼麟那緊繃又威嚴的臉上，閃過了兩抹可疑的紅暈。

「咻！」人瞬間在眼前不見了。

嵐顏無奈地攤手，翻身躺下，請神不容易送神也難，既然他走了，她也趕緊睡覺吧，不知道下一次這傢伙發病是什麼時候，她只有抓緊時間休息，才能應付他這反覆無常的性格。

耳邊，突然傳來蒼麟不滿的語氣，「愚蠢的妖女，妳剛才說什麼，我深愛著翎凰？」

嵐顏嘆氣，「難道不是嗎？」

「妳這個自以為是的蠢笨妖女，不、淫蕩而猥瑣的妖女，給本尊把妳那齷齪的思想從腦子裡刪掉。」那個聲音狂妄地命令著。

嵐顏懶懶地回答：「是，尊主大人。」

嘴角一聲嗤笑，切，沒想到中央主神還是個傲嬌的貨，明明喜歡還不讓人說。

第三十四章 伺候傲嬌大人用膳

「妳不是在山裡的嗎？為什麼突然走到集市上？」對於耳邊忽然響起的聲音已成了習慣，嵐顏只當沒聽見。

她在集市上走著，看看這裡，瞧瞧那裡，手中抓著一塊桂花糖，吃得舒爽快樂。

她的確是喜歡幽靜的山間，方便吸收靈氣，但是她骨子裡依然是嵐顏，是那個好吃愛動、喜歡熱鬧的人。

只有集市上，才有她喜歡的各種美食。山裡的野雞在嘗過段非煙的手藝後，她對自己再沒有了任何信心。

她才不要吃自己做的東西！

她站在一家店門前，看著熱氣騰騰的燒雞，吸了吸鼻子，「給我來一隻。」

「貪吃的女人！」耳邊的聲音充滿了不屑。

嵐顏接過用荷葉包著的雞，低聲反擊：「怎麼，吃不著難受啊？」

那聲音冷哼了下，「本尊才不屑卑微的口腹之欲。」

「不懂得情趣。」嵐顏撇了撇嘴巴，「真不明白白羽師傅喜歡你哪一點，這麼臭的脾氣。」

那聲音忽然高了，「我和你說了，我和翎凰並非妳想的那種！愚蠢又無知的女人！」

嵐顏根本不信，怪怪地嘿了聲：「看吧，惱羞成怒了吧。」

「妳這個混蛋的女人！」那聲音開始咆哮了，「本尊從不說謊，為何要欺騙妳？本尊與翎凰……」

「不是就不是，叫什麼叫，吵死了。」嵐顏輕描淡寫的一聲，耳邊淨是重重的喘息聲。

可憐的黃龍大人，這麼多年何曾敢有人這般對他說話？更沒有人敢嫌棄他吵，可是這女人，不僅敢嘲笑他，還敢反駁和叫他閉嘴。

「姑娘，可是我家燒雞有問題？」老闆戰戰兢兢地看著嵐顏，表情怪異。

嵐顏咧開笑，衝著老闆搖頭，「沒有、沒有，非常好。」

都怪這麼多天和蒼麟在一起，完全無所顧忌，習慣了有話就說，現在被人看見，對方就像看一個傻子一樣。

嵐顏拿起燒雞轉身就走，走向其他的小攤子。而在人群的眼中則是看到一個姑娘不斷低聲咒罵著：「你吵死了！能不能閉嘴？你管老娘吃多少？」

街頭，側目異樣的目光頻頻看向她，弄得嵐顏好沒趣。

「妳買這麼多幹什麼？」某尊主大人還在不斷地嘮嘮叨叨，吵得嵐顏頭大，「妳是豬嗎？」

嵐顏實在是無奈，只能開口：「蘇家離這裡近，我要先去見見蘇逸。」

沒錯，所有好吃的，都是為了那個吃貨而準備的。

嵐顏現在很急切地想見到蘇逸，因為他有太多祕密藏在心中，她始終覺得蘇逸還有事情隱瞞著自己，而她想要知道。

「全是為他買的嗎？」

嵐顏看看自己手中的大包小包，隨口回答：「是啊。」

「本尊也想吃東西。」突然的一句話，差點嚇掉了嵐顏手中的東西。

這個傢伙發什麼病？好好的要吃什麼東西，他能吃嗎？他能幻化出實體吃東西嗎？

還有，神獸能吃東西嗎？會不會拉肚子？

一瞬間，太多想法衝過嵐顏的腦子，導致她覺得自己的思維一下子有點不夠用。

「愚蠢的女人，聽到了本尊說話沒有？」那聲音不耐煩了。

嵐顏無奈地朝天翻了個白眼，「聽到了。」

「那還不帶本尊去？」

嵐顏走著，目光四下看著，耳邊是不斷吵嚷的聲音：「女人，妳到底買不買？買不買？」

「您是尊主大人，我肯定不能給你買街邊的東西，給你找這裡最好的酒樓行不行？這樣才能表示對你的尊重。」她沒好氣地開口。

這一句話，某位驕傲的尊主大人終於閉上了嘴，嵐顏終於找到了一家裝修精美的酒樓，走上酒樓，熱情的小二迎了上來，「姑娘裡面請。」

「包廂。」嵐顏開口。

「您一人，包廂？」小二有些遲疑。

「是的，一人包廂。」嵐顏丟下一錠銀子，小二再是狐疑，也笑著點頭去安排了。

轉眼間，一桌的菜，一個人，上菜的小二始終用一種怪異的目光打量著嵐顏，嵐顏揮著手，「你下去吧，不要打擾本姑娘吃飯。」

小二再度看了眼嵐顏，訥訥地下去了。

嵐顏翹著腳，「出來吧。」

「這就是妳對本尊說話的態度嗎？」蒼麟在她耳邊叫嚷著。

嵐顏無奈地放下腳，「恭請尊主大人，小的伺候您用膳。」

身邊出現一道淡淡的影子，那影子由虛幻漸漸變得實體，最終站在她面前的人幾乎是沒有任何虛影的。

看來這些日子他的精進也是非常可觀，嵐顏對此表示十分欣慰，也許再過不了多久，她就能擺脫他了。

「不是要伺候我的嗎？」那眼神淡淡地一掃，倨傲地望天。

這傢伙永遠這姿勢，不會扭到脖子嗎？

嵐顏無奈地站起身，懶懶地站到一邊，「請尊主大人入席。」蒼麟哼了聲，一撩衣衫坐了下去，「伺候。」

他媽的，他還真是蹬鼻子上臉，但是嵐顏不想他再造反，唯有盡心哄好這個不知道為何又發病的龍。

挾起一塊排骨放進他面前的碟子裡，「尊主您嘗嘗。」

蒼麟的眼睛看看她手中的筷子，又看看自己面前的筷子，拿起來看了看，手指比劃了下，又放了回去。

這什麼意思？挾給他了又不吃。

嵐顏又挾了枚紅燒鴿子蛋，「尊主這個您喜歡嗎？」

蒼麟還只是看著，根本沒有拿起筷子的意思，嵐顏琢磨不透他的心思，唯有再挾起一塊糯米捲，「尊主喜歡甜食嗎？這個糯軟可口，試試嗎？」

她挾，他看，不管她說什麼，他就是沒有動一下筷子的意思，轉眼間面前的碟子裡已經堆滿了她挾的食物。

嵐顏不耐煩了，「尊主您什麼意思啊，不是您說要吃的嗎？這一桌子好幾十兩銀子呢，您到底吃不吃啊？」

還是說，他看看就飽了？

「你要是不吃我可就打包帶走了，反正蘇逸那個飯桶是不會介意的。」嵐顏努力地想要把自己的損失降到最低點，既然菜都沒動過，那不如帶走給蘇逸吃好了，她可是記得蘇逸的飯量的。

「誰說本尊不吃的？」蒼麟雙目光芒一閃，朝著嵐顏抬起下巴，「伺候。」

伺候？她沒有理解錯誤吧？

嵐顏看看他，看看自己手中的筷子，又看看桌子上沒動的筷子，看來她沒有理解錯，他的伺候指的是讓她餵。

她很想，直接把筷子戳進他的喉嚨裡，反正神獸是死不了的！

嵐顏深深地吸了口氣，挾起碟子裡那塊排骨，送到了蒼麟的嘴邊，蒼麟張開唇，嵐顏幾乎是用盡全身的力氣，才讓自己溫柔地把排骨送進去。

蒼麟含著排骨先是沒動，似乎是在琢磨著味道，嵐顏從他的臉上也判斷不出他究竟是喜歡還是不喜歡？

房間，靜默。

忽然……

「喀喇，喀喇，喀喇！」蒼麟的口中傳出響聲，嵐顏瞪大了眼睛看著。

沒錯，他在嚼。

嵐顏看到他腮幫子的嚅動，不多時喉嚨一滑，「味道不錯。」

嵐顏的嘴角抽搐，「您都吃了？」

蒼麟眼角一掃，「囉嗦的女人，快點伺候。」

嵐顏沉默著，又挾起一條魚尾巴，送到他的嘴邊，果然蒼麟是幾下嚼動，又嚥下了。

「尊主大人，我想問問，您這幾千幾萬年，吃過東西沒？」嵐顏看到這種吃法終於沒能忍住，還是問了出口。

「不需要。」蒼麟很不滿她的問話，目光示意著她趕緊挾菜。

嵐顏手上飛快，看到什麼挾什麼，反正他都是三兩下就嚼爛嚥了。

「那……好吃嗎？」眼見著他又啃了一個豬蹄，一整塊。嵐顏小心地詢問著。

蒼麟嗯了聲，「還不錯。」

真的不錯嗎？他腮幫子不疼嗎？

她怪異的目光引起了蒼麟的注意，蒼麟皺眉，「女人，妳有什麼事？」

「沒！」嵐顏以崇拜的眼神看著蒼麟，「尊主大人您的牙口真好。」

「什麼意思？」蒼麟反問。

嵐顏乾笑著搖頭，不斷地送著食物，然後見識到了什麼叫傳說中的饕餮。

他還真是餵什麼吃什麼，給什麼嚼什麼，如果說蘇逸給她的感覺是飯桶的話，那麼蒼麟就是垃圾桶了。

沒有什麼不吃，東西到了嘴巴裡，轉眼就連渣都不剩了。

一桌子菜，整整十幾道，足夠七八個人大吃一頓了，被他掃得乾乾淨淨，嵐顏極度懷疑如果她把盤子餵給他，他也會嚼一嚼嚥下去。

嵐顏看著空蕩蕩的桌子，發出一聲感慨，「跟舔過一樣乾淨。」

而蒼麟似乎還有些不滿意，手指一指她身邊的大包小包，問道：「本尊還沒吃飽，那個裡面是什麼？」

那都是她給蘇逸買的東西，這樣是不是不太好？

她的遲疑頓時讓蒼麟不滿，「低下的女人，什麼時候不分尊卑了？」

她什麼時候分過尊卑了？

不就是吃的麼，大不了等一下再買好了。

嵐顏把紙包打開，蒼麟的臉上忽然有了幾分開心的笑意，尊貴的手終於抬了起來，親手抓起一塊糕點，在嘴角微抬的笑意中，丟進了嘴巴裡。

這算是討好到這條難伺候的龍了嗎？

嵐顏放下筷子，「尊主大人，我能去打聽一下蘇家怎麼走嗎？」

某尊貴的龍原本剛剛露出笑意的臉上頓時板了起來，「伺候！」

又是這兩個字，嵐顏無奈地又拿起筷子，開始投餵工作，直到她打包好的十幾樣食物都被吃乾抹淨，某人一隻手抱著糖袋、一隻手拈著糖送入口中。

「現在能走了嗎？」嵐顏再度觀察他的表情，「您老人家肯離開了嗎？」

「吃完再說。」他打了個響亮的嗝，瞇起眼睛，一片饜足之態。

吃這麼多，可見他的功力真的精進不少了。

嵐顏悄悄走出包廂，小二立即迎了上來，「姑娘可是有吩咐？」

「我想問問，你可知道蘇家怎麼走？」

小二點頭，手指著大門外，說道：「您出門後往右邊走，大街盡頭的那間紅色宅子，就是蘇家了。」

突然間街頭騷動了起來，嵐顏聽到一聲聲的叫嚷由遠至近，大呼著：「不好了，蘇家失火了、蘇家失火了……」

嵐顏站在二樓，順著騷動的方向看去，濃煙滾滾中，大街盡頭的位置果然是火光衝天。

嵐顏心頭一沉，整個人跳了起來，也顧不得驚世駭俗，將輕功施展到極致，幻影數變中，朝著蘇家宅院衝去。

第三十五章

蘇家生變

蘇家是一幢百年的老宅。

木質的宅院根本禁不住火勢的摧殘，當嵐顏到達的時候，宅邸早已經火勢逼人，街坊手中的水桶不過是杯水車薪。

「蘇家的人逃出來了嗎？」嵐顏隨手拉過一個正在救火的人。

那人搖著頭，「我、我不知道，我看到火勢起了才來救火的，但是似乎沒看到蘇家的人。」

嵐顏心頭一沉，彷彿感覺到了什麼。

沒錯，即便是如此濃烈的味道中，她以妖族獨有的靈識感覺到了血氣，濃烈的血腥氣。

一陣風颳過，有人大聲地呼喊著：「要塌了，快跑！」

人群四散而逃，三層的老宅轟然垮塌，火星四濺。

「人沒事吧？」有人在混亂中叫嚷著。

「我剛剛、剛剛好像看到有人衝進去了。」有人回答著，聲音卻有些不肯定，「不過不確定是不是我看錯了，畢竟太快了，不像是人！」

此刻那火焰升騰的樓宇中，嵐顏站在火中，火焰在她身邊跳動著，卻沒有襲上她的身體。仗著妖霞衣和自己的功力，嵐顏在熊熊的火勢中飛掠，四處尋找。

火勢是從後院燒起來的，而人們發現時卻忙著搶救前院，沒有人能進來後院，嵐顏看到滿地的屍體，縱然有火勢的遮掩，也掩蓋不了這些人全是死於兵刃之下的事實。

好快的手，好狠的手段。

蘇家的宅邸不算偏遠，頂多只是幽靜，又是白天的鬧市，只要有任何人發出一聲驚呼，都肯定會引起他人的注意。

而據她目測，蘇家上下最少幾十口，沒有一個人發出過聲音，沒有一個人來得及察覺到危險的到來。

這個人，好厲害的身手。

嵐顏的目光飛快地找著，心頭也在怦怦跳。

她雖然與蘇逸沒有太深的交情，但是這少年的溫柔與隨遇而安的心態，讓她很是讚賞。她不想在這滿地的屍身中看到蘇逸的身影！

嵐顏的目光在後院飛快地尋找著，終於她看到了一輛倒落在角落的輪椅，而輪椅下方似乎壓著一個人。

嵐顏的心，沉了。

那一瞬間，彷彿已不會跳動。

她腳下微一遲疑，就很快地跳了過去，手拂過，那輪椅立即飛到了一旁。
那人影臉上雖然都是煙薰火燎的痕跡，但嵐顏還是一眼就辨別出，這個人不是蘇逸。
蘇逸消瘦、清弱，這個人雖然看上去身形差不多，卻不如蘇逸瘦弱。
嵐顏的心略微放下一些，繼續搜尋起來。
她很快地將所有的地方都看過一遍，她確定沒有看到蘇逸的屍體。
那他會在哪裡？
殺人的又是什麼人？
她想起蘇逸對她說過的故事，蘇家的倚仗和隱祕。
如果，有人發現了蘇家真正的目的，會怎麼做？
為什麼蘇家上下都死了，卻獨獨少了蘇逸呢？
難道那人的目的，就是蘇逸？
當這個想法掠過腦海，嵐顏想也不想地躍起身體，朝著後院牆外撲了出去！
站在牆外，嵐顏讓自己的心沉澱下來，讓自己所有的靈識都張開到極致，她在感應，以妖族獨有的能力，去查探不屬於這裡的氣息。
風吹過，她在空氣中捕捉到了一縷血腥氣。
嵐顏的眼中閃過一抹殺意，衝著血腥氣傳來的方向追了過去。她知道只要殺了人身上一定會有血腥氣，這些能逃過人類的耳目，卻逃不過妖族的感知力，這血腥氣很新鮮，一定與在蘇家放火殺人的人有關。
她的身影很快，幾乎把身法施展到了極致，就算人已跑遠，她相信她也能追上。
更主要的是，她從那些人身上，感受到了極為熟悉的殺氣。

當年在封家，也是這樣的氣息，也許曾經的她不懂得去分辨，但是妖族的體質讓她牢記了這些氣息。

短短幾年，又遇到這些人，她又怎麼會放過？

封家的仇恨，一直都在她的心裡。

雖然她與封家沒有血緣關係，但是這仇恨她無法放下。

她與嵐修的仇，一刻都不敢忘記。

不過半炷香的時間，她已追蹤到了一條小河邊，那河水嘩嘩地流淌著，而所有的氣息到了這裡，沒有了。

嵐顏皺眉，想也不想地掠過河水，繼續追蹤。

可惜，當她奔出數里地的時候，卻還是沒有半點氣息。

她，追錯了方向！

無奈中的她，又一次回到了河水邊，看著湍急的河水，嵐顏努力地讓自己的心平靜，再度張開靈識。

河的兩岸都沒有氣息，那人會去了哪裡？

而且她不相信會有人快到能超越她的功法，能讓她感知不到氣息的存在，她不相信這世間還有這樣高深的人存在，更何況還帶著蘇逸。

難道……

她的目光仔仔細細地在河岸邊尋找，果然找到了一道推拉壓轍的痕跡，看來對方是在河岸邊藏了一條小船，到了河岸邊就乘船離去了。

入了河，就算她再有本事，只怕也難以追蹤了，更不知道對方會在哪裡上岸。

該死！

她的手伸入懷中，拿出了一串藍色珠串，蘇逸曾經送給她的海光石手鍊。

如果以妖族的血祭之術，大概能找到一絲蘇逸的氣息與去向，只是這血祭術太傷，別說她沒有十成的把握，就算找到了，那對她自身的傷，只怕也無力再救人了。

但是她不想就此失去了那些人的下落。

嵐顏把心一橫，咬破手指，血滴上海光石手鍊，口中輕聲念著：「以吾妖族之血，開血祭之法，追……」

話才說了一半，她的手就被人握住，那串手鍊也落入了對方的手中。

嵐顏抬頭，看到一雙憤憤的眼眸，「妳這個沒腦的女人，居然敢丟下本尊一個人跑走？」

丟什麼丟，他的靈丹在她身上，他能丟了才怪。

「別吵我。」嵐顏急切地甩開他的手，「我要找人。」

「找那個半死不活的人？」蒼麟一撇嘴，「找到又怎麼樣，他又活不過兩年。」

「什麼？」嵐顏驚訝地問出聲，聲音也不由大了起來。

「嗤。」蒼麟不屑地別了下嘴，「他身上氣息很弱，是衰竭之症，表面看不出來，卻逃不過本尊的感知，就算妳救了，他也活不了兩年。」

蘇逸有病？而且活不過兩年。也就是說，蘇家的傳言未必是假，那當初蘇逸為什麼要騙她？而且她把過蘇逸的脈，根本沒有任何病兆啊！

不過這一切都不是重點了，重點是她現在必須要找到蘇逸。

她有種直覺，抓蘇逸的人與當年屠殺封家的是同一夥人，更為重要的是，抓蘇逸一定與神獸靈丹有關。

「我不管，我一定要找到他們。」嵐顏倔強地開口。

「找到了妳也救不了。」蒼麟哼了聲，「妖族的妖法，一向是損人自損，妳施法之後，只怕也功力大損，去了不過是找死而已。」

嵐顏強硬地回嘴，「那也是我的事，不關你的事。」

「妳這個愚蠢的女人要是死了，本尊如何幻化成形？」蒼麟比她還要強勢，抓著她不鬆手。

「放開。」

「不放，豬一樣的女人。」

「放開我。」

「不放，比豬還要笨的女人。」

爭奪中，嵐顏氣憤叫嚷著，「你知不知道，他們有可能是當年殺封家滿門的人，無論你說什麼，我也一定要找到他們，你的實體堅持不了多久，一旦你回歸進入我身體裡，我要做什麼，你又豈能攔住？」

蒼麟的手鬆開，「蠢女人，妳不需要用那低等的妖法，本尊知道他們在哪裡。」

嵐顏的眼中閃過驚喜，「你知道？」

蒼麟哼了聲，「姑且念妳伺候還算周全，本尊就告訴妳。」

他沉著臉，「他們身上有朱雀的靈氣，應該是長年在朱雀靈丹下的人。」

可是誰他媽的知道朱雀靈丹在哪裡？即便封城中藏著青龍的靈丹，也是她打開精魄後才知道的事。

難道……

「是原家？」嵐顏喃喃地念叨著。

她記得離開封城時，封千寒千叮嚀萬囑咐地告訴她，當年他就是從原家人的手中救下她。當時封千寒推測，如果原家是為了蒼麟的靈丹而追殺白羽，那十餘年後白羽再度出現在封家，原家也有可能得到消息追蹤而至，因而滅了封家滿門。

但是她的腦海中清清楚楚記得，那個最後殺自己的人手中的武器上，印刻著依家的家徽。

如果不是她已成長，如果不是她留了心眼，只怕在擂臺比試上就對依泠月下了殺手。可她總覺得這中間還藏著什麼她不知道的祕密，甚至更大的陰謀，她要查詳細。

她來找蘇逸，為的就是這件事。

因為只有蘇逸知道，當年白羽到底是從哪裡盜取蒼麟的靈丹？才能證實到底是原家還是依家出的手。

可是一切就在她即將到達的前夕，蘇逸被抓，蘇家滅門，難道真的是原家所為？

她對原家，無所謂好惡，但是原家有一個她非常重視也非常重視她的人——管輕言！

「他們身上的氣息非常濃郁，應該是吸收過很多朱雀靈氣的人。」蒼麟再度開口。

「很多朱雀靈氣……」嵐顏有些不敢想。

靈丹之氣，是各城的至寶，就連封南易這樣的人，也捨不得分給別人去吸收，而這些人不過是殺手，就有濃郁的靈丹氣息，他們的主人究竟要做什麼，目的又是什麼？

嵐顏定下心，「蒼麟，我需要你，我會去三城努力尋找他們靈丹隱藏的位置，你只需告訴我，哪個是朱雀的就行了。」

找到朱雀的靈丹，就找到了真正滅她滿門的凶手，而這次的人既然費盡心思也要帶走蘇逸，想必一時半會不會對蘇逸下毒手。

「知道了。」蒼麟的身影漸漸變淡，消失在她的眼前。

嵐顏想了想，現在蘇家的線索斷了，她只能將三城走遍，尋找朱雀內丹的氣息。

而離她如今位置最近的，是杜家所在的杜城。

她提起腳步，朝著杜城的位置而去。

突然間，耳邊響起一聲大吼，「妳這個卑微的女人，剛才居然直呼本尊的名諱，待本尊幻化成型，一定治妳的罪！」

第三十六章 入杜城，查靈丹

杜城，對於嵐顏來說，是完全神祕而陌生的，除了這個名字。

他們有著與封城、依城、原城齊名的地位與身分，卻幾乎很少出現在人前，就連封城上一次的擂臺比試，杜家也沒有參加。

有人說杜家的城主是武癡，只知道自己修習武學，完全不過問身外事。

也有人說杜家這一任家主根本不習武，只愛讀書，所以任何與武有關的事他都漠不關心，杜家已在日漸走下坡。

但是，沒有人敢去試探，也沒有人敢與杜家城主比武，所以傳說只是傳說，流言依然還是流言。即便嵐顏，也只知道目前的杜城城主叫杜清和，可是如何能見到他，卻是完全沒有頭緒。

就算見到了又如何，難道對著杜清和說：「我是來看你們家靈丹的，讓我確認一下是不是朱雀靈丹？」

她不被杜城守衛打死才怪！

如果朱雀靈丹藏在杜城內，那意味著滅封家滿門和帶走蘇逸的人皆是杜家的人，她大咧咧地上門豈不是自己找死？

暗中查探嗎？

杜城雖然看上去和平安寧，但是守備防衛都與封城不相上下，夜探什麼的幾乎是不可能。

在這人生地不熟的杜城，她即便身在城中，也依然是兩眼一抹黑，非常無力。

她該怎麼辦、該怎麼辦？

她已經在城裡逛了兩天了，這兩天偶爾也試探著想要查詢一些關於杜清和的消息，可她發現，所有的百姓幾乎提到城主都是搖頭，因為百姓都未曾見過城主。

真是個低調到了沒有存在感的城主啊！

這種人，要麼藏著什麼巨大的祕密，要麼就是有莫大的野心。這是她從封南易身上得出來的結論。

不能打草驚蛇，在完全不知道任何情況的狀態下，去摸索別人主城最中心守護著的靈丹，這不是笑話，而是天大的笑話。

無論杜城中的是不是朱雀靈丹，都不可能給素不相識的她看。

「蒼麟，你有辦法嗎？」嵐顏蹲在破廟裡，撐著下巴自言自語。

「請叫尊主大人。」那聲音冷冷地反駁著。

嵐顏的手無意識地抽著火堆上的烤雞，這是她按照段非煙教她的方法做的，雖然不如段非煙的技術精巧，倒也算是上乘了。

可惜現在的她，完全沒有胃口。

「尊主大人，你有辦法嗎？」為了蘇逸，她難得地低頭了。

蒼麟乾脆而直接地回答她：「沒有。」

媽的，白叫了。

嵐顏很不甘心：「那你能感知到靈氣嗎？」

「沒有靈氣外洩，如何感知？」蒼麟的回答讓她又一次洩了氣。

她不甘心啊，什麼都做不了的感覺真的不好，非常不好！

嵐顏輕輕張開自己的靈識，在這無人的荒郊，釋放妖氣雖然有一點大膽，但還不至於危險。妖族的感知力雖然很強，但是對於完全被封鎖的靈丹，除非出現奇跡，否則是不可能探查得到。但就算是徒勞無功，她也想試一試。

就在她的妖氣縈繞周身，感知力張開的時候，嵐顏忽然感應到前方不遠處的草叢間，有淡淡的氣息流轉。

妖氣一收，嵐顏警惕地看著前方，「什麼人？」

能走到她近前數尺的位置都沒讓她發現，這個人的武功好可怕！甚至只能用妖氣才能探查到一點氣息的流動，這個人的氣息也好精純！

嵐顏一雙眼睛閃閃發亮，心頭的警戒提升到最高，如果不是沒有察覺到殺氣，她只怕已經出手了。

窸窸窣窣、窸窸窣窣，嵐顏的視線裡出現了一個鳥窩。

確切地說，是一個像鳥窩的腦袋。

那腦袋蓬頭垢面，臉上全是灰土，幾乎看不出他的面容，只能看到一大把鬍鬚凌亂地結成一團，遮擋了大半張臉。

那身體慢慢站了起來，嵐顏只能看出是一個男人，卻看不出年紀，那男人瞇著一雙眼睛，歪著腦袋看著她。

他的眼神中有迷惘、有思量、有好奇，也有興奮，但有一點嵐顏是肯定的，他沒有惡意。

他站在草堆裡，衣衫襤褸，一團髒汙，露在外面的胳膊和手上滿是泥巴，看上去很落魄。

他直勾勾地盯著嵐顏看，看的嵐顏心頭毛毛的。

「閣下，可有什麼事？」嵐顏腳下輕輕後退，想要與對方拉開距離。

誰知道她才退了一步，那怪人忽然發出一聲嘶啞的怪叫，張開雙臂，朝著嵐顏抱了過來。

嵐顏腳下急退，身形施展，而對方也如影隨形，快速地掠動，追著嵐顏，口中低低的聲音說著什麼，卻是聽不清楚。

他似乎很久沒說話啊，每一個字都是含含糊糊的，讓嵐顏想聽清也聽不清楚，可是每當她想要拉開距離的時候，對方就會快速地撲上來，始終如影隨形地跟著。

這叫什麼事啊？

嵐顏心頭暗罵著，偏偏這個怪人的武功之高，她居然無法擺脫。而當嵐顏一掌揮出去，那人的臉上卻露出了受傷的表情，站在那裡一動不動。

他皺著眉頭，口中繼續咕噥著，這一次嵐顏聽清楚了，是「涵兒」兩個字。

涵兒？他孩子嗎？可是跟自己有關嗎？

嵐顏不敢靠近，也不敢詢問，只能站在不遠處，對峙著。

只見那個怪人忽然雙手抱著腦袋，口中發出嗷嗷的聲音，突然翻身在地上打起滾來，痛苦之色溢於言表。

他的身體在地上翻滾，沾滿了灰土，那原本就襤褸的衣衫更加破爛，他猶如受傷的猛獸，不斷發出呼呼的聲音，嵐顏只能看著，不敢靠近。

翻滾了一會兒，他的疼痛似乎稍微減輕，便慢慢地翻身坐了起來，低垂著腦袋，口中發出呵呵的笑聲。

那笑聲怪異，一陣陣地讓人心裡發毛，怎麼聽都不像是從正常人口中發出來的。

他一陣笑一陣哭，自顧自地在地上玩了起來，自己左手打著自己右手，快速變化間，卻是無比精妙的招式。

嵐顏看在眼裡，卻是驚嚇在心。

如果剛才他對她出手，只怕她也討不到半點好處，這個人的招式她甚至完全沒有見過，也不知道傳承何處。

天下間，居然還有這樣一位高手！

那人玩累了，鼻子抽了抽，眼神慢慢轉向破廟裡。

火堆的架子上，烤雞正滋滋冒著油，散發出一陣陣濃郁的香氣。

他跳起身，衝向火堆，雙手一伸就將烤雞拿了下來，直接湊上去咬一口，大嚼了起來。

油順著他唇角流了下來，他也顧不得擦一下，更不覺得燙，幾口之間烤雞已吃了一大半。

他隨手拋丟剩下的半隻雞，又一次爆發出怪異的大笑聲，翻著跟頭出了廟門，身影如電，轉眼間消失在了嵐顏的面前。

這一切都發生得那麼快，又那麼怪異，嵐顏幾乎以為自己是在做夢，如果不是地上還有半隻雞，她真的覺得一切都是自己的錯覺。

她喃喃自語著：「好可怕的武功。」

「他的氣息很怪異。」她的面前，忽然出現了蒼麟的身影。

嵐顏翻了個白眼，「剛才沒見你出來，現在要你何用？」

蒼麟的眼角一掃她，「這是妳對本尊說話的態度？女人！」

只喊女人，看來心情還不錯。

現在的嵐顏幾乎能把握他的脾氣了，發語詞越多、貶低的字越多，代表這位尊主大人心情非常不好，反之亦同。

蒼麟的眼睛看著火堆上架著的另外一隻烤雞，徑直伸手拿下，咬了起來。

還是那可怕的風格，吃東西跟潑墨山水畫一樣魔幻，喀嚓喀嚓幾聲響，她的面前只剩下一個木頭架子，連骨頭渣都找不到。

「女人，妳的食物準備得太少了。」某尊主大人顯然對只有一隻雞非常不滿，意猶未盡地坐在地上，「再烤幾隻。」

幾隻？

以他的食量，十幾隻也未必夠啊。他老人家莫不是把幾萬年攢的沒吃的食物，要在她這裡一次性吃夠本？

幸好她還有準備，不然……她自己都要餓死了。

嵐顏重新架上火，把存貨放了上去，蒼麟的眼睛盯著雞，顯然是等著吃。

「你剛剛說那個人身上有靈氣，誰的？」嵐顏很緊張地問著。

如果蒼麟能感應到，那幾乎就八九不離十。

面對著嵐顏急切的目光，蒼麟只是搖頭，「不知道。」

「不知道？」嵐顏的聲音高了，「你不是中央之神黃龍大人嗎？」

「不知道。」蒼麟還是那三個字。

在嵐顏不相信的目光裡，蒼麟才開口解釋：「若是有人吸收靈氣卻不會用，還保留原始氣息，本尊當然能查探出這靈氣來自於誰，可若是靈氣已經被化歸己用，本尊只知道氣息屬於靈氣，卻不知道屬於誰。」

好不容易燃起的希望又破滅了，嵐顏無奈地嘆息。

眼見著烤雞還需要很長的時間，她索性開口：「你和我說說當年神獸的事吧？」

「神獸的事？」蒼麟怪怪地皺了下眉頭，「沒什麼事。」

嵐顏搖頭，「我不信，沒有事情是無緣無故發生的，肯定有爆發點，你不可能不知道。」

蒼麟板著臉，「不知道。」

「那你和我說說四神獸，這你總知道吧？」

蒼麟的臉色更難看了，「不知道。」

這話就太假了，好歹算是幾千年都在一起的夥伴，居然開口就不知道，騙人能不能騙得真實點？嵐顏嗤了聲，不問了。

她的手轉動著架子上的雞，口中嘟囔著：「不說就不說，如果不是為了你，你以為我想知道這些事啊？」

蒼麟還是那副驕傲的表情，腦袋揚得高高的，根本看也不看她。

正當嵐顏全副心思都在烤雞上的時候，忽然聽到了蒼麟的聲音：「神獸中，青龍冷、白虎邪、朱雀豔、玄武穩。每個神獸都有自己的性格，也各司其職，所以不曾出過問題。那時候雖然對人界的貪欲有所不滿，卻還在我的壓制下繼續值守著，直到有一日，朱雀見我，希望能與我相伴。我當時嚴詞拒絕，誰知道朱雀一怒之下放棄神職靈丹，墮入輪迴中。並且留下話說一切都是因我而起，是我的錯。再之後，其餘三神獸也忽然相繼離去，我才猛然醒悟他們對我的不滿早已到達巔峰。」

嵐顏想過無數種可能，就是沒想到，鬧了半天這事情的爆發點居然還是感情？

「朱雀美嗎？」嵐顏有些好奇，因為蒼麟用了豔這個字，顯然那朱雀是個極美的人。

蒼麟點點頭，「美，四神獸中，也唯有她是女子。」

女的？嵐顏恍然明白了什麼，長長地喔了聲，「那難怪……」

蒼麟喜歡的是白羽師傅嘛，白羽師傅是男人，所以朱雀再美，也得不到蒼麟的喜歡，不管她多美，誰叫她不是男人。

蒼麟忽然低頭，瞪她，「妳話裡什麼意思？」

嵐顏嘿嘿一笑，「沒有，沒有什麼意思。」

「女人，還不伺候本尊？」蒼麟低吼，嵐顏屁顛顛地拿起烤雞，送到蒼麟的嘴邊，自己拿起一旁的水，喝了起來。

「女人，本尊和翎凰不是妳想的那般。」蒼麟憋悶地擠出一句。

「噗！」嵐顏入口的水，噴了出來。

第三十七章
城主杜清和

嵐顏在萬般無奈之下，決定鋌而走險試試，她以封城的名義向杜城城主遞交了見面書函，本以為杜清和就算不願與他人多交往，至少表面功夫會應付，只要讓她見了面，再見機行事。

可惜她又錯了，因為她的請求被直接打了回來。

杜城的人只說城主身體有恙不見客，就沒了下文。

一個練武的人身體有恙，連藉口都找得不誠心，但是嵐顏也沒辦法，擺明不見，她能如何？

時間在一天天地過去，蘇逸卻始終沒有下落，這讓她的心無比焦慮，走在街頭，漫無目的，心中卻是一團麻亂。

街頭，忽然一道人影落在她的面前，「姑娘，我家主上給您的信。」

看著面前單膝跪地的人，嵐顏有些驚訝。

什麼人會給她信？

當她看到信箋上龍飛鳳舞的幾個字時，卻不由地笑了——狐狸精親啟。

這個稱呼，明顯是對她極為親昵、又知道她身分的人才會叫的。

可那字跡顯然是她不熟悉的。

嵐顏拿過信，對方起身，很快地走過街角不見了身影。

抖開信箋，幾行字展露其上：聞封城易主，狐妖炙手可熱。他日為卿放手，卻不容他人乘機，卿貴重之物保管多時，唯有親手奉上，令余安心也。

多麼誠懇的字啊，多麼溫和而多情的語氣啊，可在嵐顏腦海裡出現的，卻是這樣的話語：當初我不忍心妳為難，憐惜你和鳳逍的感情。他封千寒算哪跟蔥，當上城主就搶女人？既然這樣，我就當面和妳談談！

性感笑聲中的自信和一雙邪氣的眼神浮現在她的腦海中，嵐顏將信揣回懷中，卻是長長的一聲歎息。

這桃花債啊，最是讓人麻煩。

段非煙知道了封千寒的大肆舉動，當然也明白封千寒背後的目的，他可沒那麼容易放手。不然若是歸還鳳逍之物，找人帶來就可以了，為何還要親自跑一趟？

不過他人在鬼城，暫時也騷擾不到自己，她還是想想如今該怎麼繼續下去吧。

夜晚時分，嵐顏一個人在山頭靜靜地調息。蒼麟似乎也在努力地讓自己幻化，這些日子既不多話，也不出面，除了……吃東西的時候。

那日的怪人再沒有出現，嵐顏也不曾放在心上，她已暗自決定，如果再見不到杜清和，就索性夜探，無論如何她也要找到一些線索。

妖丹從她口中飛出，在月光下靜靜地飛舞著，柔和的光芒閃動，嵐顏輕輕張開手臂，妖霞衣如盛開的紅蓮，在風中張開輕柔的花瓣。

今日的月光很亮，山間的靈氣很足，嵐顏貪婪地吸食著，不知不覺就沉溺在其中，妖氣毫不收斂地釋放。

當嵐顏行完功，想要轉身回到破廟的時候，才轉身，就驚嚇到站在原地。

在她身後不遠處，那個衣衫襤褸的怪人又再次出現，就在她身後幾步遠的地方站著，也不知道站了多久。

在妖丹吐出的時候，是妖最為脆弱的時候，即便她不像其他妖物那樣不能動，不能收回妖丹，但若被人偷襲，還是巨大的創傷。

但是那瘋子似乎並沒有偷襲她的意思，而是癡癡地望著她，口中喃喃自語，在嵐顏轉身的一瞬間，跌跌撞撞地衝向嵐顏，眼中爆發著怪異的神采，「涵兒、涵兒、涵兒……」

嵐顏快速地後退著，想要和他保持距離，但是這瘋子顯然不願嵐顏離開他，他如影隨形地追逐著。

嵐顏對他的武功仍心有餘悸，心一橫，拍出一掌，想要制止對方撲上來的動作。

可那瘋子卻完全沒有躲閃的意思，他挺起胸膛，硬生生地受了嵐顏這一掌。

妖氣，侵入他的身體內。

但是卻似乎並沒有起到什麼效果，他只是踉蹌著倒退了兩步，定定地站在那裡。

嵐顏本就沒有用太大的功力，她直覺這男人對自己沒有敵意，出手不過為了警告，但是她沒想到的是，那男人搖搖晃晃地看著她，口中還是不斷重複著那兩個字：「涵兒、涵兒……」

不等嵐顏下一步動作，他又一次撲了上來。

嵐顏只得出手。

他也不躲避，就是硬扛著、被打著，落地、再撲上。

而嵐顏始終也沒下殺招，她的妖氣一次又一次逼入對方的體內，她的目的只有一個，就是讓對方停下這瘋狂的動作。

一個正常人想要制止瘋子的行為，本身就是很艱難的，何況還是一個武功高強的瘋子。

更主要的是，這個瘋子對她並沒有明顯的惡意。

他那一聲聲的呢喃裡，眼眸裡是歡喜，雖然舉止狂亂，嵐顏還是無法下重手。

嵐顏一指點出，點上那人的穴道。

不過很可惜，她發現眼前這人會移穴，被她點上的瞬間，身體會做出下意識的反應，她就是想點住他，只怕也不可能了。

既然這人無法擺脫，又不忍打傷，那她只有一個辦法。

嵐顏身體飛快地旋著，一掌接一掌地拍上他的肩頭，手法快速而巧妙，每一掌都將一縷妖氣逼入他的身體裡。

一連數十掌，不疼不癢，那瘋子似乎也沒受到任何傷害，始終是她退一步他進一步，她打就硬挨著的姿態，口中只是重複著那兩個字。

嵐顏一掌打在他的胸口，他被強大的力量震退數步，嵐顏趁勢飄開數步，手中的印結揚起。

那男人的腳步剛想踏前，就猛地僵住了，嵐顏的妖丹在空中飛旋著，男子臉上的表情也越來越怪異。

他似乎是在抵擋什麼，想要掙脫什麼，可是任他如何掙扎，就是無法動彈。

再想要運功抵擋，卻已經來不及，他的身體裡，一道道妖氣在奔湧，尋找到了他的穴道所在，幾乎在一瞬間，封住了他所有的穴道。

以妖氣封印穴道，這是嵐顏能想出來既不傷害他、又不讓他瘋狂靠近自己的唯一辦法。

他似乎還在努力運功想要撞破嵐顏的妖氣，但這些妖氣是受控於嵐顏，被她搶了先機，又怎麼可能輕易擺脫。

他的身體撲通一聲倒在地上，唯有那雙眼睛，依然死死地看著嵐顏，口中還是不斷重複著那個名字：「涵兒、涵兒……」

嵐顏走到他的面前，「我不知道你口中的涵兒是誰，或許你認錯了人，我只能告訴你，不用再追著我，我不是你的涵兒。」

那個人不斷地搖著頭，似乎是不想承認她的話。

嵐顏制住了他，轉身離去。

就在她邁步的時候，那人的口中忽然發出一陣陣的呻吟，痛苦至極。

嵐顏皺眉。

她看得出，那人的痛苦不是假裝的，可是她不能解開他的穴道，她怕他又一次跳起來，瘋狂地追逐著自己。

心念微一轉，她的妖丹流轉著，控制著他身體裡的妖氣，在他身體裡探查起來，當她的妖氣進入他的丹田時，差點被強大的力量彈出來。

好陰寒的氣息。

正當嵐顏想要退出妖氣的時候，那人臉上的表情卻有了幾分緩和，就這一個細微的變化，讓嵐顏再度大著膽子繼續將妖氣逼了進去。

他的內息太強大，強大到嵐顏的小小氣息想要進入實在太難，她只能一點一點地嘗試。

然後她就發現了一些奇妙的現象，這個人的身體裡，有一縷很淡的妖氣。

這妖氣被壓制得很深，深到如果她不是妖王，對妖氣有著敏銳的探查力，她都無法察覺這縷妖氣的存在。

既然有了這個發現，嵐顏自然不肯輕易放手。

她加重了力道，甚至不自覺地走近了他，掌心貼上他的胸口，妖氣源源不斷地輸入，還有她體內屬於白羽和蒼麟的氣息。

當這兩道氣息進入那人的體內，他丹田裡的真氣不再抗拒，有了裂痕。

也就是這個時候，妖氣趁虛而入。

嵐顏的妖氣，與他體內的妖氣終於碰上了，彷彿兩位久違的朋友，在尋找了很多年後，找到了對方。

而他的丹田裡的寒氣，在一剎那崩解。

嵐顏的手收回，遠遠地站著，看著那人，「你好受了些嗎？」

妖氣的桎梏已經解除，他也不再受限，但是他只是慢慢地爬了起來，低頭坐在地上。

他的身上散發著強烈的落寞氣息，與這荒涼的山頭與破廟融合在一起，說不出的蕭索。

他彷彿是在沉思，又彷彿是在追憶，唇不斷地嚅動，她卻不知道他在說什麼，當他那眼神抬起，眼中是無盡的悲涼，遙遙望著無盡的蒼穹，「妳……在……哪？」

嵐顏不知道他在想什麼，也不想打擾他，見他不再難受，嵐顏轉身欲離去。

就在她抬腿的瞬間，身後傳來沙啞的聲音，「等……等……」

嵐顏停下腳步，回頭。

那男人已經抬起了臉，原本狂亂的眸光在此刻是清醒而清澈的，他看著嵐顏的臉，「妳……是妖族的人？」

他說話很慢，每一個字都似乎想了很久才艱難說出，看來是許久未曾開口說話了。

嵐顏點了點頭，「是。」

她在他的眼中看到了悸動。

不是對妖族人的忌憚，也不是敵意，而是喜悅。

「妳的氣息很強，我能問妳的身分嗎？」他的眼中充滿希冀。

嵐顏微一遲疑，「你要知道我的身分，不是應該先告訴我你的身分嗎？」

那男人點點頭，撐著地慢慢站了起來，「我叫杜清和。」

嵐顏驚呆。

第三十八章

談判、交易、隱祕

杜清和？杜城的城主！

嵐顏上上下下地打量眼前的人，怎麼也不敢相信，眼前這個衣衫襤褸的瘋子，居然就是杜城最神祕的城主。

她今天還被婉拒相見，理由是城主抱恙。瘋成這樣，可不是抱恙嗎？

他似乎也知道她在驚訝什麼，對著她有禮頷首，「我的確是杜城的城主，這樣與妳相見，有失禮儀，還請見諒。」

而嵐顏的腦海裡，則是各種念頭呼嘯而過。

說他是杜清和，她相信。因為他的武功，這天下間若能有這般深厚武功的人，除了各城的城主，還能找到幾個？

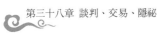

但她不能理解的是，杜清和為什麼會變成瘋瘋癲癲的樣子，是練功走火入魔嗎？可她方才探視他的內腑，沒有筋脈錯亂的現象，什麼樣的走火入魔會導致這樣的情況？

「我二十多年前，為了繼承杜家城主之位，修習杜家的武學，也許這武學和我體內的那縷妖氣起了衝突，武功雖然突飛猛進，可是真氣將妖氣壓制後，卻讓我的神志出了問題。先是遺忘了很多前塵過往，但還有偶爾清醒的時候。也許是我的意識非常不願遺忘那些過往，於是不斷地掙扎，最終變得錯亂而瘋癲。今日多虧了妳，我才終於從這瘋癲中解脫出來，這二十多年半瘋半傻的日子，總算解脫了。」

從杜清和的幾句話中，嵐顏就能感覺到，這個人是一個謙遜而有禮的人，談吐之間有著良好的修養，縱然此刻裝束破爛，氣質卻是瞞不了人的。而且面對著外人，能夠侃侃而談自己的病，這不是常人能有的胸襟。

嵐顏明白地點點頭，「因為我修煉時的妖氣，激發你體內妖氣的感知，也就讓你下意識地想要尋找我？」

杜清和的眼眸中露出一絲溫和，「無論我是否記得，印記裡總有最想追尋的，妳的氣息讓我誤會妳是另外一個人，所以才會唐突，還請妳見諒。」

嵐顏記得，他第一次出現，是因為自己放出妖氣想要感知城內靈丹的氣息。第二次出現，就是今夜，是因為她在修煉。

「是你體內那妖氣的主人？」嵐顏問道：「也就是你口中的涵兒？」

杜清和的眼中閃過一絲傷感，沉默不語。

嵐顏知道，自己問到他的傷心處了。

「現在，我能問妳的身分了嗎？」杜清和的眼中，再度閃現著希冀。

這種希冀即便被他隱藏得很好，在嵐顏看來，還是那麼明顯，明顯到無法遮掩。

「你叫我嵐顏吧。」風吹起嵐顏身上的妖霞衣，紅色的光暈在隱隱跳動，讓她整個人都彷彿被一股靈秀的氣息籠罩著，「也可以叫我妖王。」

果然，杜清和眼中的驚喜之色更濃了，「妳就是妖族的妖王？」

「是。」嵐顏頷首。

「我想請求妳幫我一件事。」杜清和急急地開口：「妳是妖王，妳若要尋找妖族的人，是不是非常容易？」

嵐顏沉吟，「不難。」

以她的能力，要召喚任何妖，都不是難事。

「那能否幫我找涵兒……」杜清和甚至沒有任何寒暄，直接地說出口。

嵐顏的眼睛看著杜清和，很平靜地回答：「杜城主，我與你之間並沒有太多干係，我為何要幫你？」

杜清和沉思了下，「清和雖不能說號令天下，杜城卻還有些許能力，若妳肯幫我，在我能力範圍之內，也定然全力為妳做到一件事。」

「好。」嵐顏的臉上慢慢揚起了微笑，「我要看你杜城的靈氣之源。」

杜清和臉上的表情繃緊了，嵐顏的目光流轉著劃過他的神色，「我只因一些個人的事情需要答案，只是看看靈氣之源，既不需要你拱手相送，也不需要在你聖地修煉，只看一眼。如果城主覺得為難，那此事便一筆勾銷。」

說完話，嵐顏轉身就走，沒有絲毫的遲疑。

她的腳不遲疑，她的心卻在猛烈地跳動著。

她在賭，賭她之前從杜清和眼中讀到的感情，賭杜清和是一個性情中人，賭杜清和之前身上濃烈的思念。

唯有他的弱點，大到能讓他放棄對靈氣之源的堅守，她才能成功。

就在嵐顏走出數步之後，杜清和的聲音從她身後傳來，問道：「我能知道妳為什麼要看杜城的靈氣之源嗎？」

嵐顏停下腳步，「我有一位非常重要的友人被人擄去，下落不明。而帶走他的人身上，殘留著靈氣。我不知道這靈氣屬於哪一城，唯有先來杜城，感知一下靈氣之源的氣息。若氣息不屬於杜城，城主也沒有損失；若氣息屬於杜城，我相信城主也不會坐視杜城出內亂。」

身後的杜清和沒有開口，似乎正在考慮。

嵐顏再度轉身，「杜城主也失去過重要的人，也知道無法追尋下落不明之人的心心念念，嵐顏牽掛的心也是一樣。」

杜清和的眼中閃過一抹掙扎，嵐顏知道他的內心中正在強烈地天人交戰中。

嵐顏落下最後一枚棋子，「杜城主，再過幾日我就要回歸妖界，也許數年數十年都不會再回到人界，如你對我有要求，最好儘快提出。」

杜清和重重地一點頭，「好，我帶妳入聖地。」

嵐顏心頭的那巨大的石塊終於放下，她贏了。

當杜清和帶著嵐顏走入杜家的宮殿時，門前的管家正在招呼著人清掃著臺階。

「那邊角落，怎麼如此不用心，若是城主回來看到這樣，會責怪我們不盡心的，知道嗎？還有那裡，你看你看，居然還有一片樹葉！」老管家在大門前指點，一絲不苟，嚴厲地教訓著。

下人不敢反駁，認真清掃著，沒有人注意到他們兩人的到來。

「門口的匾額不准有一點疏忽，為什麼你們清掃的時候沒注意？」那老者忽然發現匾額上少了什麼，發出一聲驚叫，「為什麼會掉了指甲蓋大小的漆，快找人給我補！」

嵐顏對著杜清和輕聲地開口：「你的老管家精神真好，昨天趕我走的時候，說話不卑不亢，不冷不熱，讓人挑不出毛病又憋著氣。」

這管家，讓她想起了沙伯，忠心耿耿又盡心盡責。

杜清和站在一旁聽著那老者的囉嗦，臉露微笑，「你這個囉嗦的老頭。」

「誰沒大沒小的？」老者怒而回頭，「還敢學城主說……話。」

他看著杜清和，臉上的摺子皺到了一起，激動地大喊著：「城主大人，您可回來了。」

杜清和點點頭，「嗯。」

管家訥訥地看著杜清和，「您、您的精神可好？」

杜清和微笑，「很好。」

管家的眼中瞬間流下兩行清淚，「好了，城主您好了……」

杜清和手揮了揮，「把宮中人都清出去，我有要事要辦。」

管家跟在杜清和身邊，嘴巴嘮嘮叨叨的：「城主，我這就去吩咐他們都走，不過您這身衣衫，是不是要去換了？您可是一城之主啊。」

「你這個囉嗦的老頭！招呼好嵐顏姑娘。」杜清和溫柔地笑罵，卻還是抱歉地看向嵐顏，「稍等片刻，我換身衣衫就來。」

嵐顏點頭，在廳堂內坐下。

一盞清茶，嵐顏在打量著四周，而那管家卻在打量著她，眼中流露著各種猜測的光芒。

廳堂很雅致，幾張字畫便是全部，卻有著說不出的莊重古樸之色。

看來這杜清和果然人如其名，清靜寧和。再看那幾幅字的落款，卻是杜清和幾個字。親手寫的字，也是蒼勁有力，顯然詩書氣內蘊深厚，嵐顏不由露出讚賞的神色。

「姑娘，您昨日來的時候，招呼不周，還請您別生氣。」老管家在她身邊道著歉。

嵐顏擺擺手，「我與城主也算是緣分匪淺，不會記在心上。」

老管家眼中爆發出神采，但視線在字畫上的嵐顏卻沒發現，老管家繼續說道：「嵐顏姑娘，您可知道我們城主的病……」

嵐顏笑笑，「我治好了，以後不會再犯病了，你也不必再掛心。」

也許是因為這老管家讓她想起沙良，一貫的冷漠也少了幾分，說話間多了溫和與笑意。

「您治好的？」管家發出一聲驚呼，「我以為心病是治不好的。」

嵐顏失笑，「心病只要對症下藥，自然能治好。」

「對對對，」老管家不住地點著頭，「對症下藥、對症下藥！」

還沒等嵐顏有片刻清靜，他又湊了過來，「嵐顏姑娘，我家城主的字可好？」

嵐顏點頭，「字中風骨，遒勁有力，可見城主為人胸懷。」

而她，則想起了當年在封城向鳳逍學習字畫的場景，臉上不由露出了淺淺的微笑，這一切落在老管家的眼中，又是一番心思。

正說話間，杜清河從門外踏了進來，此刻的他一身青衫飄飄，長髮束在冠中，氣韻內斂，丰姿卓絕。

很難想像這樣的人物，就在半個時辰前，還是一頭亂髮稻草，猶如乞丐。

嵐顏露出讚歎的表情，「城主好風采。」

杜清和溫潤一笑，「嵐顏姑娘過獎。」

他衝著老管家揮手，「我與嵐顏姑娘有要事相商，讓所有人出去。」

管家笑得見牙不見眼，「我這就去、這就去。」

屁顛顛地走出門，腳步飛快，嵐顏再度讚歎，「老管家好身子骨。」

杜清和招呼著嵐顏朝內室走去，「嵐顏姑娘，請隨我來。」

嵐顏跟著他，兩個人朝著內進走去。

穿過幽靜的花園，小小的石子路旁鳥兒在竹枝上歡唱。正中央的水池裡，假山上流水嘩嘩，一派清幽。

嵐顏跟著他，在他的叮囑下，踩著他的腳步走著。

沒想到這小小的花園中，竟然還有陣法？

隨著他的腳步，始終在庭院中穿行著，也不知繞了多少個圈，他才終於停下，一閃身，掠上了假山。

嵐顏緊隨其後，也跳上了假山。

只見杜清和的手指在劍鋒上擦過，血跡滴上假山上一個小窪中。

一滴、兩滴、三滴……

那假山中傳出陣陣隆隆聲，嵐顏只覺得腳下一震，假山漸漸下沉，帶著他們兩個人，陷入了池水下。

嵐顏看著四周，池水不知道什麼時候已經被排光，當假山沉下，兩人頭頂一暗，那機關再度闔上。

嵐顏嘖嘖稱奇，「沒想到，你們的靈氣之源，居然就在花園裡。」

杜清和儒雅地微笑，「陣法需要啟動，只要踏錯一步，就不會發動。所以僕人在庭院中來來去去灑掃，也不會有問題，旁人也不會懷疑這人來人往的地方。」

嵐顏點頭，耳邊聽到嘩嘩的細細流水聲。杜清和的腳步，也正是朝著流水聲而去的。

前方不遠處，一個小小的池子，中間突起如瓶狀，而那池子裡的水，正是由瓶口裡流出來的。一枚乳白色如珍珠般的靈丹，就在瓶口上方跳動，四周散發著白色的氣息，像一個滾動中的鴿子蛋。

這，就是杜家的聖泉，和聖泉中供奉著的神獸靈丹嗎？

嵐顏的手遠遠地抬起，她彷彿能感受到那精純的氣息，只是這氣息中，有一股厚重的陰寒之力，別說人類，即便是她也覺得難以抵擋。

但是這股氣息似乎對她格外的喜歡，那緩緩流動的乳白色氣息朝著她湧動而來，停留在她的掌心間，乖巧地跳動著。

她輕輕地揮了揮手，那乳白色的氣息縈繞在她的身上，久久不肯離去，像是個依戀的孩子。

「這是怎麼回事？」杜清和在她身邊驚訝出聲：「這靈氣最是桀驁不馴，我們要吸取少許，都是極難的，即便強行入體，也是難以融合，所以我才被反噬。」

嵐顏也是同樣地驚訝，「我也不知道，大概……大概因為我是妖？」

她也覺得這樣的理由牽強，可她也想不出原因，說不定是因為白羽和蒼麟吧？

那氣息一層層地包裹上她，極盡溫柔，在溫存了許久之後，才戀戀不捨地離去。

「蒼麟。」她低聲喚著身體裡的人。

杜清和雖然有些疑惑，卻沒有問出口。

「這霸道的氣息，是白虎的。」蒼麟肯定地開口：「白虎主西方，霸道而邪氣，這種陰柔中的霸氣我不會認錯。」

看來不是杜城了，嵐顏的心頭閃過一絲失落。

她抬頭看向杜清和，苦笑著搖搖頭，「杜城主，我們可以出去了。」

杜清和卻長吁一口氣，「能為姑娘排除一個疑慮，又不需與姑娘交惡，對清和而言是件好事，若姑娘他日追查出下落，需要杜某之處，還請不吝開口。」

嵐顏點點頭，兩人走出聖泉。

再回到大廳中，嵐顏面對杜清和，「城主，您可以提您的要求，需要我找什麼人？」

杜清和端起茶盞，面容在氤氳的茶氣中變得失落，「二十六年前，我在一座山中遊玩，結識了涵兒，我知道她是妖，也知道她不容於世間，唯有深山隱居，我們在山中過了一段神仙眷侶般的生活。後來父親召我回來，讓我通過比武爭奪城主之位，當時的我一心想要帶涵兒回來明媒正娶，可我又擔心她的身分為人發現，於是我決心拿下城主之位，唯有讓自己做到城主，才沒有人敢傷害她。」

嵐顏知道自己沒看錯人，杜清和不同於那些為了妖丹而瘋狂的人，他眼中並沒有世俗的名利，他更想擁有平淡而幸福的生活。

「當初涵兒為了怕我有事，在我身上種下一縷妖氣，她說如果我有危險，她一定能感知到。當我回到杜城，為了能夠拿下城主之位，我瘋狂地吸收精氣，完全忽略了自己能否駕馭這個現實。最終，我在比武中奪下城主之位後，這精氣開始反噬了，我越想壓制，它越是與我爭奪，最終我的神智陷入了錯亂中。從最初的一月清醒一兩日，到後來的一年也清醒不了一兩日。我想要回到涵兒身邊，可我清醒的日子，總是不夠支撐我回到山中。」杜清和搖頭嘆息著，「我讓管家去我說的地方找她，可是管家告訴我，那裡除了破爛的草屋，什麼都沒有。我知道涵兒的心，她認定了就不會改，我害怕，害怕她為人所害，所以我需要請妳替我找她。」

二十多年的牽掛，清醒的所有時候，都讓自己努力牢記住心中的愛人，所以即便是瘋癲中的他，對妖氣、對他深愛的女人，也是執著的。

嵐顏認真地點頭，「好，你告訴我她是什麼妖，我自有我的召喚辦法。」

杜清和的臉上滿是激動，「她、她是花妖一族中的冰蓮。」

冰蓮花妖？

嵐顏猛然想到了什麼，二十五年前、深山、癡情等待的女子……這所有的一切，似乎和一個人對她說過的故事極度吻合。

嵐顏的表情變得沉重，她似乎有些不敢開口，而杜清和則滿是急切，「嵐顏姑娘，妳什麼時候能夠幫我以妖族之法召喚？」

嵐顏咬著唇，極度艱難地開口：「杜城主，我可能知道你說的那名女子的下落，她、她已經、已經被人奪取妖丹，不在人世了。」

「什麼！」杜清和手中的茶盞落了地，碎裂片片。

他騰地站了起來，「不可能，妳還沒有召喚，為什麼就能如此篤定？」

嵐顏再度艱難地開口：「她是否單純而善良，愛吃又不會做飯，喜歡漂亮的衣衫卻完全不懂縫縫補補，還有些路癡，總是不留神就走丟了？」

這一下，杜清和臉上的表情慘白一片，嘴唇不斷地哆嗦著，「是、是涵兒，她傻傻的，卻那麼堅強、那麼固執又樂觀開朗。」

嵐顏閉上眼睛，長長地嘆了口氣，「杜城主，我想有一個人比我更清楚涵兒的所有事情，或許，你應該見見他。」

杜清和急切地開口：「是誰？」

忽然間，老管家從門外顛著腳衝了進來，「城主，門外有人拜訪。」

杜清和無力地揮手，「不見，此刻我誰也不想見。」

老管家的聲音更急了，「他說要見嵐顏姑娘，我一時口快說城主夫人誰也不見，他、他竟然無禮地闖進來了。」

城主夫人？這是哪門子和哪門子？嵐顏在一旁傻了眼！

只聽見門外一聲笑，「段非煙見城主心切，只好硬闖了，順道請杜城主解釋一下，這城主夫人是怎麼回事？」

嵐顏的手無力地捂上臉，內心一聲哀嚎。

天哪！

番外

今生緣，前世定（一）

一潭清池，幽靜而深沉，在山谷的微風中泛起微微漣漪，一層層地蕩漾開，上方斜斜伸出的桃花樹上，粉嫩點點，飄飄蕩蕩地落下，浮在水面上。

山崖嶙峋，山壁陡峭，獨獨包圍著這一泉深潭，與世隔絕的桃源之地，自在還有種獨占了天地的快感。

忽然，潭水間泛起波瀾，一層層的浪濤從潭底湧起，平靜的水面忽然沸騰起來，水花四濺中，一道金黃色的光影從潭底打上來，拍在水面上，一層水浪拍打向岸邊，捲上崖壁，留下深深的水印。

那金黃色從水中伸出，在空中打了個轉，又調皮地落回水中，縮了回去。

陽光下，那金黃色帶著閃耀的鱗片，在水面上反射著點點金光，又有著無可匹敵的威猛之勢，在水面之下，依然是那麼奪目。

金色，在水中乍然出現，又倏忽不見，快得讓人看不清楚，只記得那一片片刺眼的光芒。

這金色的主人顯然非常開心，不斷地出水面，又落入，直到興起時，忽然騰升入雲中，這才顯露了牠全部的面容。

這，竟然是一條龍，金色的龍。

牠的身體在雲中半隱半現，威武而莊嚴，身姿修長秀麗，卻有著睥睨天下的威勢，這就是守護人間的中央之神，黃龍。

對於黃龍來說，平日裡巡遊守護，能偷得浮生半日閒放下所謂的尊貴，在水中嬉戲，是極為難得的。

玩到興起，牠從雲層中俯衝而下，撞入水中。

水柱四射，轟然拍上崖壁，而天地間響起了一陣龍吟之聲。

威猛清嘯，聲震四方。萬獸俯首，風雲變色。

忽然，牠的尾巴劃過山石，在崖壁間留下一道深深的痕跡，那威猛的龍首上，忽然皺了下。

最尾部的一個地方，少了一片金燦燦的龍鱗。

那是今日為了替人類抵擋災難，不小心受了傷，原本不重要的傷口，卻因為牠忘形地嬉戲，刮落了一片龍鱗。

牠從水中探出頭，目光在崖壁上尋找，想要找到那片龍鱗掉落的地方。

正在尋找間，耳邊忽然聽到了什麼聲音，身體猛地一沉，又入了水中。

天邊，一道紅色的霞雲飄過，紅得明麗，像一團火。

那霞雲飛快地朝著這個方向而來，卻突然停在了山崖上方。

紅色的衣衫間，美麗的女子露出她豔麗的容顏，霞衣飄飄，在風中攏出姣好的身形，額間環著金色的額飾，鳥兒銜著紅色的寶石，點綴在白皙的額頭上，隨著她的動作微微擺動，嬌媚非常。

她的足尖踩在石上，雪白的赤足在紅色的衣衫之下，更加如玉如筍，腳踝上一枚紅色的火鳥圖騰，更是栩栩如生。

她的目光望著潭水，眼眸中有些許的敬畏，但是幾番思量之後，還是鼓起了勇氣，清脆嬌嫩的聲音傳出，「南方神獸朱雀，拜見中央之神黃龍大人。」

金色的影子從水中騰出，落在女子面前時，已是一道金色頎長的人影，那雙眸中不帶絲毫感情，只有上位者的威嚴。

「朱雀，妳知不知道妳擅離職守，本尊可以治妳的罪？」

那女子的身體一繃，直覺地跪倒在地，冷漠而威嚴的男子沉聲開口：「四方神獸鎮守四方，沒有我的命令，誰也不能隨意離開，衝著這一點，妳便是犯下大錯。」

女子被他的威壓逼得不敢抬頭，男子將一切看在眼內，輕輕收斂了他的威壓，女子這才抬起了頭，重重地喘了口氣，「朱雀、朱雀有話想對中央之神說。」

男子的眼神掃過她嬌美的面容，「說。」

語氣雖然稍霽，卻還是那麼遙遠，落在朱雀身上的目光也那麼疏遠、那麼淡漠。

朱雀癡癡地望著他的面容，眼中是滿滿的傾慕。明明這麼近的距離，可她的感覺卻如此遙遠，明明一伸手就能觸碰到他，她卻不敢。

她不說話，那男子的眉頭皺了下，口氣稍有緩和，「朱雀，妳起來說話吧。」

如此平和，是他從未有過的語氣，朱雀的心不禁狂跳了起來。

見她沒有反應，男子的手伸出，扶上了朱雀的胳膊，「起來吧。」

朱雀的目光，落在他扶上自己胳膊的手上，暖暖的溫度透出輕紗落在她的肌膚上，久久不散。

雖然只是一瞬，她卻覺得無比滿足，如果……如果時間能再長點就好了，如果……如果他願意再多停留些時間就好了。

她的手，情不自禁地撫上那胳膊，似乎是想要挽留他的氣息。

「朱雀。」男子望著她的表情，口氣已是儘量放緩，問道：「妳到底有什麼事要找本尊？」

「我……」朱雀的聲音才出口，就望進了那雙威嚴的眸光裡，到了嘴邊的話又憋了回去。

她不敢說，他身上與生俱來的威嚴，讓她不知道如何開口。

他看到了她眼中的怯懦，也知道自己一貫的威嚴，他努力讓自己臉上表情變得溫和，聲音柔軟了下來，「莫非南方有事？」

他的聲音真好聽，還有他的笑，只是那麼淺淺的一抹，卻是從未見到過的溫柔。

她的心雀躍著。

以往從未見過這樣神情的他，他總是那麼高高在上又遙遠，對誰都是不假辭色，卻單單對她露出了笑容，莫非……

她始終不說話，讓黃龍大人開始反思自己是不是還不夠親和？於是他扯著嘴角，笑容深了幾分。

朱雀望著那張神祇容顏，腳下不由一軟，朝前跌去。

黃龍大人心頭閃過一縷不明白，努力壓制下自己心頭的不耐煩，伸手將跌倒的朱雀扶住。

在他的懷抱中，濃烈的男性氣息讓朱雀沉迷了，這個懷抱，她渴望了好久，也希冀了好久，這個男人，她更是期盼了好久。

「大人，我能喚您蒼麟嗎？」

蒼麟，他的名字，與他的身分一樣，是高貴不容侵犯的存在。她是朱雀，依照地位而言，是絕對不允許如此僭越的。

「朱雀，妳忘記妳的身分了。」他的眉頭皺了起來，將她的身體扶正。

朱雀的眼中閃過一抹失落，蒼麟卻又在自我反省著。

近期四方神獸的狀態他不是不知道，人間的鬥爭漸起，神獸們對守護著的人類漸漸失望，每每都是在他的壓制下沉默，他也在考慮，這樣一直壓制是否妥當？

「如果妳喜歡，只有兩人的場合時本尊允許妳這麼叫。」他終於還是做出了退讓，即便這樣於身分不符。

朱雀的眼中爆發出濃烈的光芒，不敢相信自己的耳朵。她呆呆地望著蒼麟，嘴唇囁嚅許久，才擠出兩個字：「蒼麟……」

這兩個字，在無人時已不知低吟多少次，第一次能夠如此正大光明在他面前念出，竟是這般的喜悅與快樂。

蒼麟按捺著自己一貫暴躁的脾氣，「朱雀，妳只為了這事兒來的話，那妳現在是否能離開了？」

他知道自己脾氣不好，所以也容忍了她無禮的要求。

「不是。」朱雀的心跳得猛烈，可是他的允諾卻讓她有了更多的期待、更多的想法，也許、也許她的想法今日可以實現的。

「還有事？」蒼麟的心中閃過一陣詫異。

或許真的是他錯怪了她，她是真的有事來向他彙報。內疚，讓他的表情更加和善了起來，笑容落入朱雀的眼中，卻給了她無比的勇氣。

「蒼麟，你可知道如今四方動盪，神獸心緒不寧？」她鼓起勇氣抬頭，終於說出了心中的話。

他的臉上閃過一抹凝重，聲音也變得低沉了起來，「知道。」

「那你可知道為什麼？」

這句話讓蒼麟一愣，搖了搖頭，「不知道。」

「大家不知道為什麼還要堅持下去。」朱雀給了他答案，「千百年來，始終堅持著、守護著，沒有人感激，沒有人懂得感恩，神獸的心早已經不寧。」

「這是我們的職責。」蒼麟冷硬地回答：「我們的守護不是為了讓人類感激，只是行使我們的職責。」

「那有什麼能讓我們堅持下去？」朱雀忽然膝蓋一軟，跪倒在蒼麟的面前，「蒼麟，您能否給我勇氣？」

蒼麟不解，「神獸在，黃龍在，如果妳要我給妳勇氣，妳守護著人類，我也守護著神獸。」

「不。」朱雀突然抬起頭，望著蒼麟的臉，「朱雀想要的，是蒼麟大人對朱雀的守護。」

蒼麟的眼睛瞇了起來，他在靜靜地等待，等待朱雀下面的話，沒有人能看出他心中到底在想什麼。

「千百年間，我看夠了人世間的愛恨情仇，縱然是守護著人類，朱雀也有自己的愛恨，朱雀的心，始終都在蒼麟身上，人類已不值得朱雀留戀，但是朱雀不捨蒼麟，如果、如果蒼麟能夠答應朱雀，無論別的神獸如何，朱雀也絕不離開蒼麟。」

蒼麟的嘴角揚起一抹微笑，那麼高貴、那麼俊美。

「妳在威脅我？」出口的話，卻那麼無情冷硬。

朱雀的身體一抖，在他的目光中低下頭，不敢再看那雙琥珀色的眼睛。

龍威，縱然是她這樣的神獸，也無法抗衡。

最可怕的是，無論她說得多麼冠冕堂皇，他還是一眼就看穿了她的本意。

是的，威脅。

她來的時候，抱著就是這樣的目的。

她喜歡蒼麟，已不知道多少個年歲過去，她一直都傾慕著那高高在上的人，她渴望得到他，渴望能與他並肩而立。

「不。」她否認著，「朱雀只是愛慕蒼麟，守護的歲月太難熬，也太寂寞，朱雀希望能與蒼麟在一起。」

「所以妳威脅我。」蒼麟的笑容中多了些許冷漠，「方才妳話中的意思是，如果我不答應妳，就是放棄守護人類，因為人類已讓妳覺得不值得守護下去。」

「我……」朱雀的聲音變得低低的，「沒有。」

她的耳邊，傳來的是蒼麟的冷笑，「妳覺得我信？」

他是主神，她的一舉一動、一個眼神，此刻在他面前，都通通透透，無法隱瞞。隱瞞不住又如何？

朱雀一咬牙，盯著他的眼睛，「朱雀只希望主神垂憐，朱雀守護的唯一寄託，只在您身上。」

她要他，她就是想要得到他。

因為他是主神，她只是一個小小的守護神獸，能夠站在他身邊，才是她想要的無上榮光。

「妳喜歡我？」他的聲音溫柔地問著，讓她揚起了一絲希望，可還來不及回答，他的冷笑就打破了她的幻想，「還是喜歡我的地位？」

「我喜歡您。」她毫不猶豫地回答。

她不會承認她的慾望，她不甘心與其他三位神獸一樣，她想要超越，她要凌駕在他們之上。

長久的沉默，她在等待他的回答，可她看到的，只有他眼中越來越冰封的神色。

「朱雀，妳是神獸，不該有人類的慾望。」他的眼中只有失望，「更不該有人類的貪婪，妳可知道對於得不到的不擇手段，對於不敢妄想的用盡心機，這不正是妳最不屑的人類慾望嗎？為何妳卻在用同樣的手段強加在我的身上？」

朱雀橫下心，「那蒼麟大人答不答應呢？」

「朱雀，妳太讓我失望了。」蒼麟冷然搖頭，「本尊身為主神，又豈能被他人左右，又怎麼可能為其他人威脅？妳回去吧，妳的要求我永遠不可能答應。」

朱雀不甘心地伸手，抓住他的一角衣袖，「您真的不再考慮下？」

蒼麟搖頭，手腕一抬，那一角衣袖很快地從她手中抽出，「不可能。」

「蒼麟！」朱雀急了，伸手環抱住他的腰身。

蒼麟的怒火讓他已經無法壓制住，他的眉頭深深地蹙在一起，而此刻的朱雀，已經完全不顧一切，她撲進蒼麟的懷中，踮起腳尖將吻印在他的唇邊，「蒼麟，這世間不可能還有女子配得上您，朱雀的容貌、朱雀的地位，都足夠資格在您身邊……」她的話還沒說完，就被狠狠地推開。

蒼麟的手擦過唇邊，滿是厭惡之色，看著跌倒在地的朱雀，所有的忍耐在這一刻消逝殆盡，「朱雀，本尊不會答應妳的任何要求，本尊也對妳沒有任何興趣。本尊再次告訴妳，守護人類是妳的職責，如若妳敢肆意妄為，休怪我不客氣。還有……」蒼麟的嘴角劃過一絲冷笑，「本尊從不看面容，只看心。朱雀，就憑這一點，妳已配不上本尊。」

他不再多言，衣袖輕揮，轉眼從她面前消失。

朱雀呆坐在地上，望著空蕩蕩的山崖，眼前藍天白雲，卻完全不見了那金色的痕跡，而她的耳邊，陣陣迴蕩著的，是他嚴厲的聲音。

配不上他嗎？配不上嗎？

她豔麗的唇角邊劃過一絲冷笑，「蒼麟，你覺得我配不上你，我偏要你親自來求我。你不是中央之神嗎，我就讓你要守護的四方神獸，個個都消失，既然你如此自信，我就讓你失去所有！」

她的身影轉眼從山崖上消失，彷彿什麼都沒有發生過，唯有山崖壁上的某個角落，因為陽光的照耀，而閃過一抹金光。

也不知多了多久，草叢窸窸窣窣，竄出一隻紅毛的小狐狸。

小狐狸搖頭擺尾，尖尖的小嘴叼著一朵野花，拉拉扯扯拽了下來，牠喜歡漂亮的花朵，喜歡美麗的東西，牠扒拉著爪子，努力地把小野花搆著腦袋，半晌之後終於纏纏繞繞地把花朵繞上了牠的腦袋，開心地在草叢間打著滾。

忽然，牠的身體壓到了什麼，發出一聲痛苦的嗚嗚聲，低頭看去，卻發現自己火紅的皮毛已經被劃開了一道口子，鮮血沁了出來，滴在地上。

草叢裡，一枚金色的東西正發著耀眼的光芒，鋒利的邊緣染著紅色，看來刺破牠皮膚的，就是這個東西。

小狐狸鬱悶了，牠的皮毛那麼漂亮，就這麼被劃傷了，還該死疼得厲害。

不過這個金色的東西，還真是漂亮，漂亮得讓牠輕易就原諒了它割傷了自己。

尖尖地小嘴拱起那金色，想要將那東西叼起來帶走。就在牠的嘴剛剛碰上那金色的時候，眼前那金色忽然變淡了。

準確的說法是，沾了牠的血之後，它開始變得透明，變成了一縷純淨的氣息，貼上了牠的傷口，順著牠流血的地方鑽了進去，融進了牠的身體裡。而那原本受傷的地方，悄無聲息地癒合了。

牠好奇地舔了舔，血還沾在皮毛上沒有凝結，但是傷痕卻已經不見了，還有那金子一樣的漂亮東西，也不見了。

小狐狸失落了，牠低落地叼起那朵花，轉身竄入草叢間，離去。

就在牠離開不久後，金色的人影從空氣中慢慢顯現他的身形，剛才失落的那片龍鱗，因為朱雀的打擾，他忘記了找尋。

他是中央之神，他的鱗片上帶著他的印記、他的神氣，絕對不可以隨便遺落在人間。可是他的目光可及之處，怎麼也看不到他的那片鱗片在哪裡？他凝神，捏訣，一縷精氣入空中，他要以自己的真氣，召喚那枚帶著他印記的鱗片。

精氣在空中打著轉，一圈一圈又一圈，他輕聲低喝：「收。」

精氣回歸他的掌心，一團在掌中跳躍著，可是也就只有精氣收回掌中，那枚鱗片卻是失去了下落。

這，絕不可能啊！

蒼麟皺起眉頭，他的鱗片以他的精氣幻化而成，只有他的精氣才能召喚，這樣的情況，除非他的鱗片已被別人消融，成為了他人身體裡的一部分，否者他絕不可能召喚不回來。

是什麼人或者獸消融了他的精氣？

神之精氣太重要，重要到足以讓一個人或者一個獸擁有強大的力量，成為修煉的巨大助益，若是獸得到，只怕修習中輕易便可幻化為妖，甚至為妖界的魁首。

不行，他必須找回屬於他的精氣！

蒼麟正要以法力尋找那枚鱗片的下落，忽然間天地失色，一團團的烏雲滾滾而來，往著南面的天空而去，低沉的雲團帶著窒息的力量，夾雜著隆隆的雷聲和電閃陣陣，彷彿天地失衡，角落傾塌。

「南方朱雀！」他面色一動，懊惱浮現上面容，「該死的，她莫非真的要捨棄神獸之身，不顧人類死活了？」

「啪！」一道閃電從天而降，擊碎了天地的沉默，撕裂了平靜。

隨後，整個南方的天空，都陷入了巨大的黑暗中。

蒼麟的面色徹底變了，他身體一晃，瞬間消失在山崖上。

南方的某座山崖的山洞間，金色人影一閃，出現在崖洞邊，臉上帶著嚴肅，唯有瞭解他的人，才能從他的眼神中，讀到眼眸中的狂怒之色。

就在他身體落地的同時，他的身側同樣落下兩道身影，一道灰色、一道黑色，一個邪肆懶散、一個俊秀非常，但是此刻他們眼中的神色都是一樣的，凝重。

地上焦黑的一條，是雷擊過的痕跡，那痕跡直入地中三尺，可見那力量的剛猛霸道。三人互相看了一眼，誰也沒有說話。

黑衣男子閉上眼睛，精氣在空中展開，半晌之後嘆息著，「朱雀的氣息，感應不到了。」

他身邊那灰色衣衫的男子原本飛揚的眼角，也有些沉斂了，同樣閉上眼睛感應著，不久後輕輕搖了搖頭。

他們的反應蒼麟當然知道，因為他也做過了同樣的事，得出的結果和他們一樣，朱雀的氣息消失了。

「靈丹不在，只有兩個可能，要麼被人帶走，要麼被她自己拋棄了。」黑衣男子緩緩開口：「這裡沒有他人來過的氣息。」

那麼可能，就只有後者了。

三個人都沉默了，灰衣男子和黑衣男子互相看了一眼，誰也沒有開口，而蒼麟也始終沉默著，但是放在身側的手，卻緊緊捏住，臉上表情緊繃。

毀損靈丹，放棄神格，墮入輪迴，遺忘前塵。這是怎樣的決絕，又是怎樣的不負責任？

蒼麟的怒火，在心頭不斷地跳動，他不敢相信，朱雀僅僅因為他的拒絕，就做出這樣的事。

人族的守護，神界的職責，就這樣不要了。

可他不知道，就在同時，另外一件讓他意想不到的事正在發生。

東方的山崖間，青色衣衫的男子正打坐在地，他周身縈繞著跳動著的白色火焰。猶如最堅實的壁壘，在保護著他。

對於外界的事，他全然不知，因為此刻的他，正進入了蛻變期。

現在的他，需要將靈丹釋放而出，待這軀體重新蛻變之後，再將靈丹注入。

這個時候的神獸，是最為脆弱的，幾乎與一般人無異，甚至更弱，不能禁受半點創傷。

對於神獸來說，這是最危險的時候，絕不能讓任何人知道自己的藏身之所，因此會在周身布下了各種保護的結界。

青龍親手布下的結界，又豈是一般人可以隨意闖入的？

他沒有告知任何一位同伴，因為不需要，更因為他是四神獸之首，最快進入蛻變期的他，不想麻煩同伴，也相信自己的能力。

靈丹在空中飛舞，慢慢脫離了那具身體，所有的靈魂與意識，都在這一刻進入了沉睡的狀態，等待著那身軀的蛻變。只有一縷細細的氣息，牽繫在靈丹與身軀之間。

他的結界尋常人看不到，隔絕了外界，即便有人路過，能看到的也不過是一堵石牆，就算觸碰到，也是堅硬的牆壁。

除非擁有神獸的能力，才能看破那結界的存在，所以青龍一點也不擔心。

當他的靈識在靈丹中沉睡的時候，洞外窸窸窣窣的，探出一個小小的腦袋，歪著頭看著洞裡面。

牠也不知道自己怎麼來到這裡的，牠只知道自從碰到那詭異的事後就非常難受，難受到體內有一股怪異的氣息在湧動，似乎要漲破牠的身體。

然後，然後牠就胡亂地奔跑，再然後、再然後連牠都不知道自己被帶去了哪裡，眼前根本什麼都看不見，任由那氣息引領著自己，甚至有一度牠覺得自己在騰雲駕霧，究竟怎麼來到這裡，牠也不知道。

大概、大概是洞內的那氣息，帶牠來的吧？至少那氣息讓牠感覺很舒服，和自己體內那怪怪的氣也遙遙呼應著。

牠的小腦袋靠近洞邊，清晰地看到裡面那道青白色的身影，修長蜿蜒地盤在地上。那是龍嗎？牠在睡覺嗎？

小狐狸不知道，牠只是好奇地看著，不敢靠近。

傳說中的龍，被牠看到了嗎？

牠前爪趴地，腦袋埋在地上，恭敬地趴伏在門前的草叢裡，算是低等的小獸對傳說中神獸的跪拜。

牠不知道自己眼前就是一道無形的屏障，即便牠能看到裡面的青龍，若是隨意靠近，這道屏障也足以將牠斃命。

牠不靠近只因為敬畏，但是敬畏之餘，牠又感覺到了些許親近。這龍身上的氣息讓牠體內的躁動舒服了不少。

不敢靠近，又捨不得離去，牠就這麼窩在草叢裡，不遠不近地吸收著那靈丹上淡淡的氣息，那暖暖的氣息讓牠安寧，趴在草叢間不知不覺睡著了。

而那洞中身軀的主人，更不知道外面有這麼個小東西，在他身邊不遠處沉睡著。

那靈丹環繞在他身軀之外，柔柔的光灑在身軀之上。這樣的過程，看上去很溫暖，但只有神獸們才知道，其間藏著多少危險。

神獸的軀體一旦老去，就必須重新脫胎換骨一次。所謂脫胎換骨，自是讓靈丹離開軀體，讓那軀體徹底灰飛煙滅，卻又在即將消散的那一刻，以靈丹的神氣，依照靈體再度重塑身軀。

也就是說，靈丹與身軀之間，那種牽繫很淡、卻又不能斷。

斷，則完全無法重塑；不淡，則老的軀體無法消散；這看似簡單的沉睡，對神獸來說是最為危險的。

但洞外的小狐狸對此當然毫無所知，牠睡在草叢裡，被高高的青草掩蓋了身形，身體裡的那股氣息在流轉，將牠原本的獸氣都壓了下去。

牠不過是個才一歲的小狐狸，娘親被人抓去了，自己拚了命才逃了出來，從此在山野中流浪。

牠喜歡花花草草，喜歡漂亮的東西，喜歡陽光，喜歡無憂無慮，如果沒有人類覬覦的目光，牠應該可以活得很快樂吧？

身體裡的氣息流轉著，慢慢改變著牠，那原本瘦弱的身軀變得豐盈起來，那乾枯的皮毛也變得油光水滑起來。

牠也不知道自己睡了多久，睡眼惺忪地睜開了眼眸，有點呆呆地望著四周。

牠一直都是傻傻的小狐狸，每次睡醒都要看半天才能想起自己待的是什麼地方，真是個腦子不夠用的小傻瓜狐狸。

牠看看四周的土地，不熟悉。

再看看旁邊的山崖，還是不熟悉。

又看看面前的洞穴，依然不熟悉。

最後，牠看到了洞中的那道昂然身軀，似乎、似乎想起了什麼。

對了，牠暈頭轉向不知道怎麼跑到了這裡，然後看到了一條沉睡中的龍，再然後、再然後牠睡著了。

想到這，小狐狸驚訝地發現，那道在牠睡覺時的巨龍身軀，居然、居然變得有些透明了，就像、就像要消失了一樣。

這是為什麼？

是要死了嗎？可是死難道不是變成了無生氣的一具屍體嗎，為什麼會變透明？

小狐狸不明白，也不理解。牠只是呆呆地看著那具身軀越來越透明，直到快要不見，牠才發現，在那副身軀中，有許多絲絲縷縷的氣息，那些氣息環繞出龍的骨架，而這氣息的來源，就是正上方那顆珠子。

小狐狸傻傻地抬起頭，看著珠子裡的氣息不斷滾動著，那身軀在最終消失後，在氣息的塑造下，新的身軀開始逐漸顯露。

年輕，矯健，充滿了活力。

就連牠這樣的小呆瓜，都能明顯感覺到這逐漸塑造出來的身軀與之前的不同，隱藏著無邊的力量。

而那靈丹的不斷旋轉中，洞外的小狐狸也深深得益，牠已經舒坦得動彈不了，沉溺其中了。

如果那巨龍醒來，牠一定要去謝謝這位大人，讓牠得益這麼多。

忽然間，牠感受到了一股霸道的壓制力，狂猛得讓牠無法呼吸，身軀也無法站立，像被踩扁的青蛙，在這力量中，趴倒在地。

那狂暴的力量中，一道身影穿越了青龍的屏障，在洞中出現。

小狐狸的腦袋被氣息壓制得死死的，只有一雙圓溜溜的眼睛，透過草叢依稀能夠看到什麼。

一隻手，直接揮起巨大的風刀，切斷了身軀與靈丹之間的聯繫，那原本正在塑造的形體，驟然停止。

然後，慢慢地變淡，消散。

沒有了靈丹，那身軀上的靈氣開始渙散，在山洞裡無序地亂舞，洞中，飄出一聲聲的冷笑。

小狐狸的視線被草尖遮擋了，怎樣也看不到裡面，可牠能聽到聲音，聽到那一聲聲可怕的冷笑。

那手，握住了靈丹。

緊緊地攥在手中，狂暴的力量湧起，靈丹被帶離山洞，消失。

地上的身軀，消散，化作點點星光，碎裂在山洞中，那封印的結界，也炸開。

天邊，雷聲巨響，劈落。

這一道焦雷，炸在小狐狸的耳邊，那劃破山石的力量，就落在牠的身邊。可憐的小狐狸，瞬間被強大的力量彈飛，化作小小的弧線，落在遠處，暈了過去。

就在雷響起的同時，遠處山崖間的三個男人，同時變了臉色，身形一動，消失了身影。

當他們出現在青龍洞穴旁的時候，只剩下滿地焦黑，一片荒蕪。洞中的龍身已經完全消散，不復存在。

「青龍他也……」灰衣男子深深皺起了眉頭。

而此刻天空，已是一片的深灰，黑色的烏雲低低的，掩蓋了半個天空，烏雲中雷聲陣陣，閃電不斷震動。

「唉，四方聖獸一下去其二，只怕這天地要失衡了。」黑衣男子搖頭，面色凝重非常。

蒼麟一言不發，忽然躍起身體，騰身入空中，「我儘量抵擋一切天災，以我們之力，應該能做到的。」

遠方的天空，一道白影飛過，烏雲中騰出雪白的鳳翎。

蒼麟臉上露出了一絲輕鬆，「白鳳這萬事不管的傢伙，終究是放不下人類，比你們出手都快。」

三人互相看了眼，蒼麟最先離去，隨後是那灰衣的男子，而那黑衣男子正要舉步離開，冷不防腳下踩到什麼。

「吱！」小傢伙身上一痛，發出一聲叫喚，前爪哆哆嗦嗦地抬在身前，烏溜溜的眼珠子可憐無辜。

黑衣男子看了牠一眼，「可憐的傢伙，剛才那神之隕落的雷居然沒劈死你，真是命大，踩著你倒是我的不對了。」

他伸手將牠撈了起來，揣入懷中，「遇到我也算是你的造化，若這次天地失衡能度過，你就跟著我吧。」

小傢伙還不知道發生了什麼，就被帶入了懷中，隨後黑衣男子身形一展，消失在天際。

（完）

星光熠熠，在晴空之下愛得閃閃發亮～

晴空首次與 POPO 原創網合作舉辦

決戰星勢力主題徵文比賽活動預告

活動名稱：決戰星勢力之偶像經紀人徵文比賽

主辦單位：晴空出版、POPO原創網

活動時間：2015/6/1～2015/6/28

報名辦法：2015/6/1起，於POPO原創網（http://www.popo.tw）決戰星勢力徵文活動專區報名，並完成線上創作及作品張貼。活動網址將另行公告。

活動辦法：

1. 請參賽者扮演偶像經紀人的角色，從指定的10位候選角色中，挑選1～3人組成偶像（團體），並為該偶像（團體）創造引吸人的故事。候選角色資料請見晴空blog的活動公告。
2. 偶像（團體）一定要從指定的10名角色中挑選，但可以再加入自行原創的角色（例如：經紀人、競爭對手、女主角……等等）。
3. 體材不拘，不論是愛情、奇幻、推理、恐怖、BL……皆可，只要角色有魅力、故事吸引人閱讀，不論什麼體材都歡迎。
4. 活動於6/28（週日）凌晨截止，參賽作品要達到以下闖關標準，方可進入編輯評選階段：

   (1)點閱1000以上、(2)收藏40以上、(3)珍珠30以上、 (4)心得留言40則以上（字數不限，只計算數量）、(5)總字數達6萬字以上

   ※上述統計方式，以POPO原創網線上數據為基礎。
5. 獲得優勝作品須達字數8萬字以上方可出版，因此參賽作品可於連載期間把整部作品連載完，或是取得優勝通知後把字數補齊。但若未達闖關標準的6萬字以上會直接進行淘汰。

活動獎勵：優勝作品，將可獲得晴空出版實體書的機會。

提醒事項：

1. 本活動由晴空出版與POPO原創網合辦，所有相關活動辦法與進度會同步公告POPO原創網(http://www.popo.tw)的活動頁面以及晴空blog：http://sky.ryefield.com.tw
2. 本消息為活動預告訊息，詳細辦法請以2015/6/1活動上線之辦法為準。
3. 由於開放報名時間有限（2015/6/1～2015/6/28），有興趣的作家朋友，可以開始全力準備囉～

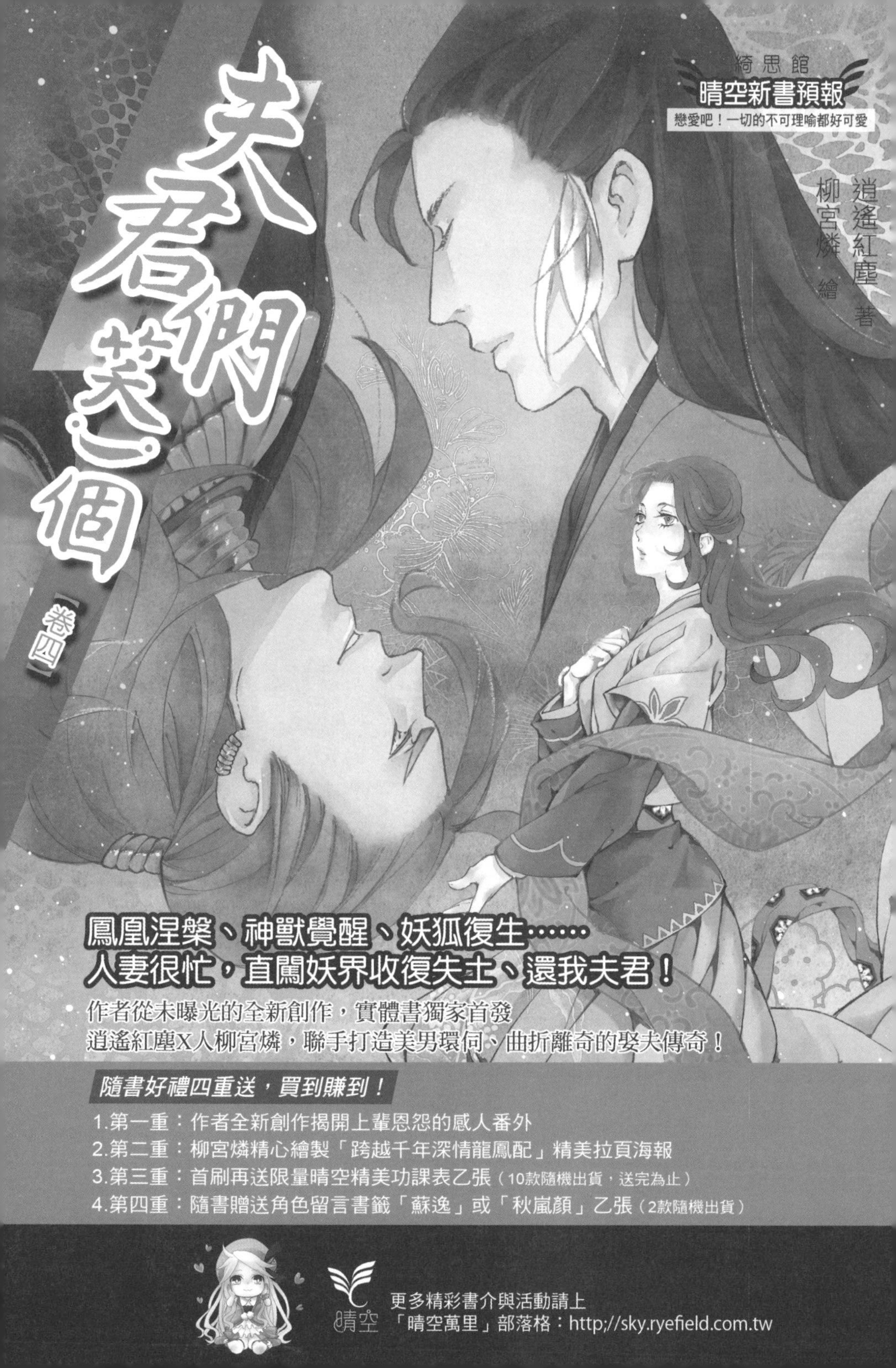
綺思館
晴空新書預報
戀愛吧！一切的不可理喻都好可愛
夫君們笑一個
【卷四】
逍遙紅塵 著
柳宮燐 繪
鳳凰涅槃、神獸覺醒、妖狐復生……
人妻很忙，直闖妖界收復失土、還我夫君！
作者從未曝光的全新創作，實體書獨家首發
逍遙紅塵X人柳宮燐，聯手打造美男環伺、曲折離奇的娶夫傳奇！
隨書好禮四重送，買到賺到！
1.第一重：作者全新創作揭開上輩恩怨的感人番外
2.第二重：柳宮燐精心繪製「跨越千年深情龍鳳配」精美拉頁海報
3.第三重：首刷再送限量晴空精美功課表乙張（10款隨機出貨，送完為止）
4.第四重：隨書贈送角色留言書籤「蘇逸」或「秋嵐顏」乙張（2款隨機出貨）
晴空
更多精彩書介與活動請上
「晴空萬里」部落格：http;//sky.ryefield.com.tw

綺思館007

夫君們，笑一個（3）

那些年，不能說的情話

國家圖書館出版品預行編目資料

夫君們，笑一個3 / 逍遙紅塵著. -- 臺北市：晴空出版：家庭傳媒城邦分公司發行,
2015.06
　冊；　公分. --（綺思館007）
ISBN 978-986-91746-1-9（3冊：平裝）

857.7　　　　104007464

作　　者　逍遙紅塵
封面繪圖　柳宮燐
文字校對　劉綺文
責任編輯　高章敏
國際版權　吳玲緯
行　　銷　陳麗雯　蘇莞婷
業　　務　李再星　陳玫潾　陳美燕　枻幸君
副總編輯　林秀梅
副總經理　陳瀅如
編輯總監　劉麗真
總 經 理　陳逸瑛
發 行 人　凃玉雲
出　　版　晴空
城邦文化事業股份有限公司
104台北市中山區民生東路二段141號5樓
電話：（886）2-2500-7696　傳真：（886）2-2500-1967
E-mail：bwps.service@cite.com.tw
發　　行　英屬蓋曼群島商家庭傳媒股份有限公司城邦分公司
104台北市中山區民生東路二段141號2樓
書虫客服服務專線：(886)2-2500-7718；2500-7719
24小時傳真服務：(886)2-2500-1990；2500-1991
服務時間：週一至週五09:30-12:00；13:30-17:00
郵撥帳號：19863813　戶名：書虫股份有限公司
讀者服務信箱E-mail：service@readingclub.com.tw
晴空部落格　http://sky.ryefield.com.tw
香港發行所　城邦（香港）出版集團有限公司
香港灣仔駱克道193號東超商業中心1樓
電話：852-2508-6231　傳真：852-2578-9337
E-mail：hkcite@biznetvigator.com
馬新發行所　城邦（馬新）出版集團【Cite(M)Sdn. Bhd.(45832U)】
411, Jalan 30D/146, Desa Tasik,Sungai Besi, 57000 Kuala Lumpur, Malaysia.
電話：(603) 9056-3833 傳真：(603) 9056-2833
美術設計　薛妤涵
內頁排版　洸譜創意設計股份有限公司
印　　刷　鴻霖印刷傳媒股份有限公司
初版一刷　2015年6月
定　　價　260元
I S B N　978-986-91746-1-9